뉴욕좀비

뉴욕좀비

1판1쇄 발행 2019년 7월 25일

지 은 이   슌하오 리우
펴 낸 이   김형근
펴 낸 곳   서울셀렉션㈜
편   집   진선희, 문화주
디 자 인   홍성욱
마 케 팅   김종현, 황순애, 최문섭

등   록   2003년 1월 28일(제1-3169호)
주   소   서울시 종로구 삼청로 6 출판문화회관 지하 1층 (03062)
편 집 부   전화 02-734-9567 팩스 02-734-9562
영 업 부   전화 02-734-9565 팩스 02-734-9563
홈페이지   www.seoulselection.com

ISBN 979-11-89809-10-2 03810

순하오 리우 장편소설

뉴욕좀비

NEW YORK ZOMBIES

서울셀렉션

1

'내추럴 럭셔리'를 표방한 화장품이 한창 인기일 때, 한 수녀가 프랑스에서 놀러 온 친구를 데리고 우리 성당에 왔다. "에뮐씨옹 에꼴로지끄"라는 유명한 로션을 판매하던 그 친구는 화장발이 전혀 먹히지 않는 사람도 자기네 회사의 이 로션을 바르면 10년은 젊어진다고 큰소리쳤다. 워낙 유명한 로션이라 수녀들이 너도나도 공짜 화장을 받아보고 싶어 했지만, 신부 추천으로 루시가 선발되었다. 신부는 이 로션에 유해 환경으로부터 피부를 지켜줄 인삼, 로즈메리 등에서 얻은 식물 추출물이 다량 함유돼 있어 아무리 예민한 피부를 가진 사람이라도 부작용을 걱정하지 않아도 된다는 장황한 제품 설명을 싫은 내색 하지 않고 다 듣고 나서는 오히려 이런 말을 던졌다.

"화장 안 한 여자가 더 예쁘다고 하면 남자들은 새빨간 거짓말이라고 하겠지만, 루시 자매라면 남자들이 할 말이 없겠어요."

신부의 말에 가장 큰 관심을 보인 사람은, 이 성당으로 나를 데리고 왔던 샹샹이었다. 샹샹은 미국에 온 지 얼마 되지 않아서 조금 복잡한 영어는 알아듣지 못했다. 그는 몰래 내 곁으로 와서 옷 깃을 잡아당기면서 소곤거렸다.

"아저씨, 신부님이 방금 뭐라고 했어?"

"루시가 예쁘다고 했단다."

나는 그냥 간단하게 의미만 알려주었지만 상상은 절레절레 머리를 저었다.

"신부님은 그렇게 짧게 말하지 않았는데?"

"결론적으로는 예쁘다는 뜻이야."

"저 금발 여자가 예쁜 거야 누구나 다 아는 사실이잖아요."

상상은 이내 심드렁해 했다.

델란시 성당의 모든 사람 중에서 신부한테서 예쁘다고 칭찬받은 여자는 루시 말고는 없었다. 게다가 신부 말대로 루시는 민낯 그대로 충분히 예뻐서 화장이 필요 없어 보였다.

"신부님이 루시를 예쁘다고 칭찬하셨대요."

수녀들 사이에서 이렇게 떠돌던 말은 "신부님께서 루시를 얼마나 예뻐하는지 몰라요."라고 와전되었다. 주일 미사가 끝나면 그 다음 주일까지 신부가 강론 도중에 어느 수녀한테 눈길을 주었고 이름을 몇 번 언급했으며, 친교 시간에는 어느 수녀랑 마주 서서 커피를 마셨다는 등의 별스러울 것도 없는 내용이 수녀들 입담에 오르내리는 정도였으니 루시에 대한 이 정도의 찬사는 적어도 몇 개월 동안 이슈 거리가 될 만했다.

"신부님, 저에 대해 진짜로 그렇게 생각하시는 건가요?"

루시는 호기심이 가득한 눈길로 신부 얼굴을 바라보았다. 신부의 본명은 클레타 페레즈였다. 페레즈 신부는 황망히 머리를 끄떡였다.

"아, 루시. 그건 사실이라오."

그러자 루시는 다시 한 번 확인하려는 듯이 물었다.

"제가 별로 예쁘지 않은 건 저도 잘 알아요. 설마 반대로 말씀하신 것은 아니시지요?"

루시의 당돌한 질문에 신부는 여간 당황해하지 않았다.

당황한 건 나도 마찬가지였다. 나에게 루시는 천사나 다름없었다. 남녀 문제에서도 루시는 천사처럼 깔끔했다. 그녀의 남자는 내가 아는 한, 과거에 맨해튼 소호 남쪽 트라이베카의 한 액자가게에서 파트타임으로 일할 때 만났던 젊은 아티스트 그레고리 보내트뿐이다. 그는 휠체어에서 생활한 지 4년째 접어든 상이군인 출신이었다.

그레고리는 루시와 함께 미대를 다녔다고 한다. 둘은 뉴욕 근교의 한 뮤지엄 아트스쿨에서 만났고, 졸업 후 루시는 파슨스 인근의 한 갤러리에서 일했다. 당시는 제2차 걸프전을 눈앞에 두고 있었다. 2003년 4월 9일, 미군은 이라크 수도 바그다드를 함락했고, 그해 12월 13일에는 24년간 이라크를 통치해왔던 사담 후세인이 체포됨으로써 전쟁이 끝난 듯했다. 하지만 이후 1년 동안 이라크에 남아 지뢰 제거작업을 해왔던 병사들 가운데 젊은 미대생 출신의 공병 그레고리 보내트가 있었을 줄이야.

그레고리의 친구들도 NYU 피셔스쿨 석사과정에 있던 그가 반전단체인 '평화와 정의를 위한 연대'에 참여하여 그림도 그려주고 포스터도 만들면서 열심히 활동했는데, 갑자기 걸프전에 참전한 이유를 이해하지 못했다. 루시는 너무 기가 막혀 말이 나오지 않았다.

"그레고리는 그때 시위대에서 1차 걸프전에 참전했던 상이군인을 만나 전쟁 참상에 대한 이야기를 들었던 거예요. 탱크에 깔린 시체가 땅바닥에 닉지처럼 달라붙어 있다는 이야기를 듣고 돌아와 갑자기 입대를 신청했어요. 그때 그레고리와 많이 싸웠어요. 울고불고하면서 협박도 했지요. 입대하면 끝이라고요. 하지만 그레고리는 눈썹 하나 까딱하지 않더라고요. 나는 그의 친구들까지 동원해 말렸죠. 그런데 그레고리의 입대 신청서를 취소하러 갔던 친구 몇몇이 오히려 모병관의 감언이설에 속아 입대하게 되었죠. 1년에 보너스만 2만 달러라느니, 원하는 지역에서 근무할 수 있다느니 하는 꼬드김에 넘어간 거죠. 그들은 2, 3개월간 훈련하고 나서 바로 이라크로 파견되었어요."

루시와 그레고리가 사랑하는 사이로까지 발전한 계기는 이 전쟁이 발발하기 며칠 전에 있었던 반전 시위 때문이었다. 경찰은 센트럴파크의 잔디밭을 훼손했다는 죄목으로 시위대 핵심 멤버들을 체포하려고 출동했으며, 오전 10시쯤에 시위대를 강제 해산시켰다. 루시는 마침 퍼포먼스 중이었다. 그레고리가 냈던 아이디어로 시위대 참가자들에게 입고 있던 치마를 한 자락씩 찢어서 나 눠주었다. 근처에서 지켜보던 경찰이 치마가 계속 짧아져 팬티까지 보이게 되면 체포하겠다고 으름장을 놓았다. 그러자 루시는 다시 등과 가슴 쪽 옷을 찢기 시작했다. 평소 노브라였던 루시는 이날도 노브라 차림이어서 금세 가슴이 드러났다.

"남녀 모두에게 토플리스[1] 권리를 달라."

"전쟁이 선정적이지, 내 가슴은 선정적이지 않다."

이런 슬로건을 내걸고 뉴욕의 젊은 여자들이 당당하게 가슴을 드러내놓고 거리를 활보할 수 있게 된 건 그로부터 10여 년 뒤였다. 뉴욕주는 2013년부터 여성의 상반신 노출을 합법화했다. 루시는 자신이야말로 오늘의 '고 토플리스 데이(Go Topless Day)'를 있게 한 선각자의 하나였다고 자랑스러워한다.

그날 시위대가 강제로 해산될 때, 경찰은 거의 발가벗은 상태로 뛰는 루시를 향해 총까지 쏘았다. 아침나절부터 뿌옇게 흐렸던 하늘에서는 굵은 빗줄기가 쏟아져 내렸고 질척한 잔디밭은 총소리에 놀라 이리저리 달아나던 사람들의 발에 짓밟혔다. 총을 쏘았던 경찰은 루시를 뒤쫓다가 넘어졌다. 경찰이 총까지 쏠 정도로 화가 난 것은, 루시가 젖가슴을 가렸던 타월을 경찰에게 홱 던졌는데, 빗물에 젖은 타월이 그의 얼굴에 찰싹 들러붙었고, 그 틈에 그레고리가 루시를 빼돌리려고 달려와 머리로 경찰 옆구리를 들이박았기 때문이었다.

---

1 topless, 상반신 노출.

"오 마이 갓!"

몸이 평형을 잃는 순간, 거구인 경찰은 아주 처참하게 넘어졌다. 다행히도 엉덩이가 타월에 떨어졌는데, 그가 비명을 지르면서 다시 일어서려고 버둥거리는 순간, 그 타월을 잡아당긴 남자가 있었다. 시위대를 취재하던 기자였다. 그 바람에 경찰은 맹랑하게도 다시 한 번 엉덩방아를 찧었다. 경찰은 홧김에 권총을 뽑아 들었다. 총소리가 울리는 데도 그 남자는 타월을 들고 루시에게 달려갔다. 카메라는 손 대신 가슴에 매달린 채 제멋대로 흔들렸다.

"Thanks! You're a star!"

타월을 받아 든 루시는 그 경황 중에도 '땡큐'에 "당신 최고예요!"라는 말까지 한마디 더 보태고야 인파 속으로 사라졌다. 이것이 10여 년 전, 나와 루시의 첫 만남이었다.

그 기자가 바로 나였음을 나와 루시, 그레고리까지 세 사람이 한참 후에 우연히 만나 그때 일을 주고받게 되었을 때야 비로소 말하게 되었다. 그 당시 루시 나이가 겨우 열여덟이었다는 걸 알고 나는 내심 놀랐다.

2

그레고리의 스튜디오가 센트럴파크에서 얼마 떨어지지 않은 서쪽 5번가에 있어, 우리는《섹스 앤 더 시티》에도 나오는 사라베스에서 브런치를 겸하여 커피를 마셨다. 사라베스는 센트럴파크의 맛집으로 유명하다.

"내 걱정은 말고 당신은 리우와 함께 예전에 시위했던 잔디밭에 가 봐. 쉬면서 스케치도 하고. 저녁때쯤 돌아올게."

그레고리가 루시에게 말하고는 휠체어 바퀴를 부지런히 돌리며 웨스트 빌리지 쪽으로 사라졌다. 조금 전까지 '고 토플리스 데이'와 관련한 이야기를 주고받다 보니 나는 그 잔디밭에 다시 한번 가보고 싶었다. 그래서 청했더니 두 사람이 흔쾌히 받아들였다. 하지만, 한창 전시에 출품할 작품을 만드느라 바빠 보내던 그레고리가 일이 있다며 빠지게 되었다.

사라베스의 문 앞은 계단이었는데도 휠체어는 루시 도움 없이도 잘 내려갔다. 이라크에서 지뢰를 제거하다가 하반신을 통째로 잃어버린 그레고리는 경사진 곳이나 구덩이, 계단 등을 만나면 꼼짝없이 루시에게 의지해야 했던 날들과 서서히 결별하고 있었다. 자신이 직접 휠체어 중간에 손잡이 하나를 부착했는데, 이 손잡이는 지렛대의 원리를 이용한 것으로 휠체어 바퀴 테두리 사이의 지지레버를 간단히 작동시켰다. 손잡이를 앞으로 밀면 휠체어가 전진하고 당기면 멈추었다.

루시한테 좀 더 들어보니, 이 부부가 한동안 캐나다 밴쿠버에서 산 적이 있었다. 한인들이 많이 모여 사는 코퀴틀람이었는데, 루시가 스케치를 하여 먹고 살았다. 그때 페레즈 신부도 밴쿠버의 한 신학대에서 공부하던 중이었다. 신부는 공부를 마치고 이 지역의 한 자그마한 성당에 부임했는데, 루시와 그레고리도 마침 그 지역으로 이사한 것이다.

페레즈 신부는 강론 중에 그레고리를 도울 아이디어를 달라고 호소했다. 숱한 사람이 머리를 짜낸 끝에 휠체어 바퀴 양 축에 자전거용 래칫[2]을 부착했다. 새롭게 추가한 이 장치 덕분에 경사진 곳으로 올라갈 때도 휠체어가 뒤로 밀리지 않게 되었다. 그뿐만 아니라 그레고리가 손잡이를 붙여 뒤로 젖히면 래칫이 풀어지게 해, 몸을 앞뒤로 움직여 무게중심을 이동하는 방법으로 계단도 쉽게 오르내릴 수 있게 되었다.

"이 정도면 특허를 신청해도 되겠어요."

휠체어 개조에 참여했던 사람들이 한결같이 입을 모았다. 그레

2 ratchet, 한쪽 방향으로만 회전하는 톱니 장치.

고리와 루시 부부 집에 처음 초대받은 페레즈 신부는 자기 일처럼 기뻐하면서 진심으로 축하했다.

"이 특허가 팔린다면 두 분은 아마 큰 부자가 될 거예요."

그레고리는 루시 손을 잡고 눈물까지 글썽거렸다.

"루시, 이제 당신이 돈 벌겠다고 추운 날 스케치하러 나가지 않아도 되겠어."

"아니, 부자가 돼도 그림은 계속 그릴 거야."

루시는 머리를 저으며 말을 이었다.

"그레고리, 내가 돈 때문에 그림 그리는 게 아닌 거 당신도 알잖아. 당신처럼 대단한 경지는 아니지만, 공원에 나가 스케치하는 거 정말 행복해."

나중에 '계단 오르는 휠체어' 특허가 나왔다. 특허로 꽤 많은 돈을 벌게 되자 그레고리는 다시 작품 활동을 시작했다. 이전의 작품이 캔버스 안에 갇혀 있었다면, 이제는 캔버스를 깨고 나오는 실험을 시도했다.

그 후 페레즈 신부가 가톨릭 뉴욕교구의 초청을 받아 고향 뉴욕으로 돌아왔다. 그레고리와 루시도 다시 작품 활동을 하기 위해 뉴욕으로 돌아올 수밖에 없었다. 신부는 루시에게도 그레고리처럼 자신의 작품 활동을 해보라고 권했다.

신부는 그레고리와 루시에게 늘 아낌없는 지지와 성원을 보내는 둘도 없이 고마운 사람이었다. 그레고리를 위해서라면 무엇이든 해주었다. 그런 신부가 루시는 한없이 고맙기만 했다. 그레고리와 루시도 서로에게 '큰 사람이 작아지고 작은 사람이 커지는 가정'을 만들어주는 행복한 부부였다. 누가 봐도 그렇게 보였다. 신부뿐만 아니라 성당의 모든 형제와 자매가 그렇게 믿었다.

그런데 루시는 그렇지 않았다고 했다. 일루미나리 랜턴 축제가 열리던 밴쿠버 트라우트호수 근처의 자그마한 동네에서 살 때 이야기를 해주었다. 그때 집 주변에 남자가 얼씬거리면, 노인이건 어린아이건 가리지 않고 자신을 의심하는 그레고리에게 질릴 대로 질렸다.

한때 페레즈 신부를 향해서도 강렬한 의심의 빛을 섬광처럼 뿜어낸 적이 있었다. 독신 서약을 하고 신부 서품을 받은 걸 잘 알면서도 루시가 신부의 도움으로 밴쿠버의 한 한인학교 미술교사로 취직하자 거의 한 달 가까이 대놓고 루시를 괴롭혔다.

"신부 주변에 젊고 예쁜 수녀가 한 명이라도 있어? 모두 못난이, 뚱보 아니면 늙어빠진 할머니뿐이잖아."

그레고리의 이런 불평을 들을 때마다 루시의 가슴은 커다란 돌덩이에 짓눌리는 것 같았다. 뉴욕만 떠나면 절대 사람을 의심하지 않을 거라고 했기 때문이었다.

"뉴욕에서 그레고리가 의심했던 사람들은 누구였어요?"

"주로 대학 때 친하게 지냈던 친구들이었어요. 물론 저한테 프러포즈했던 애들도 있었지요. 지금은 다들 결혼해서 잘살고 있는데도 그레고리는 의심을 거두지 않아요. 사실 그들을 의심하는 게 아니라 저를 의심한 거죠. 전 그게 정말 싫었어요. 한 번씩 의처증이 도지는 날은 정말 지옥 같은 밤이 찾아왔어요."

여기까지 얘기하다 루시는 갑자기 티셔츠를 홀랑 벗었다. 등이 온통 상처투성이였다. 그레고리가 채찍질한 거라고 했다. 이리저리 찢긴 상처에서 피가 흘러나와 말라붙은 등을 상상하니 끔찍했다. 채찍질 당할 때면 루시는 주문에라도 걸린 듯 이불을 뒤집어쓰고 꼼짝하지 않았다고 했다.

"참 이상하게도 그렇게 맞아도 아프지 않았어요."

내 상상과 달리 그렇게 말하는 루시는 무엇엔가 홀린 표정이었다.

그레고리가 처음부터 무작정 채찍질을 한 것이 아니었던 모양이다. 그레고리는 두 손을 목발처럼 사용했다. 두 손을 바닥에 짚고 휠체어에서 뛰어내려 루시 곁으로 다가왔다. 마음이 급하면 침팬지가 점프하듯 두 손에 힘을 주어 몸을 훌쩍 날리기도 했다. 그레고리의 몸이 루시 엉덩이에 올라탈 때면 루시는 본능적으로 두 다리를 한껏 벌려주기도 했다. 하반신 대신 그의 상반신을 그대로 몸 안으로 받아들일 수 없는 자신이 안타까울 따름이었다. 그레고리는 때로는 혀로, 때로는 손으로, 때로는 뭉툭한 상반신으로 그녀를 애무했다.

"정말 미칠 것만 같았어요. 제가 참지 못하고 신음을 내면 그레고리는 채찍을 휘둘러요. 그러면 불개미 수천 마리가 몸 위에서 바글거리는 느낌이에요. 저는 채찍 손잡이가 남자 성기처럼 생겨서 그레고리가 그걸 제 질 속에 밀어 넣을 줄 알았어요. 그런데 한 번도 그렇게 하지 않았어요. 왜 그랬을까요? 제 몸이 계속 처녀로 남아 있길 바란 걸까요? 남자들은 모두 바보 같아요. 그때 전 이미 처녀가 아니었어요. 고등학생 때 몇 번 경험했거든요. 가방에 늘 콘돔이 있었어요. 우리 학교에는 저처럼 금발에 푸른 눈의 여자애가 많지 않았어요. 남자애들은 모두 저랑 자고 싶어 했어요."

봇물이 터진 듯 루시는 이야기를 멈추지 않았다. 매년 핼러윈 시즌 때면 트라우트호숫가에서 수백 개의 빛나는 등불을 바라보면서 잃어버린 영혼의 절정을 경험했던 이야기는 끝이 없었다. 그레고리가 밤새도록 자신에게 얼마나 기괴한 짓을 했는지 이야기하기도 했다.

"나중에 알게 됐어요. 그레고리는 저한테 마법을 건 거였어요."

나는 루시 이야기를 들으면서 루시와 페레즈 신부 사이에서 어떤 일이 있었으리라고 전혀 상상하지 않았다.

2010년, 페레즈 신부가 뉴욕 차이나타운 델란시 스트리트의 성당에 있을 때 상상을 비롯한 많은 아시안이 무료로 영어를 배우러 몰려들었다. 중국어와 한국어를 잘했던 신부는 강론할 때도 중국어와 한국어, 영어를 섞은 멋진 강론으로 인기를 얻었다. 페레즈 신부처럼 고상한 미국인은 처음이었다. 신부는 성경과 관련한 강론을 많이 하지 않았다. 신앙과 영어가 왜 필요한지를 늘 강조했다.

"여러분도 미국 주류사회에 충분히 진출할 수 있습니다. 신앙과 영어, 두 가지 기본만 갖추면 됩니다. 언제라도 여러분 앞을 가로

막은 장벽을 허물 수 있습니다."

미사가 끝나자 한 한국인이 사람들을 비집고 루시에게 다가왔다.

"This place seems even more beautiful when you're here."

(이곳은 왠지 당신이 있어 더 아름다운 것 같아요.)

미국인 못지않은 유창한 영어로 루시를 칭찬한 사람은 얼마 전 플러싱에 차 정비소를 연 한국계 미국인 김기중이었다. 그는 나를 볼 때마다 형님은 미국 생활이 몇 해째인데 아직 차가 없냐면서 내가 차를 사면 정비는 이 아우가 영원히 무료로 해주겠노라고 장담했다. 나이가 마흔에 가까웠던 그는 한국 여자 열댓 명과 연애했지만 아직 미혼이었다.

"한국 여자와 연애할 순 있지만 결혼까지는 하기 싫어요. 결혼은 꼭 다른 인종과 할 거예요."

"자넨 다른 사람과 거꾸로구먼. 남들은 연애는 다른 인종과 해도 결혼은 꼭 한국 사람과 한다던데. 왜 이러시나? 장가들지 않기로 아예 작정한 건가?"

내가 핀잔했더니 그가 정색하고 속내를 드러냈다.

"형님, 저는 진짜입니다. 그냥 한국 여자하고 결혼할 거면 뭐 하러 미국에 살겠습니까. 결혼해서라도 미국 주류사회에 진출하고 싶은 게 평생의 꿈입니다. 형님은 그렇지 않으신가 봅니다."

그는 친교 시간이면 늘 내 곁에 다가오는 루시에 대해 무척 알고 싶어 하는 눈치다.

'자식, 다른 사람이라면 모르겠지만 루시는 안 돼.'

3

3월경, 나는 맨해튼에서 더는 배겨내지 못하고 엘머스트로 옮겼다가 다시 플러싱으로 돌아오고 말았다. 처음 살았던 폐차장 근처였다.

저녁 무렵, 샹샹이 위챗[3]에 올라왔다.

"아저씨, 오늘 너무 바빠서 죽는 줄 알았어. 손님들이 끝없이 들어와 점심 먹을 새도 없이 줄곧 일만 했어. 아저씨 방 청소하느라 어제 하루 못 번 돈 오늘 다 벌었지. 어때요? 나 장하죠? 히힛."

내가 미처 대답하기도 전에 혼자 지껄이고는 훌쩍 사라져버렸다. 다시 한 시간쯤 지나자 이번에는 핸드폰이 울렸다.

"아저씨, 우리 오늘 외식할래? 내가 살게."

"자식, 외식하면 내가 내야지. 나 때문에 어제 일 못 했다며."

"오늘 다 벌었는데 뭐."

"안 돼. 무조건 내가 내야 외식할 거야."

"그동안 계속 아저씨한테 언어먹기만 했잖아. 이제는 나도 돈

---

3 중국인이 많이 사용하는 채팅 서비스 앱.

많이 번단 말이야. 한 번은 사게 해줘."

"한 번이 아니라 반 번도 안 돼."

"엥, 알았어. 8시까지 루스벨트와 프린스 사이에 있는 빵집 앞에서 기다려요. 차가 막히지 않으면 8시 전에 도착할 수 있어."

샹샹은 쉴 새 없이 재잘거렸다. 오랜만에 외식해서 무척 즐거운 듯했다.

샹샹은 열여섯 살 때 부모를 따라 미국으로 밀입국했다. 그러나 부모는 국경경비대에 체포되고 혼자만 들어왔던 샹샹은 중국인 브로커의 도움으로 이 폐차장 동네에서 살기 시작했다. 동네 근처에 폐차들이 산더미처럼 쌓여 있어 동네의 공식 명칭이 되었다.

나는 이 동네를 '쥐동네'라고 불렀다. 한자로는 '鼠村(서촌)', 중국말로는 '쑤춘'이다. 폐차 더미 사이에 얼마나 쥐가 많은지, 비 오는 날이면 고양이만큼 큰 쥐들이 진창길 복판에 나와 노는 걸 보기도 한다. 행인이 뜸해서인지 길 한복판에서 쥐들이 재롱이라도 부리듯 지그재그 뛰어가면서 물이 닿지 않은 마른 땅만 골라 딛고 가는 모습은 묘기에 가까워 혀가 내둘러질 지경이었다.

나 혼자 지어 부르던 동네 이름을, 하우스에서 함께 사는 세입자들도 따라 부르기 시작했다. 한 번은 방이 비자 셋방 광고를 냈던 주인할머니가 전화를 받으면서 건물 위치를 알려주었다.

"폐차장 서촌이오. 쥐가 좀 많지만, 그래도 방세가 싸잖소."

주인할머니의 일거수일투족을 유심히 보던 샹샹은 바로 쪼르르 다락방으로 뛰어 올라왔다.

"아저씨, 아저씨. 빨리 문 열어줘. 방금 주인할머니가 뭐라고 한 줄 알아. 방 구하는 사람이 주소를 물었더니, 여기가 폐차장 서촌이래. 아저씨한테 다 전염됐어."

"오, 됐다, 알았어, 그만, 아저씨 더 자야 하니까 방해하지 마."

샹샹을 달래고, 계단 내려가는 아이의 발걸음 소리에 귀를 기울인다.

샹샹은 내려가는 척 발걸음 소리를 내고는 문가에 숨어 있기를 좋아했다. 나는 그런 줄도 모르고 문 커튼 자락을 들었다가 불쑥 얼굴을 들이대는 샹샹 때문에 놀라 자빠질 뻔한 적이 있었다.

"아저씨, 방에 또 누가 왔구나!"

샹샹은 문을 걷어차면서 고함을 질렀다.

다행히도 그날은 나 혼자 있었다. 나는 문을 활짝 열고 샹샹을 꾸짖었다.

"계집애야, 왜 이리도 버릇없이 굴어. 중국 시골에 살 때 하던 버릇 그대로잖아. 넌 아빠와 엄마 자는 방에도 이런 식으로 들어갔어?"

"아니."

샹샹은 오히려 어리둥절해 했다.

"내 버릇이 어때서? 아빠랑 엄마랑 한 침대서 잤는데? 우리 집은 작아서 내 방이 따로 없었어."

"여기는 지금 네 고향이 아니고 미국이잖아."

나는 어린 상상에게 말로는 다 설명할 수가 없어 그저 어르고 달랠 수밖에 없었다. 토라진 아이 맘을 풀어주려 아이스크림 가게로 데리고 갔다.

"상상아, 아저씨는 너한테 고마운 사람이지?"

"응. 아저씨는 내 아빠나 다름없어."

"그러니까, 넌 언제나 아저씨 편이잖아. 주인할머니가 뭐라고 험담해도 언제나 나한테 알려주고 그랬잖아. 그렇지만 오늘처럼 갑자기 아저씨 방으로 쳐들어왔다가 혹시 아저씨 방에 다른 사람이라도 있었으면 어쩔 뻔했어. 아저씨가 망신당할 게 아니니. 여자 손님이라도 있었으면 이 일을 알게 될 주인할머니는 온종일 내 험담만 할 게다. 그러면 아저씨는 창피해서 이 집에서 더는 살 수 없어. 아저씨가 다른 데로 이사가 버리면 좋겠니? 그런 거야?"

"아니, 아니야."

상상은 진짜 겁을 집어먹은 듯했다.

눈물까지 그렁그렁해진 상상이 안쓰러워 나는 딸에게 하듯 머리를 쓰다듬으면서 차근차근 타일렀다.

"너도 내년이면 열일곱이야. 요즘 그 나이면 남자친구도 사귀고 연애도 하니 어리다고 볼 수 없지. 아직 미성년자라서 취직은 할 수 없지만, 아르바이트는 할 수 있잖아. 친척 집 가게도 봐주고 빵집 같은 데도 있고. 그렇게 조금씩 돈도 벌고 영어도 공부하면서 미국에서 살아갈 길을 닦아야 하잖아. 언제까지 부모님이 미국으로 밀입국할 날을 기다릴 거니. 이미 한 번 붙잡혀 추방되었으니,

다시 밀입국하다가 잡히는 날이면 추방이 아니라 징역을 살게 될지도 몰라. 그러니 아빠 엄마를 미국에 오게 하려면 네가 빨리 영어도 공부하고 돈도 벌어서 합법적인 신분을 취득해야 한단다."

나는 진심으로 샹샹을 도와주고 싶었다.

샹샹을 데리고 왔던 브로커는 평소 알고 지냈던 주인할머니한테 샹샹을 맡겼다. 그러면서 엘파소[4]에서 뉴욕까지 데리고 오는 비용 300달러를 받지 못했다면서 대신 낼 수 있는지 물었다고 한다.

주인할머니는 나한테 샹샹을 떠넘기려 했다.

"500달러라고요? 500달러만 내면 이 애를 저한테 주시겠다는 건가요?"

"그래요. 애가 나이는 어리지만 물어보니 뭐든 다 할 줄 안다고 하오. 누구든 자기를 도와주기만 하면 시키는 대로 다 하겠대요."

주인할머니는 샹샹을 데리고 왔다. 밀가루 운반 트럭을 타고 왔는지 콧구멍과 귓구멍에도 흰 밀가루 같은 게 있었다. 얼굴은 대충 씻었는데, 머리카락에도 밀가루가 덕지덕지 붙어 있었다.

"원, 샤워 정도는 시키시지, 애가 이게 무슨 꼴이에요?"

내가 나무랐더니 주인할머니가 능글맞게 대답했다.

"애가 마음에 들면 리우 선생이 데리고 들어가 목욕시키면 되잖소. 어떻게 하실 거요? 500달러 내시겠소? 조금 깎아드릴 수는 있지만."

4 미국 텍사스주에 있는 멕시코와의 국경도시.

샹샹은 물끄러미 내 얼굴만 보고 있었다.

"일단 잠깐 기다리세요."

나는 샹샹을 다락방으로 데리고 올라가 샤워실에 들여보낸 다음 주인할머니에게 물었다.

"저 애를 도와준다는 게 그냥 재워주고 먹여주는 건 아닐 거잖아요."

"이 애도 선생이 도와줬던 여동생 친구랑 비슷한 케이스요. 어쩌면 더 어려울지 모르오. 부모들은 붙잡혔고 이 아이만 빠져나왔어요. 나이가 어려서 일도 할 수 없고, 보석금 낼 돈이 없어 부모를 감옥에서 꺼낼 수도 없고. 무슨 방법 없겠소? 아이가 나이는 어리지만 도와주면 여자친구도 될 수 있고, 아예 같이 살 수도 있다고 했다오."

나는 너무 기가 막혀 한참을 아무 말도 못 하고 있다가 다시 다락방으로 올라왔다. 한참 기다려도 샹샹이 샤워실에서 나오지 않았다. 문을 두드렸더니 안에서 기어들어 가는 소리로 대답했다.

"내가 옷을 안 가지고 들어왔어요."

샤워실 바깥에 벗어놓은 샹샹의 옷가지들을 보니 차마 그대로 입게 할 수 없었다. 채희가 맡겨둔 트렁크를 열어 옷가지를 꺼내 샤워실에 넣어주었다.

"좀 크겠지만 일단 입고 나와."

채희는 키가 166cm라서 150cm도 안 돼 보이는 샹샹이 채희 옷을 입자 고양이가 우산 쓴 거와 다를 게 없었다. 샹샹은 작고 가무

잡잡했지만, 눈살 찌푸릴 정도로 미운 얼굴은 아니었다.

"너 진짜 열여섯 살 맞아? 열세 살 정도밖에 안 돼 보여."

"그냥 세는 나이로는 열일곱 살이에요. 생일이 1월 7일이거든요. 그러니까 내년이면 사실상 열여덟 살이에요. 미국에서는 열여덟 살이면 성인이잖아요. 일도 할 수 있다고 했어요."

샹샹은 어엿하게 보이려고 애를 썼다. 당장 갈아입을 옷가지도 없는 처지였지만, 비굴하지 않고 당당하게 말했다.

"아저씨가 저를 도와주시면, 내년부터 일해서 다 갚을게요."

"어휴, 지금 이 다락방 꼬락서니만 봐도 감이 잡히지 않니? 여기에 트렁크를 맡겨놓고 다른 곳으로 일하러 간 아줌마들이 모두 몇 명인 줄 아니? 지금 네가 입은 옷도 그 아줌마들 트렁크에서 꺼낸 거야. 내 처지로는 당장 너를 플러싱까지 데려온 브로커 비용 500달러조차도 대주기 벅차다."

내가 이렇게 실토했더니 샹샹의 두 눈이 동그래졌다.

"아니, 왜 500달러예요? 300달러인데?"

샹샹은 나한테 핸드폰 번호 하나를 불러주었다.

"여기까지 나를 데려다준 그 아저씨 전화번호예요. 여기 전화해서 확인해 보세요. 아저씨가 200달러를 더 붙여 주인할머니한테 팔아먹었는지, 할머니가 더 붙인 건지 알고 싶어요."

나는 샹샹을 말렸다.

"얘야, 팔아먹고 어쩌고 하는 말 하지 말거라. 듣기 거북해. 할머니는 나한테 너를 사라고 하지만 난 너를 살 돈이 없어. 그냥 내 힘

28

이 닿는 대로 도와는 주마. 네 아빠 엄마를 석방할 보석금을 마련하지는 못하겠지만, 무료로 변호를 해줄 변호사는 알아봐줄게."

우리 둘은 2층으로 내려와 주인할머니한테 따지고 들었다.

"할머니, 브로커 비가 300달러인 거 다 알아요. 그러니 더 붙이진 마세요. 대신 이 애가 여기서 살 수 있게 한 달 디파짓과 집세를 미리 낼게요. 방세는 가장 싸게 해주세요."

내가 신문사에 다니는 걸 까먹고 흥정하려 했던 주인할머니는 방을 세 들겠다는 말에 두말없이 동의했다.

이렇게 상상의 두 달 치 방세와 간단한 살림도구, 입을 옷가지 몇 개를 마련하느라 하룻밤 사이에 2,000달러를 날렸다. 지갑도 은행계좌도 텅텅 비어버리고 말았다.

'어이쿠, 영웅이 미인을 구하는 것도 아니고, 당장 제집 쌀독 바닥나는 줄도 모르고 한바탕 잘난 척하다가 이게 무슨 꼴이람?'

돈이 이렇게까지 없었던 적은 이때가 처음이었다. 한주 내내 싸구려 라면만 먹으면서 주급이 나오는 금요일 오후만 기다렸다.

그만둔 지 한참 되었던 아르바이트도 다시 시작하기로 했다. 매주 금요일과 토요일에 파트타임 했던 트라이베카의 액자가게로 염치없지만 다시 찾아갔다.

4

이 가게 사장 조한나의 별명은 '빅 마우스'다. 무슨 비밀이든 그의 입에서라면 술술 새나간다. 가게로 찾아오는 손님 대부분은 조한나의 친구였다. 조한나와 만나면 모두 친구가 되었기 때문이다.

조한나는 늘 새 정보를 가지고 있었다. 그래서 '친구 손님'들은 가게에 올 때마다 새로운 소식을 듣게 되었는데, 누구네는 이혼했고, 누구네는 소송당했으며, 또 누구네는 돈이 떨어져 스튜디오까지 내놓았다는 등 대부분 그런 정보였다. 손님들도 그냥 듣고만 가는 게 아니었다. 자기가 들은 최신 정보를 전해주곤 했다. 그러니 조한나는 입만 큰 게 아니고 귀도 컸다.

무릇 아티스트들과 관계된 소식이라면 전부 귀담아들었고, 내용의 진위는 확인하지도 않은 채 술술 풀어놓았다. 잘못된 정보로 곤란해진 당사자가 찾아와 한바탕 욕설을 퍼붓는 일도 있었다. 그럴 때면 조한나는 수완을 발휘해 상대의 화를 금방 풀어주었다.

"어휴, 캐서린이 그렇게나 곤란한 소문을 내고 다녔단 말씀인가요. 그런 소문을 나한테 들었다고요? 말도 안 되는 소리예요. 캐서린이 왜 나를 끌어들였는지 알겠어요. 캐서린 남편 테이가 최근에 바람을 피웠거든요. 여자와 함께 우리 가게에 왔었다니까요. 내가 둘에게 차를 대접하고 있는데, 글쎄 캐서린이 불쑥 가게로 들어왔지 뭐예요. 정말 가관이었어요."

이런 식으로 상대방이 더 궁금해할 만한 새 정보로 마음을 사로잡았다. 그러면 상대방도 그냥 돌아가지 않고 자기가 아는 정보를 하나 더 얹어주었다.

"캐서린도 실은 눈이 맞은 젊은 작가가 하나 있다던데, 알고 계세요?"

"어머, 그게 정말이에요?"

"그럼요. 총각인 데다 나이도 열 살이나 어리대요. 별로 이름도 없고 작품도 팔리지 않는데, 글쎄 스튜디오까지 척 마련했더라고요. 그 돈이 다 어디서 왔겠어요?"

처음에는 당장 잡아먹을 것처럼 눈을 부릅뜨고 들어왔던 사람이 나갈 때는 비밀을 공유하는 친구가 되어 버린다. 원래는 테이가 바람피우다가 캐서린에게 들킨 사실만 알았던 조한나에게 그새 캐서린이 자기보다 젊은 아티스트와 바람나 스튜디오까지 잡아준 정보까지 추가되었다.

조한나의 친구 중 시실리아라는 우체부가 있는데, 별명이 '불스터먹'이었다. 밥을 많이 먹는다고 조한나가 붙인 별명이었다.

하루는 시실리아가 화가 엄청나서 대뜸 조한나를 몰아붙였다.

"이 계집애야, 내가 불 스터먹이면, 너는 빅 마우스다."

조한나와 같은 성당에 다니는 친구들이 시실리아와 스테이크 먹으러 갔다가 돌아와서는 시실리아 흉을 본 듯했다. 그때 조한나는 친구들에게 말했다.

"시실리아가 '불 스터먹'이라는 사실을 미처 알려주지 않았구나. 앞으로 그 애한테 밥 살 일이 생기면 꼭 뷔페로 가야 해."

뒤늦게 자기 별명을 알게 된 시실리아가 가게 직원들이 모두 있는 데서 조한나를 빅 마우스라고 빈정대자 조한나는 너무 창피해했다. 하필이면 내가 파트타임으로 일하고 있던 시간이었다. 그는 내 앞에서만큼은 이상하게도 교양 있는 지식인으로 보이고 싶어했는데, 이날 꼼짝없이 낭패를 본 것이다.

조한나는 부리나케 시실리아를 끌고 나갔다. 금세 둘이 돌아왔는데, 조한나 뒤에서 따라 들어오던 시실리아 손에는 커다란 쿠키와 라지 사이즈 커피가 들려 있었다. 커피도 아메리카노보다 훨씬 비싼 캐러멜 마키아토다. 어찌 된 일인지 물어볼 것도 없이 시실리아는 조한나에게 확실히 작업당한 것일 테다.

시실리아도 엄청나게 많은 정보를 가지고 있었다. 소호가 배달 지역이다 보니 친하게 지내는 갤러리 대표가 많았다. 그들은 시실리아가 오면 차를 대접하면서 이런저런 이야기도 나누었기 때문이다.

시실리아가 돌아간 뒤 조한나가 변명 삼아 내게 말을 건넸다.

"리우, 내 친구들이 하는 말을 귀담아들으면 안 돼요."

내가 시치미 떼며 물었다.

"사장님, '불 스터먹'은 누구고, '빅 마우스'는 누군가요?"

조한나는 죽겠다는 듯이 웃어댔다.

"다 엿듣고 있었군요."

"안 듣고 싶어도 한두 번 말한 게 아니니 어떻게 안 들어요?"

내가 농담조로 받았더니 조한나는 말이 많아졌다.

"시실리아는 내가 빅 마우스라고 했지만, 난 입만 큰 게 아니죠. 귀도 크거든. 빅 마우스 앤 빅 이어라고 해야 맞아요."

나도 조한나가 입만 큰 게 아니고 확실히 귀도 커서 이 계통의 정보를 허다하게 축적해두었다는 사실만큼은 인정하지 않을 수 없었다.

그 정보 가운데 시실리아가 가져다준 유용한 정보 하나가 있었다. 아주 오래전, 첼시 남단에 위치한 9번가에서 체코 출신 도로시 여사가 20년 넘게 운영했던 액자가게와 관련한 이야기였다. 내가 미국에 와서 신문사에 취직한 지 얼마 안 되었을 때 신문사 사주 딸이 도로시 여사를 소개해주어 그 가게에서 몇 번 일을 도와준 적이 있었다.

5

내가 처음 투잡을 시작한 곳도 9번가의 바로 이 액자가게였다. 그런데 건물주가 월세를 터무니없이 올리자 도로시 여사는 가게를 다른 곳으로 이전하지도 못한 채 그냥 문을 닫게 되었다. 건물주가 만기 재계약하기로 약속해 주었지만, 건물을 다른 사람에게 넘기는 바람에 일이 터지고 만 것이다.

당시 나는 이 일을 기사로 써서 신문사 사장에게 직접 보냈다. 그때까지만 해도 신문사에 정식 취직한 게 아니었고, 사주 딸 수잔이 신문사 1층에 운영하던 갤러리에 취직하여 주급 300달러를 받고 일하고 있었다. 이 기사는 우리 신문사뿐만 아니라 다른 매체에 보낸 것도 모두 보도되었다. 그때 도로시 여사 가게뿐만 아니라 그 건물의 한국인과 중국인 가게 수십 호도 모두 딱한 처지에 놓였는데, 뉴욕의 한인 신문이나 중국인 신문들에서도 전혀 관심을 보이지 않아 기사를 그 신문들에도 보냈던 것이다.

새 건물주는 언론이 떠들어대도 미동도 하지 않았다. 결국 액자가게가 문을 닫게 되자 나는 그동안 맡았던 일들을 마무리해야 했다. 도로시 여사가 선반에 쌓인 작품들 속에서 먼지가 뽀얗게 덮인 드로잉 한 점을 끄집어내 살펴보다가 소스라치게 놀랐다.

"이 일을 어쩌면 좋아요? 리우, 우리 소송당할지도 몰라요."

아주 오래전에 맡긴 작품이었는데, 인보이스에 적힌 날짜를 보니 맡긴 다음 20일 후 바로 찾아가기로 한 것이었다. 그러나 1년이 넘도록 프레임을 만들지 않았고, 또 맡긴 갤러리에서도 다시 연락이 없었던 모양이었다.

"갤러리에서 이 드로잉을 맡긴 걸 잊어버렸나 봐요. 여기 사인을 보니 로버트가 받아둔 거예요."

로버트는 도로시 여사의 남편이다. 로버트는 꽤 이름 있는 아트딜러여서 도로시 여사의 액자가게에서 프레임을 만들었던 작가 대부분도 로버트와 안면이 있었다. 종종 로버트는 아내 대신 작품을 받아두기도 했다. 그런데 어쩌다가 1년 넘게 가게에 방치된 드로잉 한 점이 나온 것이다. 로버트 본인도 잊어버리고, 도로시 여사는 아예 작품이 있었던 것도 몰랐다.

어쨌든 로버트 부부는 수잔에게 전화해서 1년 전 당신네 갤러리에서 맡겼던 드로잉 한 점을 발견했다고 솔직하게 고백했고, 뒤늦게 액자를 만들어 씌웠지만 액자값은 받지 않을 테니 작품을 가져가라고 했다.

"이 액자 컬러도 리우가 디자인했나요?"

수잔이 불러서 갤러리로 내려갔더니 로버트 부부가 와 있었다.

수잔은 사뭇 신기하다는 눈빛으로 나를 바라보며 물었다.

"무슨 문제가 생겼나요?"

사실 그 액자 컬러는 내가 정한 것도, 도로시 여사가 정한 것도 아니었다. 가게가 문을 닫게 되어 목수들도 모두 그만둔 상황에서 뒤늦게 발견된 작품이어서 새로 액자를 만들 수 없었다. 나는 비품 창고에 쌓여 있던 액자 중에서 그나마 크기가 비슷한 것 하나를 골라냈다. 마호가니브라운 컬러로 페인팅한 액자였다.

"이 작가가 이름 있는 분인가요? 한국 사람 같은데, 처음 보는 이름이라서요."

도로시 여사가 수잔에게 물었다.

"네, 여기 뉴욕 한인사회에서는 꽤 알아주는 작가예요. 한때 한국에서 상당히 명성을 날리다 미국에 왔지만…."

수잔은 말끝을 제대로 맺지 않았다.

"미국에 와서 활동하는 한국 작가들은 저도 대부분 알아요."

로버트의 말에 수잔이 바로 대답했다.

"이 작가는 뒤늦게 미국에 왔는데, 일이 잘 풀리지 않았고 가정에도 불화가 생겨 굉장히 불행해졌습니다. 몇 번 찾아보려 했지만 실종된 지 벌써 7, 8년이 되었다고 하더군요. 나중에라도 이 작품이 팔리면 작품값을 작가 가족에게 전달할 생각이에요."

세 사람은 액자 디자인도 칭찬하기 시작했다.

"드로잉이 표현하려는 주제와 짙은 액자 컬러가 잘 어울려요."

도로시 여사가 나한테 물었다.

"이 드로잉이 의미하는 게 뭘까요?"

"아, 그야 로버트 선생이 이 방면 전문가 아닙니까."

딜러 일을 오랫동안 해온 로버트도 이 드로잉이 무엇을 표현하는 지 어려워했다. 모두 수잔을 쳐다보면서 설명해주기를 기대했다.

"솔직히 저도 잘 모르겠어요. 이 작가는 좀 괴팍해요. 원래 드로 잉하는 작가는 아니에요. 설치작품을 주로 했는데, 실종되기 전 이 드로잉을 저한테 보냈어요. 사인도 다른 사람처럼 그림 아래쪽 에 한 게 아니라 위쪽에다 했어요. 전문 비평가들도 이 작가의 작 품 해석은 잘 못 해요. 그래서 작품을 전시할 때면, 작가 본인이 직접 작품을 해설해주기 바랐답니다. 지금은 이 작가가 사망했다 고도 하고 찾을 수도 없으니, 작품 해석은 그냥 관람객들에게 맡 기는 수밖에 없어요."

"보통 사람들은 더 해석하기 어렵지 않나요?"

"그러니 전문 비평가들이 하겠지요."

"비평가들도 해석이 모두 달라요."

"그건 그래요. 그래서 리우의 해석을 듣고 싶어서 겸사겸사 부 른 거예요. 신문에 아트 관련 기사를 꽤 썼잖아요. 더구나 갤러리 에서도 일해 봤고 액자가게에서도 일해 보았으니까."

이렇게 수잔은 항상 나를 띄워주고 싶어 했다.

우리 신문사는 대외적으로는 수잔의 아버지가 사주로 알려져 있으나, 실제로는 수잔의 남편이 진짜 사주였다. 그는 미국 정계 에서 큰 영향력을 행사하는 한 대형 일간지의 주주이기도 하다.

수잔과는 결혼한 지 불과 4, 5년도 안 되어 모델들과 스캔들이 터져 꽤 오랫동안 별거하였다고 한다. 최근에 이 부부가 이혼 수속 중이라고 말하는 사람도 있었다. 내가 수잔의 추천으로 특별채용된 것을 아는 신문사 동료들은 나한테서 자세한 소식을 얻어듣고 싶어 했지만, 유감스럽게도 나도 아는 게 아무것도 없었다.

수잔의 요청으로 나는 이 드로잉에 관한 내 나름의 생각을 이야기했다.

"이 드로잉은 줄기 비슷한 것이 부챗살처럼 양쪽으로 펼쳐지는데, 마치 사람의 핏줄이 온몸으로 뻗은 모양 같습니다. 거꾸로 돌려놓고 보면 나뭇잎사귀 같기도 하고요. 액자 컬러까지 짙은 마호가니브라운으로 디자인했으니, 누가 봐도 생명이 연상되지 않나요? 줄기를 따라 양쪽으로 뻗어 나간 잎사귀 같은 것도 붉게 물들긴 했지만, 바탕색은 새파랗습니다. 파랑은 생명을 상징하고 붉은색은 사랑을 표현한 것일 수 있습니다. 그러므로 드로잉이 표현한 핵심 키워드는 다음 몇 단어로 표현할 수 있다고 봅니다. 생명, 사랑, 젊음, 여자, 이런 정도 아닐는지요?"

내가 이렇게 제멋대로 갖다 붙였는데도 모두 감탄했다.

아! 생명, 사랑, 젊음, 여자라니 이 얼마나 멋진 해석인가. 두툼한 장편소설도 아닌, 한 점의 드로잉에 불과한데도, 이렇게 깊은 철학을 내포하고 있다니. 사람들은 단 한 점만으로 그런 심오한 사상을 표현해낼 수 있는 미술 자체의 위대함에 감탄했던 것 같다.

"리우, 작품 해석이 너무 멋져요. 마음에 들어요."

수잔은 이 드로잉과 관련한 카탈로그를 만들어 달라고 나한테 부탁했다. 그러나 전시를 하루 앞두고 뉴욕의 돈 많은 미술품 현지 딜러들만 먼저 초청하여 진행했던 미디어 프리뷰 행사일까지도 카탈로그에 이 작품 제목을 써넣지 못했다.

전시가 열리고 얼마 지나지 않았을 때, 주류 언론들은 올해 첼시에서 경매 최고가를 경신한, EJ 화백의 〈카즈믹(Cosmic)〉, 또는 〈움(Womb)〉으로 제목을 단 이 작품에 대해 격찬했다. 그 다음 달 세계적으로 권위 있는 드로잉 전문 월간지에서는 두 제목을 하나로 합쳐 아예 〈카즈믹 움〉으로 작품을 소개했다.

카즈믹은 우주, 움은 자궁이다. EJ 화백의 유작은 〈우주의 자궁〉이라는 멋진 이름으로 그해 첼시를 뜨겁게 달군 최고의 화제작이 되었다.

그런데 조한나와 시실리아는 이때 일에 관해 어디서 주워들은 소식인지, 한참 와전된 이야기를 주고받고 있었다.

"그게 글쎄, 있잖아요. 원래는 EJ가 배추를 그린 그림이었다네요. 액자가게에서 파트타임으로 일하는 어떤 바보 같은 작자가 와이어를 잘못 달아서 액자의 탑과 바텀을 바꿔놓았다지 뭐예요. 그러니까 거꾸로 걸린 배추 그림을 보고 정신 나간 비평가들이 제멋대로 생명이니, 사랑이니 온갖 의미를 붙여대면서 결국 〈카즈믹 움〉이라는 어마어마한 이름까지 달았대요."

"그 드로잉이 팔리긴 팔렸대요?"

내가 참지 못하고 한마디 물었더니 시실리아가 알려줬다.

"7만 달러에 팔렸대요"

둘은 구체적인 액수까지 알고 있었다. 나도 몰랐던 사실이었다. 다만 수잔이 작품값을 약속대로 EJ 화백의 가족에게 전해주려고 여러 경로로 수소문했던 건 알고 있었다.

나중에 들은 이야기로는 수잔은 EJ 화백의 부인을 찾아냈는데, 놀랍게도 할렘에서 생선가게를 하는 에리카라는 미국 여자였다고 했다. 미대에 다니는 딸이 하나 있었는데, 에리카에게서 학비를 전혀 후원받지 못한다는 사실을 알고 수잔은 작품값을 딸에게 전부 주었다고 한다. 7만 달러에 팔렸다고 하니 수수료를 떼어도 최소한 3, 4만 달러는 되었을 터이다.

"그런데 EJ 화백은 진짜 사망한 건가요? 아님, 실종된 건가요?"

나는 EJ 화백 소식이 궁금해 물었다. 수잔은 대답 대신 EJ의 딸 이야기를 했다. 그 아이는 수잔에게 돈을 받고 이렇게 말하며 기뻐하더라고 했다.

"이 돈이면, 아버지 찾으러 갈 수 있을 거 같아요."

자기 아버지는 사망한 게 아니고 실종되었으며, 최근 스페인 어느 거리에서 초상화를 그리고 있는 걸 보았다는 사람이 있었다고 했다.

"네 엄마는 아버지가 죽었다고 하지 않았니?"

"그건 엄마 말이지 제가 한 말은 아니에요."

수잔은 이 대답에 몹시 놀랐다.

"그럼, 너는 지금 아버지가 살아 있다고 생각하니?"

"네."

"증거는 있고?"

"없어요."

"그런데 어떻게 알아?"

"전 알아요."

EJ 화백의 딸은 자기 아버지가 살아 있다는 확실한 믿음이 있었고, 여러 해 동안 방학 때마다 아버지를 찾아다녔다고 한다.

6

EJ 화백은 미국에서 모두가 알만한 명문 대학에서 미술을 전공
했고 석사학위를 받은 뒤 한국 모교로 돌아가 교수가 되었다. 이
사실을 확인하기 위해 EJ 화백의 아내 에리카를 찾아간 적이 있었
다. 에리카는 무척이나 남루한 옷차림에 낯빛이 어두웠다. 나이는
많지 않아 보였는데 검은 머리카락 한 올 찾아보기 어려울 정도로
새하얗게 세 있었다. 젊은 나이에 남편을 잃고 고생한 흔적이 역
력했다.

"따님은 아버지가 죽지 않고 살아 있다고 주장한다면서요?"

"그 애가 미쳐서 그래요."

나는 에리카의 딸이 미대에 다니는 것은 분명 아버지 피를 물려
받은 탓이라고 생각했다. 그러나 에리카는 어려서부터 그림 그리
는 걸 좋아하고, 결국 미대에 진학한 딸에게 무척 분노했다.

"그러잖아도 갤러리의 수잔이 와서 일러줬어요. 애가 계속 저렇
게 자기 아버지가 죽지 않고 살아 있다고 소문내고 다니면 작품값
에 변화가 생긴댔어요."

에리카는 내가 묻지도 않은 말을 주절주절 늘어놓았다.

"변화가 생기건 말건 상관없잖아요."

에리카는 수잔한테서 전화가 몇 번 왔다고 했다. EJ의 드로잉을 사 갔던 고객이 갤러리에 전화해서 드로잉에 문제가 있다고 항의했다는 것이다.

"그런 걸 나한테 말한들 무슨 소용 있겠어요. 작품값을 내가 받은 게 아니잖아요. 난 아무것도 몰라요. 난 먹고 사느라 바빠요. 다시는 이런 일로 연락하지 마세요. 문제가 있으면 작품값을 받은 내 딸을 찾아서 해결하세요. 난 그 애 일에 일체 상관 안 해요. 아니 못해요. 어디 내가 하는 말을 듣는 줄 아세요."

에리카는 문득 나를 돌아보면서 물었다.

"당신은 한국인이지요?"

"한국말을 할 줄 알아요."

"한국인이 아닌가요?"

"한국말 하는 중국 사람이기도 하고, 중국에서 살다가 미국에 온 한국 사람이기도 합니다."

내 대답에 에리카는 어리둥절했다.

"그게 무슨 말이에요?"

"한국 사람 맞아요. 그냥 영어로 말씀해 주세요."

"수잔은 남편 그림에 무슨 문제가 있다던데 무슨 소린지 모르겠어요. 혹시 알고 있어요?"

에리카는 자기랑 전혀 관계없는 일이라고 딱 잡아뗐지만 걱정은 되는 모양이었다.

"나한테 연락 번호를 줄 수 있나요?"

"네?"

"우리 애가 집에 오면 연락하라고 할게요. 수잔 전화를 받고 나니 불안해서요. 그림값을 돌려달라고 해도 우리 애한테 무슨 돈이 있겠어요. 학비에 여행 경비에, 모르긴 해도 아마 다 써버렸을 거예요."

"갤러리 사장님이 그러던데, 따님이 아버지를 찾으러 스페인에도 다녀왔대요."

"에구머니나, 아까 한 말 못 들었나요? 그래서 나도 화를 냈지만, 걔가 미친 거예요. 가끔 심사가 틀어지면 이상한 고집을 부린답니다. 남편이 죽은 건 하루, 이틀도 아니고 이미 7년이나 됐어요. 죽어버린 사람이 어떻게 나타나요? 그런데도 걔는 어디서 이상한 소문을 듣고 와서는 아버지가 지금 스페인에 있다, 영국에 있다, 한국에 있다 하면서 이상한 소리를 한 번씩 해요. 걔가 스페인에 갔다 온 것도 알아요. 그것도 혼자 간 게 아니고 남자친구랑 같이 갔어요. 나쁜 계집애."

"그래도 다른 사람도 아닌 자기 아버지 죽음을 가지고 근거 없는 얘기를 할 수 있나요."

내가 뭐라 하자 에리카는 수치심으로 안색이 돌처럼 굳어졌다. 잠시 후 불쑥 이런 말을 했다.

"아티스트들, 거의 정신에 문제가 있어요."

며칠 뒤, EJ 화백의 딸에게서 연락이 왔다.

"선생님, 저는 루시라고 합니다. 선생님과 만나고 싶어요. 저는 금요일과 토요일은 시간이 괜찮아요. 일요일도 일을 나가지만 선생님 시간과 맞춰볼게요."

"아, 나도 금요일과 토요일에는 소호 남쪽 트라이베카에서 일하니 아무 때나 거기로 와요. 부근에 괜찮은 커피숍이 있으니, 그곳에서 이야기 나누기가 좋을 것 같아요."

나는 루시라는 EJ 화백의 딸이 어떤 모습일까 상상했다.

한국 남자와 미국 여자 사이에서 태어난 신비스러운 혼혈 외모를 떠올렸는데, 전혀 상상 밖으로 푸른 눈에 금발이었다. 얼굴 어느 구석에서도 동양인의 흔적은 찾아볼 수 없었다. 나중에 루시와 친해졌을 때 그 이유를 들었다.

7

"아버지가 사라지고, 커가면서 점점 제 외모에 의구심이 생겼어요. 친구 중에도 혼혈이 여럿 있는데, 모두 반반씩 닮았어요. 그런데 제 얼굴을 보세요. 아버지가 한국인인데, 어떻게 제 얼굴에서는 눈곱만큼도 한국적인 걸 찾을 수 없을까요?"

루시는 엄마를 의심했다. 루시는 이런 비밀스러운 이야기를 나 말고 다른 사람에게는 들려준 적이 없다고 하더니 나중에 페레즈 신부도 알고 있다고 고백했다. 남편 그레고리는 전혀 모른다고 했다.

"아버지를 찾으러 스페인에 갔을 때 남자친구랑 같이 갔다면서요?"

"네, 그건 맞아요."

그때 루시는 그레고리가 군에 입대하려 했던 사실을 모르고 스페인에 함께 갔다고 한다. 스페인에서 아버지를 보았다는 사람에 따르면, 세우타와 멜리야에서 EJ 화백이 여행객들의 초상화를 그려주고 있다고 했다. 루시가 아버지를 찾을 수 있다는 희망으로 스페인에 다녀오겠다고 하자 그레고리도 흔쾌히 따라나섰다고 했다. 연인 시절 마지막 여행이었던 셈이다.

하지만 이 여행은 둘에게 최악의 여행이 되고 말았다. 한 침대에서 한 이불을 덮었지만 성교할 수 없었다. 인내심을 갖고 공들여 스킨십을 했지만 그럴수록 루시의 몸은 점점 더 굳었다. 루시는 이렇게 설명했다.

"그레고리가 아무리 노력해도 무드가 만들어지지 않았어요. 뭐, 그렇더라도 남자가 강하게 밀어붙이면 가능하지 않을까 생각하시겠지만, 안 되더라니까요. 그레고리도 몇 번이나 시도했어요. 삽입하는 순간 너무 고통스러웠어요. 처음도 아닌데 그날 따라 정말 이상했어요. 저뿐만 아니라 그레고리도 비명을 질렀어요. 콜피스머스[5], 그거 아시죠? 질에서 경련이 이는 거…. 어쩌면 저는 천성적으로 몸보다는 정신적 스킨십을 더 좋아하는 것 같아요. 고등학교 때는 멋도 모르고 그냥 그런가 보다 했는데, 나이 들어가면서부터 더 확실해졌어요. 그런데 그레고리는 저한테 숨기는 게 많았고, 마음속에 있는 말을 하기 싫어했어요. 스페인에서 돌아온 다음 바로 군대에 가버렸고요. 한 달 동안이나 스페인에서 함께 지내면서도 저한테는 귀띔도 하지 않았지요."

나는 그때 '정신적 스킨십'이라는 말을 처음 들었다. 루시는 몇 해 전에 본 모토히로 카츠유키 감독의 영화 《사토라레》에서 텔레파시를 통한 감정 행위를 연상시키는 '정신적 스킨십'을 직접 경험했다고 한다.

"정신적 스킨십은 해보지 않은 사람은 정말 알 수 없을 거예요.

5 colpismus, 질경련.

마약처럼 환각을 일으키는 정도가 아녜요. 그보다 몇십 배는 더 강렬했어요. 한 번 경험해본 후 오랫동안 거기서 헤어 나올 수 없었어요."

루시는 다시 캐나다에서 살았을 때 일을 회상했다.

"사람이 편안해지니 다시 바쁘게 돌아가던 날들이 그리워지더라고요. 처음에는 밴쿠버 스탠리파크의 한 중학교에 미술교사로 채용될 수 있다는 이민센터의 약속만 믿고 무작정 캐나다로 갔죠. 하지만 허황한 약속이었어요. 취직이 안 돼 얼마나 고생했는지. 혼자면 모르겠지만 그레고리까지 먹여 살려야 하는 처지였거든요. 밴쿠버 거리와 공원, 쇼핑센터 같은 데서 여행객들의 초상화를 그리며 먹고 살았어요. 그럴 때 우리 부부한테 구원의 손길을 내민 사람이 바로 페레즈 신부였어요."

이미 휠체어 생활이 몇 해째 되었던 그레고리는 매일 트라우트 호수 북쪽에 새로 생긴 낚시공원으로 잉어를 잡으러 나갔다. 낚시공원에는 휠체어 사용을 금지하는 규정이 있었지만, 페레즈 신부가 직접 나서서 공원 측과 교섭해주었다. 보호자인 루시가 반드시 동행한다는 조건으로 낚시다리에서 대낚시만은 할 수 있게끔 허락받은 것이다. 가끔 부부는 낚시다리에서 페레즈 신부와 만날 때가 있었다.

"신부님도 낚시하러 오셨나 봐."

별생각 없이 중얼거리는 루시에게 그레고리는 의미심장하게 말했다.

"아니야, 나 혼자였으면 신부 그림자도 못 봤을걸. 아마 당신을 만나러 온 걸 테지."

루시는 휠체어 뒤에 서 있었기 때문에 이렇게 내뱉는 그레고리의 눈에 순간적으로 스친 야릇한 빛을 보지 못했다.

"그레고리, 우리 가서 신부님께 인사드리자."

"아니, 미사 후 친교 시간에 만난 지 얼마나 됐다고. 신부는 다른 일이 있어서 왔을 거야."

"방금 신부님이 나한테 볼일이 있는 것 같다며."

그녀는 고지식하게 말을 받았다. 그레고리도 잠깐이지만 순수한 아내를 의심한 자신을 질책했다. 더구나 성직자인 페레즈 신부와 엮어서 의심한 것은 스스로도 용납되지 않는 일이었다.

'오오, 그레고리 보내트, 넌 정말 나쁜 인간이야. 나한테는, 나와 루시한테 얼마나 고마운 분인데 이렇게 더러운 의심을 하다니.'

그레고리는 자신을 꾸짖으며 루시에게 말했다.

"당신이 가서 인사도 하고 이야기도 좀 나누고 와. 난 낚시하고 있을 테니까. 여기는 다른 사람들도 많으니 내 걱정 하지 말고."

루시는 그제야 그레고리의 속마음을 눈치챘다.

'아니, 다른 사람도 아니고 어떻게 신부님한테까지 질투하지? 불안한가? 그래도 너무 한 거 아냐?'

괘씸했지만 내색하지 않았다. 그의 심경을 눈치채고 있다는 걸 알리고 싶지 않았기 때문이다.

"내 걱정은 하지 않아도 돼."

루시는 뒤를 돌아보며 한마디 하려다 이미 신부와 가까워져 그만두었다.

'어떻게 뒤도 한 번 안 돌아보고 뛰어가지? 의심하고 싶지 않지만 루시는 페레즈라면 너무 혹하지. 어떻게 해야 하나. 루시를 의심할 수도, 신부를 믿지 않을 수도 없으니. 하지만 이대로 계속 모른 척하다 무슨 일이라도 생기면 어쩐단 말인가.'

그레고리는 이런 고민을 하고 있었다.

"신부님, 어떻게 오셨어요?"

루시와 신부가 주고받는 말이 그레고리의 귓전을 때렸다. 물리적으로는 그 둘의 대화가 들릴 만한 거리가 아니었지만, 귀신처럼 엿들을 수 있는 그레고리만의 특별한 방법이 있었다.

"갑자기 루시가 떠올랐소."

"네, 신부님? 제가 떠올랐다고요? 왜요?"

"휠체어를 밀고 성당을 떠나는 루시 뒷모습을 보면서 나는 〈고린도후서〉의 한 구절을 외웠다오."

신부와 루시는 마주 서서 꼼짝도 하지 않은 채 이야기를 주고받았다.

"11장 1절부터 15절까지 외우고 있었는데, 갑자기 루시가 내 눈에 들어왔고 어느덧 머릿속까지 걸어왔소? 나도 어리둥절했다오. 왜 그대가 내 마음으로 들어오는지 알 수 없소. 청컨대 내 어리석음을 용서하시오."

페레즈 신부의 모든 말이 강론처럼 들렸다. 말이 끝나자 눈을 감고 십자성호까지 긋는 모습을 훔쳐본 그레고리는 둘이서 주고 받는 이야기를 파악하기 위해 온 신경을 곤두세웠다.

"루시, 청컨대 나를 용납하시오."

"제가 어떻게요?"

"내 어리석음을 용서하고, 조금도 주저하거나 부끄러움 없이 내 마음속으로 들어와 내 영혼과 하나가 되어주기 바라오."

루시는 어리둥절한 눈빛으로 신부 얼굴만 빤히 쳐다보았다. 성경 지식의 유무를 떠나서 상대방이 자신의 영혼과 하나가 되어달라는 건 결코 가벼운 말이 아니었다. 하지만 좀 다른 의미일 수도 있었다. 언제나 입을 꼭 다물고 있어 마음도 닫은 듯 보이는 루시와 좀 더 소통하려는 성직자의 깊은 뜻일 수도 있었다.

페레즈 신부에게 세례받은 루시와 그레고리는 아직까지 한 번도 고해성사를 한 적이 없었다. 이 부부가 집에 성체를 모시지 않는다는 것도 신부는 진작부터 눈치채고 있었다. 가톨릭 교리대로라면 고해성사하지 않은 사람은 성체성사에 참여할 수 없었고, 미사 후 친교 시간에조차 스스로 격리되고 있어 도움이 필요하다고 판단했을지도 모른다. 그래서 신부가 이런 방법으로라도 루시 부부와 소통하려 했을 것이다.

"신부님, 그럼 제가 어떻게 하면 되죠?"

"나는 물론, 우리는 모두 예수의 피로 성소에 들어간다고 확신합니다. 그분께서는 그 휘장을 관통하는 새롭고도 살아 있는 길을 우리에게 열어주셨고, 당신 몸을 통해 그리해 주셨소. 루시는 이를 믿으시오?"

"네. 믿어요. 신부님."

하지만 루시는 신부에게 더 다가서지 않았다.

신부가 말한 '영혼과 하나 되기'가 무슨 뜻인지 제대로 이해하지 못했기 때문이기도 했지만, 멀지 않은 곳에서 그레고리가 지켜보고 있었기 때문이다. 그는 늘 루시의 마음을 귀신같이 알아챘다. 그런 그레고리가 대단하다고 감탄했지만 무서웠던 적은 없었다. 그에게 숨겨야 할 비밀 따위가 없었기 때문이다. 그런데 지금은 느낌이 좀 달랐다.

'그레고리는 내 눈빛만 봐도 나와 신부님이 주고받은 말을 모조리 집어낼 거야. 눈 속으로 들어왔다느니 마음으로 들어와 하나가 돼 달라느니 하는 말들이 무슨 뜻이냐고 따지면, 나는 뭐라고 대답해야 하나?'

신부가 갑자기 몸을 옆으로 돌리며 청했다.

"루시, 우리 잠깐 걸어요."

잔뜩 긴장했던 루시는 자기도 모르게 안도의 숨을 내쉬었다.

"네. 신부님."

거의 들리지 않을 정도로 낮게 대답하며 신부와 함께 걷기 시작했다.

페레즈 신부가 다시 입을 열었다.

"아까 내가 어디까지 말했소?"

"우리는 모두 예수의 피 덕분에 성소에 들어가며, 당신 몸을 통해 그럴 수 있다고 했어요. 그 말씀을 믿어요. 저도 오래전부터 신부님의 영혼과 하나가 될 날을 기다려왔어요."

루시 입에서 스스로도 놀랄 만한 말이 나왔다.

"그런데 신부님께서 먼저 말씀해주시니 저는 어떻게 해야 할지 모르겠어요. 영혼이 하나 되는 것이 어떤 방법으로 가능한지, 너무 어려워요."

그녀는 얼굴이 화끈거렸다. 무언가가 목구멍을 뜨겁게 찌르는 듯한 느낌이 들어 몇 번이나 침을 삼켰다. 정말 대담하게 고백했기에 신부의 다음 말을 초조하게 기다렸다.

페레즈 신부는 한참 뜸들이다 말했다.

"루시, 너무 심각하게 생각하지 마시오. 너무 두려워하지도 말아요. 성경의 가르침대로 이 문제를 설명하기엔 너무 복잡하고 루시가 당장 이해하기도 어려울 것이오. 그래서 좀 더 편하게 소통하고 싶소."

루시는 페레즈 신부와 함께 천천히 호수 기슭을 걷기 시작했다. 물레방아에서 흘러내리는 물소리가 편안하게 들리고 시원한 바람까지 불어오자 루시는 한결 명랑해졌다. 루시는 그 누구에게도 고백한 적 없는 비밀 이야기를 털어놓았다.

"제 아버지는 한국인이었어요."

"그게 무슨 말이오?"

신부는 의아한 눈빛으로 루시를 돌아보았다.

"하지만, 제 모습을 보세요. 어디 한 군데라도 동양적인 데가 있나요. 어렸을 때는 잘 몰랐지만, 아버지가 한국 사람이니 나도 틀림없이 혼혈이라고 믿었지요. 중학교 때 프란츠 카프카의 단편소설 〈튀기〉[6]를 읽었어요. 그때 얼마나 충격이 컸던지 한동안 잠을 잘 수 없을 정도로 두려움에 시달렸어요."

'이 더러운 여자가 나를 이런 잡종으로 만들어 버린 거야.'
루시가 엄마에게 내린 최종판결이었다.

그 이후 루시는 독립했다. 처음 혼자 지낼 때는 시도 때도 없이 〈튀기〉에 등장하는, 절반은 고양이고 절반은 양인 별난 짐승이 자기일지도 모른다는 악몽에 시달렸다. 하지만 루시는 보통 혼혈아들처럼 아빠와 엄마를 절반씩 닮아 가지 않았다. 금발, 푸른 눈, 흰 피부. 게르만계나 켈트계일 가능성은 있었지만 결코 아메라시안[7]은 아니었다.

그때부터 루시는 아빠가 한국인이라는 사실을 누구한테도 말할 수 없었다. 그렇게 이야기하면 누구라도 그녀의 엄마가 한국인 남편 몰래 다른 남자와 관계해서 낳은 딸이라고 의심할 터였기 때문이다. 혼혈에 따른 혹심한 차별은 겪지 않아 다행이라고 여겼지만, 한편으론 생부에 관해 한 번도 이야기해주지 않는 엄마에게 불만이 많았다.

---

6 프란츠 카프카 《변신》에 들어 있는 단편소설. '튀기'는 혈통이 다른 인종 사이에서 태어난 혼혈아를 뜻한다.

7 Amerasian. 미국인과 아시아인의 혼혈.

"아빠도 모르는 사생아로 살기보다는 그래도 아빠가 있는 게 좋았어요. 하나도 닮은 데가 없어 안타깝긴 했지만요."

"아멘."

신부는 가볍게 성호를 그었다.

"아빠가 너무 그리웠어요. 저를 친딸처럼 사랑해줬거든요. 바보가 아닌 이상 딸이 자기를 닮은 데가 조금도 없다는 걸 왜 몰랐겠어요. 그런데도 저를 업어주고 목마도 태워주고 그랬어요. 화도 낼 줄 모르고, 엄마가 말도 안 되는 성깔을 부려도 한 번도 대꾸하는 법이 없었어요."

루시는 이렇게 말하다가 순간 눈물이 북받쳐 올랐다.

"그렇게 착하고 순한 우리 아빠 뒤통수를, 엄마가 고무망치로 내리쳤답니다. 생선 잡는 망치로요…."

8

그날은 핼러윈 데이였다. 할렘 메인스템가의 한 생선가게로 귀신 가면을 쓴 아이가 들어왔다. 출입문과 가까운 카운터에 앉아 있던 EJ는 초콜릿을 한 줌 내밀었다. 아이가 고개를 저었다. 그러자 EJ는 돈 통을 열고 1달러짜리 한 장을 꺼냈다. 그것을 본 에리카가 가게 안쪽에서 꽥 소리쳤다.

"이 등신아! 돈은 왜 줘?"

하지만 아이는 돈도 받으려 하지 않았다. 사람 좋은 EJ는 아내가 소리치건 말건 콧등으로 내려온 안경을 올려 쓰며 아이가 쓴 가면을 물끄러미 내려다보았다. 눈과 입, 귀에 시뻘건 피를 그린 가면이었지만 입술과 눈이 살짝 위로 올라가 무섭다기보다는 우스워 보이는 가면이었다. 초콜릿도 싫고, 돈도 싫다? 그럼 뭐지 하고 잠깐 생각할 때 에리카의 비명이 귓전을 때렸다.

"도둑이야!"

손을 뒤로 숨겼던 아이는 방금 손질해서 카운터 위에 올려놓은 팔뚝만 한 고등어 한 마리를 들고 후다닥 문밖으로 내뛰었다.

에리카는 생선 때리는 고무망치를 들고 안쪽에서 쫓아 나왔으나 앞치마를 두른 데다 고무장화를 신고 있어 움직임이 여간 둔하지 않았다.

"이 등신아, 빨리 쫓지 않고 뭐 해?"

에리카의 입에서 남편을 부르는 말은 등신 말고 다른 것이 없었다. 고등어를 훔쳐 달아나는 아이 뒷모습을 멀거니 바라보는 EJ에게 화가 날 대로 난 에리카는 손에 든 고무망치를 휘둘렀다.

"그래, 이 등신, 오늘도 멍청하게 구경만 하겠다 이거지? 마누라가 도둑 쫓다 엎어져 콧등이 찢어져도 구경만 한다 이거지? 좋아. 도둑 대신 네가 맞아. 이 원수야. 오늘은 절대 널 용서 못 해!"

한때 롱아일랜드의 백인 동네에서 잘 나가던 네일가게를 갑자기 처분하고 흑인 동네 할렘에서 생선가게를 연 지 얼마 안 되었지만, EJ는 에리카가 휘두른 고무망치에 벌써 몇 번이나 뒤통수를 얻어맞았는지 셀 수 없을 지경이었다. 처음 한 대 얻어맞았을 때는 대들기도 했다.

"에잇, 돼먹지 못한 년, 남편이 고등어냐?"

"고등어면 구워나 먹지, 당신 같은 바보를 어디에 써?"

에리카의 말에 EJ는 제대로 대답도 못 했다. 속으로만 매번 경고를 날렸을 뿐이다.

'에리카, 한 번만 더 폭력을 쓰면 그땐 정말 경찰 부를 거야.'

EJ가 경찰을 불렀다면 에리카는 그동안 고무망치를 휘두른 횟수만으로도 징역형을 받을 수도 있었을 것이다. 문제 삼기에 따라서는 살인미수죄도 적용될 만한 폭행이었다. 하지만 새벽 3시면 들이닥치는 생선 배달 주문을 받느라 하루에 서너 시간도 잠을 못 자 시뻘겋게 충혈된 에리카의 눈을 보고는 다시 참을 수밖에 없었다. 한때 잘 나가는 미대 교수에 평생 힘든 일 한번 해본 적 없는 EJ였지만 그런 아내 앞에서는 자존감을 유지할 수 없었다.

　한국에서 미대를 졸업하고 미국에 유학 왔던 20대의 EJ가 아르바이트했던 네일가게 주인 딸이 바로 에리카였다. 요즘은 미국의 네일 업계는 전부 아시안이 장악해 미국인이 직접 운영하는 네일가게를 찾아보기 어렵지만, EJ가 공부할 때만 해도 베드포드 타운처럼 이름만 들어도 알 만한 정치인과 패션디자이너, 할리우드 배우, 음악가들이 모여 사는 부자 동네에서는 미국인이 직접 운영하는 네일가게가 꽤 있었다.
　EJ가 등을 구부리고 앉아 흑인 여자의 발톱을 깎느라고 집중하고 있을 때였다.
　"저기요, 콧물 떨어질 것 같아요."
　곁에서 나지막이 주의를 주는 여자가 있었다. 바로 에리카였다. 당시 스물도 되지 않았던 에리카는 자기 집 가게에서 아르바이트하던 가난한 유학생 EJ가 한국에서 유명한 미대를 나왔고, 지금은 아이비리그의 하나인 컬럼비아대에서 순수미술을 공부하는 걸 알았을 때, 바로 반해 버리고 말았다. EJ의 어질게 생긴 얼굴은 에리카의 마음을 사로잡기에 넉넉했다.

"나, 저 남자랑 결혼할 거야."

그녀는 엄마에게 소곤거렸다.

"착하게 생긴 것도 맘에 들어."

엄마 역시 딸 못지않게 마음이 동했다.

"잘 해봐."

하루는 에리카의 아버지가 맨해튼의 한 유대인 갤러리에서 일하는 지인에게서 들은 소리라며 말했다.

"뉴욕에서 그림 배우는 사람들은 대부분 가난하다고 하더라."

"그 사람은 연구생이에요."

"전공이 미술 아니냐."

"대학원 마치면 교수가 된댔어요."

"유학생이 미국에서 교수 되기가 쉬우냐?"

"공부 끝나면 한국에 돌아간댔어요."

"그럼 너도 따라갈 거냐?"

"그럼요."

"한국 가면 꼭 교수가 된다던?"

"모교에서 지금도 돌아오라고 한대요."

뉴욕에서도 가장 못 사는 동네로 소문난 퀸즈에서, 그것도 제일 수준 낮기로 유명한 플러싱에서 고등학교도 제대로 졸업하지 못한 에리카는 명문대 연구생 신분의 한국인 유학생과 결혼하려고 그야말로 몸과 마음과 돈과 젊음을 다 바쳤다.

나이는 어렸지만 네일 아트의 고급 기술자였던지라 그녀는 다른 사람들에 비해 꽤 많은 돈을 벌었다. 쉬는 날 없이 꼬박 일하면 한 달에 적어도 3,000달러, 많으면 4,000달러를 벌기도 했다. 이 돈을 한 푼도 쓰지 않고 사랑하는 남자의 학비로 바쳤고, 필요한 용돈은 오히려 엄마한테 따로 타서 썼다.

그녀는 크지 않은 신혼 방에 컬럼비아대 학위복을 입은 남편 사진을 고급 액자에 담아 벽에 걸어두었다. 작고 안온한 신혼 방에서 전시에 내보낼 작품을 만드느라 밤새 뚝딱거리는 남편 EJ의 시중을 들었다. 보통 미대 교수가 되면 작품 활동보다는 비평 글을 더 많이 쓴다는데, EJ는 작품 만드는 데 더 열중했다.

"진정한 작가라면 작품을 만들어야지."

EJ는 모교 역사상 최연소로 임용된 미대 교수로서 유일하게 컬럼비아대 대학원을 나왔지만, 비평가보다는 작가로 더 많이 알려지기 시작했다. 망치로 두드리고, 톱으로 켜고, 아교로 붙이고, 못 박는 일에 더 많은 시간을 할애했다.

"설치작가는 목수 경험이 있는 사람이 더 잘할 것 같아요."

"예수님께서도 원래는 목수였다오."

종이나 천에 그린 그림만 미술로 알았던 에리카는 남편이 작품 만드는 것을 보면서 목수였던 아버지를 떠올리기도 했다. 아버지가 하던 일과 비슷한 데가 무척 많아 호기심을 금할 수 없었다.

남편이 밤마다 창작하는 것은 흉하게 생긴 돌멩이나 나무토막 같은 것을 주워 톱으로 켜고 망치로 부수고 풀로 붙여보고 아예 못 박아 고정하는가 하면, 나사못을 비틀어 박아 넣을 때도 있었다. 그렇게 해서 만든 작품들은 가야금처럼 생긴 것도 있고, 창호지 바른 문짝 같은 것도 있었고, 우물 틀[8], 빨랫돌, 물레방아 등 특이한 작품이 많았다. 그 작품들을 싣고 갤러리에 전시하러 가면서 이제 10만 달러, 100만 달러로 바뀌어 돌아올 것이라고 큰소리치는 남편에 홀딱 빠져 에리카는 시간 가는 줄 모르고 헌신의 삶을 이어갔다.

그러나 정작 전시가 끝나면, 어느 이름 있는 미술관에 작품이 소장됐다고만 하고 큰돈을 내놓은 적이 한 번도 없었다. 10만 달러 받는다던 작품은 프랑크푸르트 현대미술관에 소장됐다고 하고, 100만 달러 받는다던 작품은 뉴욕 메트로폴리탄미술관에서 가져갔다고 했다. 세계적으로 유명한 미술관들도 작품을 소장할 때는 공식적으로 작품값을 내는데, 거의 재룟값밖에 안 되는 모양이었다.

그래도 에리카는 얼마나 행복했던가! 임신한 몸으로 남편 곁에 딱 붙어 앉아 이것저것 잔심부름을 하면서도 웃음이 떠날 줄 몰랐다. 남편은 방금 톱질을 하고도 톱을 어디에 두었는지 못 찾는 사람이었다. 못 내놔라, 칼 좀 가지고 오라, 풀은 어딨지, 자는 어디 두었을까 줄곧 물었고 그녀는 남편이 찾는 것을 제꺽제꺽 갖다 주었다. 그렇게 또다시 100만 달러, 1,000만 달러짜리 작품이라고 남편이 큰소리 탕탕 칠 때 그녀는 예쁜 정원이 딸린 아름다운 집이 눈앞에서 가물거렸다. 몇십, 몇백 번 꾸었던 꿈을 오늘도 꾸었

8 우물 위쪽 부분에 통나무 등으로 네모로 귀를 맞추어 짜놓은 틀.

다. 아기가 태어나 첫 돌이 될 때쯤이면 그런 집에서 살 수 있다는 믿음을 버리지 않았다.

아이 낳을 때가 되자 에리카는 부랴부랴 미국으로 돌아왔다. 아이를 미국 시민권자로 만들어야 했기 때문이었다. 그러나 뉴욕 친정집에 돌아온 후 그녀의 행복했던 시절은 거기서 끝나고 말았다. 그사이 남편이 제자와 바람난 것이다. 첫 아이를 사산하고 얼굴이 퉁퉁 부어 서울에 돌아왔는데, 페인팅 작품이 방 한복판 캔버스에 놓여 있었다. 남녀가 은근한 시선으로 마주 바라보며 스킨십하는 그림이었다. 도수 높은 안경을 낀 남자는 바로 남편이었다.

그녀 눈에서는 불꽃이 튀었다. 첫아이를 잃고 생명까지 위태로웠던 그녀가 병원에 누워 있을 때도 전시 때문에 바쁘다는 핑계를 대며 미국에 오지 않았던 남편이었다. 거짓말할 줄 모르는 EJ는 제자와의 불륜을 금세 실토했다. 그녀의 도움을 받아 전시 나갈 작품을 만드느라 밤새도록 일하던 중, 아내가 없는 집에 딱 한 번 데리고 온 것이 그만 문제가 되었다. 그녀는 에리카와 EJ가 처음 만났을 때의 나이였고, 결혼이나 이혼 따위는 상관하지 않았다.

"그냥 선생님과 사랑하고 싶어요."

그리고는 스스로 옷을 벗었다. 스승과 제자의 흔해 빠진 로맨스로 흘려버렸다면 좋았을 텐데, 에리카가 문제의 제자를 찾아 나선 것이 화근이 되었다. 관악구 신림동으로 가는 버스에 올라탄 에리카 손에는 남편과 바람피운 어린 여자의 머리를 깎아버리려 준비한 시퍼런 가위가 들려 있었다.

9

영원히 되돌아보고 싶지 않은 쓰라린 기억이었다.

아내가 먼저 미국으로 돌아간 뒤 얼마 지나지 않아 해고된 EJ는 한국의 지방대 몇 곳에서 시간 강사로 생계를 꾸리는 한편 계속 작품을 만들었다. 하지만 몇 년 지나자 그의 작품을 전시하겠다고 나서는 갤러리가 더는 없었다. 미대 교수가 제자와의 불륜으로 교수직을 잃고 나면, 작품 활동 역시 막대한 영향을 받을 수밖에 없는게 현실이었다. 그러나 EJ 작품이 한국에서 거의 팔리지 않았을뿐만 아니라 대부분 갤러리에서 꺼린 데는 다른 이유가 있었다.

어떤 때는 트럭만큼 큰 것을 '엎어놓으면 부처님 뒤통수가 되고 그냥 보면 귀가 되는 작품'이라고 소개하면서 전시해 달라고 하는가 하면, 어떤 때는 아이들 장난감처럼 자그마한 것을 소개하면서 이 작품은 '빛' 또는 '바늘구멍'이라고 설명했는데, 실제로 그것을 알아보는 사람은 작가 본인 외엔 아무도 없었던 것이다. 그렇게 몇 해가 흐르자 강의할 곳도 없고 작품도 팔리지 않자 EJ는 미국으로 돌아갔다. 이제는 그가 명문 컬럼비아대 대학원을 나와 한국 대학에서 모교 역사상 최연소 교수로 임명되었던 굉장히 촉망받는 설치작가였다는 사실을 아는 사람은 아무도 없었다.

"여보, 전세금 뺀 돈은?"

공항으로 마중 나온 에리카를 만난 EJ는 감히 고개를 들지 못했다. 푹 삶긴 시금치처럼 맥없이 걸어 나오는 남편을 보았을 때, 벌써 심상찮은 상황을 예감했다.

"전셋돈 어쨌냐고?"

다시 한 번 따져 묻자 EJ가 가까스로 둘러댔다.

"여보, 지금 전시 중이야. 작품이 팔리면 돈이 나올 거요."

아내는 공항 로비에 철퍼덕 주저앉아 고래고래 소리 지르기 시작했다.

"어떡해, 이 미친놈! 팔리지도 않는 작품에 보증금까지 다 처발라 넣고 빈털터리가 된 주제에 무슨 낯짝으로 다시 온 거야? 정말 양심이라고는 눈곱만치도 없네. 컬럼비아대를 나온들 다 무슨 소용이야? 열아홉 살 때부터 일해서 번 내 돈 몽땅 다 써버리고, 교수라는 인간이 바람이나 피우다가 쫓겨나다니, 나를 이렇게 비참하게 만들다니…"

EJ는 아무 말도 못 하고 잠자코 서 있었다. 그렇게 발버둥 치며 우는 에리카 곁에서 같이 울고 있는 어린 여자애가 바로 루시였다. EJ는 말없이 루시를 내려다봤다. 자기 핏줄이 아닌 건 금방 알아챘다. 몇몇 구경꾼이 주위에 몰려들었으나 EJ는 부끄럽지도 않은지 멍하니 서서 어린 루시만 보고 있었다.

에리카는 갑자기 섬뜩한 생각이 들었다. 남편 눈빛이 심상치 않았기 때문이다. 이 아이가 누구 아이냐고 묻는다면, 에리카도 오리발을 내밀 수가 없었다. 자기를 배신한 남편을 떠나 혼자 미국으로 돌아왔던 에리카는 한동안 바를 들락거리며 맞바람으로 복수한다는 것이 그만 생부가 누군지도 모르는 딸애를 낳고 만 것이다.

그러나 딸을 의심하는 눈빛이 아니었다. 어쩐지 신들린 사람처럼 꼿꼿한 데다 전에 한 번도 본 적 없는 누르스름한 고름이 눈가와 입가에 축축하게 매달려 있었기 때문이었다.

"당신 지금 뭐 보고 있어?"

에리카는 울음을 멈추고 일어섰다. EJ가 미동도 하지 않고 가만히 서 있자, 오히려 민망해진 에리카는 남편 안경 앞에 손을 흔들어 보았다. 그제야 초점이 돌아온 EJ가 대답했다.

"여보, 이번에는 작품이 꼭 팔릴 거요."

"어떻게?"

"그동안 작품이 하도 안 팔려서 이번에는 하는 수 없이 페인팅 가지고 장난질 좀 쳤소. 갤러리 주인이 그 작품을 영 마음에 들어 하더구먼."

"한국에는 당신 작품을 알아보는 사람이 없다고 했잖아."

"절대적으로 그런 건 아니지. 설치작품만 아니면 다만 얼마에라도 팔릴 것이오."

에리카는 눈물을 닦았다.

"그런데 무슨 그림을 그렸어요?"

"말하면 당신이 알겠소?"

"내가 왜 몰라요. 당신 작품을 그렇게 많이 봤는데."

한결 누그러진 아내를 보며 EJ가 느릿느릿 대답했다.

"미국 오기 전 고향에 내려갔댔소. 밭에 가을배추가 한창이더군."

"배추라고?"

그녀는 더는 화낼 힘도 없었다.

"그래서 배추를 그려 갤러리에 내놓았다고요?"

"갤러리 주인이 첫눈에 반했다고 했소."

"그게 누군데요?"

"여기 뉴욕에 있는 로버트라는 친구요."

"정말 배추를 그렸단 말이에요?"

"그렇소."

"잘도 팔리겠네."

에리카는 입을 삐죽거렸다.

아내가 다시 언짢아하는 걸 본 EJ는 입을 다물어버렸다. 세 살밖에 안 된 루시는 공항에서 돌아오는 길에 생전 처음 본 아빠 품에서 잠들었다. 잠꼬대하는지 뭐라고 종알거리면서 손을 흔들기도 했다. EJ는 루시를 멍하니 내려다보았다. 아이의 금발과 푸른 눈은 EJ와 에리카 누구에게도 없는 유전자였다. 자기를 닮은 데라고는 전혀 없는 루시를 보면서 EJ는 땅이 꺼지도록 한숨을 내쉬었다.

'에리카, 나한테 이런 식으로 복수하는구나. 어쩔 수 없지. 내 업보니.'

에리카도 남편이 차라리 "이 애가 누구 아이야?" 하고 따졌다면 당당하게 대들었을지도 모른다. 하지만 남편이 전혀 내색하지 않자 안도감 대신 오히려 악이 돋았다.

"당신은 이제 어떻게 할 거예요?"

"글쎄."

"이제는 당신이 한국에 있을 때처럼 작품 만들 공간도 없고 재료 살 돈도 없어요. 제 아버지 어머니도 이제 늙으셔서 우리를 못 도와줘요. 당신이나 나나 하루하루 일하지 않으면 굶어요. 렌트비도 내야 하고 차 보험비에 전기세, 가스비, 아이 보모 비용까지 나가는 돈이 적지 않아요. 그러니 어떻게 할 거예요? 집구석에서 놀고만 지낼 수는 없잖아요."

"글쎄."

"자꾸 글쎄 글쎄 하지만 말고 말 좀 해봐요. 당신도 미국에 오겠다고 결심했으면 무슨 계산 같은 걸 했을 거 아녜요."

"글쎄."

"당신이 무슨 일을 할 수 있을까?"

"글쎄."

"글쎄는 그만하고."

EJ는 그날부터 말할 줄 아는 벙어리로 변하고 말았다. 루시가 끝없이 재잘거리면서 말을 걸어올 때는 마지못해 한두 마디 대꾸했지만, 그나마도 '예스' 아니면 '노'로 끝났다. 대신 에리카는 말이 많아졌다. 안 하던 욕설도 곧잘 퍼부었다. 그럴 때마다 입에서 침방울까지 튀어나오는 볼썽사나운 아낙네로 하루가 다르게 변해갔다.

남들이 부러워할 만한 삶을 산산조각 내버린 그들 내외가 다시 한 번 살아보려고 터를 잡은 곳이 바로 이 할렘의 생선가게였다. 리들리 스콧 감독의 영화《아메리칸 갱스터》에서처럼 할렘가 한복판에서 마약계 대부 프랭크 루카스가 천연덕스럽게 커피 마시는 모습을 바로 길 건너편 경찰이 뻔히 지켜보기만 하는 그런 동네였다.

벙어리가 된 생선가게 주인 에리카의 남편 EJ는, 아내가 휘두르는 고무망치에 또 한 번 뒤통수를 얻어맞고 났을 때 정신이 퍼뜩 들었다.

"아, 바로 지금이다."

EJ는 감격하여 부르짖었다.

'이 바보야. 이 지긋지긋한 삶을 지금 때려치우지 않고 또 어느 때를 기다린단 말이냐!'

EJ는 그동안 할렘에서 살면서 물건을 훔쳐 도망가는 흑인들 뒤를 쫓다가는 되레 더 큰 일을 당하기 십상이라는 걸 알게 되었다. 끝까지 쫓아갔다가는 도둑질당한 물건을 되찾기는커녕 총을 맞을 수도 있기 때문이다. 에리카도 처음에는 기세 좋게 소리치며 쫓아나갔다가도 문밖에 멈춰선 채 몇 번 소리만 지르고는 별수 없이 돌아 들어왔다. 그대로 돌아서기 무엇하면 발을 헛디딘 척하고 욕설을 퍼부었다.

그럴 때는 품에 돈 통을 안고 멍하니 카운터에 서 있는 남편을 보며 에리카는 벌컥 화를 냈다가는 이내 다시 누그러지곤 했다.

"당신은 나서지 않길 잘했어요."

몸도 왜소한 데다 시력까지 좋지 않은 EJ가 쫓아 나가봐야 어쩔 수 없다는 걸 알고 있었다.

"정말 억울하고 분해서 못 살겠어요."

에리카는 어디 화풀이할 데가 없을 땐 물고기가 담긴 수조에 손을 넣어 살아 있는 물고기를 한 마리 꺼내 도마 위에 올려놓고는 고무망치로 사정없이 내리치곤 했다. 물고기가 정신을 잃지 않고 퍼덕거리면 연거푸 내리치면서 욕설을 퍼부었다.

"이 죽일 놈, 죽일 놈."

고개를 푹 떨구고 서 있던 EJ가 에리카 얼굴을 잠깐 돌아보더니 나지막한 목소리로 혼자 중얼거렸다.

"내 곧 가리다."

그때 갑자기 EJ 다리를 붙잡는 아이가 있었다.

"are you going, daddy?"

(아빠, 어디 가?)

EJ는 순간 잠깐 멈추고 루시를 내려다보았다.

'어휴, 아비가 누군지도 모르는 불쌍한 것' 하고 중얼거리면서도 정작 EJ 입에서는 생뚱맞은 말이 튀어나왔다.

"아빠는 죄를 많이 지었으니 고해하러 간단다."

10

루시 이야기는 여기서 끝나지 않았다.

루시는 허둥지둥 낚시다리 쪽으로 뛰어갔다. 뒤에서는 페레즈 신부가 성당 쪽으로 걸어가면서 부르는 노랫소리가 바람을 타고 은은하게 실려 왔다.

하늘의 여왕이여,

천사들의 모후여,

...

모든 이들 위에 영화로운 동정녀여

그레고리는 두 손에 낚싯대를 잡은 채 미동도 하지 않고 호수만 바라보고 있었다. 그렇지만 뒤통수에 눈을 또 하나 숨겨둔 사람처럼 루시의 미세한 표정 하나도 놓치지 않는다.

"오늘도 잉어 잡았어? 릴낚시도 아니고 대낚시로 잉어 낚는 사람은 아마 트라우트나 벨카라 낚시꾼 중에서 당신뿐일걸."

그녀는 그레고리 등 뒤에서 두서없이 중얼거렸다. 그날 그레고리는 잉어는 한 마리도 못 잡고 붕어만 10여 마리 낚았을 뿐이었다. 그나마 작은 붕어는 다시 놓아주고 좀 큰 붕어 몇 마리만 물통에 있었을 뿐인데, 루시 눈에는 모두 잉어로 보였던 모양이다.

사실 루시 눈에, 머릿속과 마음속에 붕어나 잉어 따위가 들어올 리 없었다. 온통 페레즈 신부 생각뿐이었다. 핸드폰을 잡은 두 손은 쉴 새 없이 움직였고, 눈 깜빡할 사이에 벌써 문자 여러 통이 신부에게로 날아가고 있었다.

"신부님, 정말 죄송해요. 아까 우리가 무슨 약속을 했나요? 제가 평생 머릿속에 떠올리기 싫었던 우리 집안 이야기를, 생부가 누군지도 모르는 저의 가장 비밀스러운 이야기를 신부님께 하다니요. 제가 신부님과 하나의 영혼이 될 수 있을까요? 그럴 자격이 있을까요?"

이것이 루시가 보낸 문자였다. 루시는 자기가 무슨 말을 했는지, 왜 이렇게 당황하는지 스스로 돌아보고 있었다.

'루시가 먼저 페레즈 클레타한테 꼬리 쳤을 거야. 틀림없어. 혼혈이 뭐가 어때서? 그런데 생부도 누군지 모른다고? 사생아였잖아, 세상 고귀한 척은 혼자 다 하더니. 내가 라인란트 바스타즈[9]의 후손이라고 고백해도 전혀 무관심하더니 왜 갑자기 사춘기 때 이야기까지 끄집어내지? 왜 신부를 유혹하냐고!'

---

9 Rheinland Bastards, 라인란트의 사생아들이란 뜻으로, 1차 세계대전 후 라인란트에 주둔했던 프랑스 식민지인 세네갈 출신 병사들과 독일인 여성 사이에 태어난 혼혈인을 말한다.

그레고리는 마음속으로 거침없이 악담을 퍼붓고 있었다.

"그럼, 진짜로 그레고리한테 당신 눈빛만 봐도 당신 마음을 읽어내는 능력이 있단 말인가요?"

그레고리와 여러 번 만났던 나는 반신반의했다. 그가 '계단 오르는 휠체어'로 특허를 받은 것이나 장애가 있는데도 꾸준히 창작하여 꽤 많은 작품을 선보인 건 인정하지만, 눈빛 하나로 남의 마음을 읽는 것은 별개였기 때문이다. 그러나 루시는 머리를 저었다.

"처음엔 저도 반신반의했어요. 그런데 그는 대충 짐작하는 게 아니었어요. 제가 신부한테 보낸 문자 내용까지 알아맞히더라고요. 말 그대로 귀신이었어요. 알고 보니, 그레고리는 제 핸드폰에 몰래 앱 하나를 깔아두었더라고요. 제가 누군가와 주고받는 메시지를 자기 핸드폰으로 모두 볼 수 있었어요. 전 그런 줄도 모르고 버나비로 갔어요. 물론 그레고리한테 거짓말하고서요."

루시는 그날 호숫가에서 자신의 비밀을 페레즈 신부에게 털어놓고 나서부터는 마음의 열병을 앓기 시작했다. '불타는 열병'이었다.

'성적인 접촉이 금지된 신부와 영적으로 하나 되는 길로 겁 없이 걸어가도 되는 걸까?'

끝없이 자신에게 반문하던 루시는 문득 강렬한 자신감이 생겼다.

'비록 천한 사생아로 태어났지만, 나에게는 귀족 같은 금발과 푸른 눈이 있어, 마음먹고 꾸미면 얼마든지 화려하고 섹시하게 보일 거야. 비록 나이는 서른에 가깝지만 난 여전히 젊고 건강하고 섹시해.'

그녀 스스로도 이해할 수 없는 논리적 비약이었지만, 자신감은 그녀를 '불타는 열병' 속으로 떠밀었다. 이미 너무 깊숙이 신부에게 빠져들었다. 설사 그레고리가 자기 마음을 눈치채고 경계한다 해도 어느 날 꿈같은 순간이 들이닥친다면, 절대 거절하지 않고 행복하게 그 순간을 경험하고 싶었다. 그때부터 그녀는 샤워를 마친 다음에도 한동안 거울 앞에 멍하니 서서 자신의 몸 여기저기를 살펴보곤 했다. 늘 보던 익숙한 몸이지만 구석구석까지 살펴보기는 처음이었다.

"거울 안에서 발가벗은 내가 나를 바라보고 있었어요."

11

루시는 며칠 후 버나비에서 있었던 일을 이야기해주었다.

버나비는 비록 크지는 않으나 캐나다의 도시치고는 비교적 인구밀도가 높았고, 관광명소로 유명했다. 줄곧 소문으로만 들어왔던 버나비에서 혼자 지내게 된 것도 즐거웠지만, 가톨릭 교구 산하 교육협의회에서 열리는 이사진 총회에 주요 임원으로 참가한 페레즈 신부와 만날 약속에 더 들떠 있었다.

처음에는 그냥 타지에서 만나 식사나 함께하는 정도로밖에 생각하지 않았다. 그래도 미사 후 짤막한 친교 시간에 몇 마디 주고받는 것이 전부였던 루시에게는 맘껏 이야기할 수 있는 시간이 주어진 것만으로도 행복한 일이 아닐 수 없었다.

"아, 루시, 너무 맑군요. 우윳빛같이, 버터 색같이 뽀얀 피부…."

루시가 브라 하나만 남기고 상의를 모두 벗자 신부는 천천히 다가와 루시 앞에 무릎을 털썩 꿇더니 천진한 소년 같은 눈빛으로 루시 얼굴을 빤히 올려다보았다.

"지금이라도 고백하면 늦지 않아요."

루시는 바지 호크를 풀려다 말고 머리를 한 번 끄떡였다가 이내 다시 저었다. 그러자 신부는 마치 혼수상태에서 깨어난 사람인 양 벌떡 일어섰다. 호크를 풀고 지퍼만 내리면 루시를 소유할 수 있었는데도 갑자기 냉랭하게 한마디 물었다.

"루시, 이게 처음이 아니군요."

"아니, 꼭 그런 건 아니에요."

루시는 가느다란 목소리로 겨우 대답했다.

페레즈 신부의 '처음'이란 숫처녀를 뜻하는 것이었다. 신부는 하반신이 없는 그레고리와 루시가 부부지만 둘 사이에 성행위가 있을 수 없다고 생각했다. 그래서 루시가 남자를 경험해보지 못한 처녀 몸을 간직하고 있다고 굳게 믿었던 것이다. 루시의 생각은 달랐다.

'꼭 성행위를 해야 사랑하는 건 아니잖아. 섹스는 하지 않더라도, 부둥켜안고 서로의 입술을 탐하는 걸 성행위가 아닌 다른 것으로 어떻게 설명할 수 있을까? 신부님은 내가 그레고리와 함께 살아온 몇 해 동안, 이런 행위조차 하지 않았다고 생각하진 않을 거야.'

하지만 그때 갑작스럽게 깨달았다.

'신부님이 원한 건 하이먼[10]일지도 몰라.'

루시가 속으로 중얼거릴 때 신부는 눈을 감은 채 가만히 서 있기

10 hymen. 처녀막.

75

만 했다. 몹시 고통스러운 표정이었다. 루시는 침대에 털썩 주저앉아 벗었던 옷을 다시 입기 시작했다. 유두가 딱딱해져 있었다.

'어머나, 언제 이렇게 커졌지?'

귓속이 윙윙거리면서 어쩐지 분노가 치밀어 올랐다.

'신부님은 나를 부정한 여자로 판단했어.'

그러나 루시는 분노를 가라앉혔다. 지금이라도 옷 입는 걸 말린다면 기쁘게 신부가 원하는 대로 할 것이었다. 하지만 기대는 금세 수포가 되었다.

페레즈 신부가 밖으로 나가려 하자 그녀는 할 말을 잃고 말았다. 아니, 말은 고사하고 머릿속이 백지장같이 하얗게 변해버렸다. 그는 평소 즐겨 부르던 성가를 흥얼거리고 있었다.

하늘의 여왕이여,

천사들의 모후여,

…

모든 이들 위에 영화로운 동정녀여

아름다운 이 노래, 어제까지도 이 노래를 들으면 귓속뿐만 아니라 가슴 깊은 곳까지 감동을 주었는데, 지금 '천사'니 '동정녀'니 하는 단어는 그대로 비수가 되어 꽂혔다.

"아니, 안 돼요! 못 가요!"

루시는 소리를 지르며 신부에게 매달렸다.

루시는 그의 다리를 붙잡고 애원하듯 말을 이어갔다.

"제가 다 이야기할게요. 하나도 숨김없이."

"숨김? 어떤?"

신부 눈에 호기심이 어렸다.

"사춘기 때 문제가 생겼어요."

"그때 이미 성 경험을 한 건가요?"

"멘서트루에이션이 안 오는 거예요."

루시가 생리를 좀 복잡한 단어로 표현하는 바람에 신부는 잠깐 얼떨떨했으나 금방 알아차렸다.

"아, 피리어드."

"친구 중에는 아홉 살 때 시작한 아이도 있었어요. 그런데 저는 열일곱에 겨우 시작했어요."

"아, 그렇게나 늦게."

"다른 애들이 템포를 가지고 다니는 걸 보고도 그게 뭔지 몰랐어요. 피리어드보다 더 심각한 문제는 다른 데 있었어요."

루시는 자신이 무슨 정신으로 말하고 있는지도 몰랐다. 이미 생리 이야기도 꺼냈으니 다음 이야기 정도는 아무것도 아니라고 생각했다. 평생 혼자 안고 온 비밀을 누구에겐가 꼭 들려주고 싶었던 모양이다.

"언젠가 딸이 하나 생겨 그 딸이 자라 생리하게 될 때쯤 하나씩 가르쳐주고 싶었던 이야기였어요. 그런데 그레고리가 저렇게 되었으니 저한테는 이제 불가능한 이야기가 되었어요."

"그래서요?"

내가 물었다.

"신부님이 자꾸 재촉하더라고요. 무슨 심각한 문제가 있었냐고요. 그래서 전부 털어놓고 말았어요."

루시는 페레즈 신부가 알고 싶어 하는 게 무엇인지 몰랐지만, 떠나려는 신부를 붙잡기 위해 말을 이어나갔다.

"열일곱 살이 되도록 가슴이 커지지 않았어요. 피리어드는 저만 숨기면 아무도 모르잖아요. 그런데 가슴은 그렇지 않았어요. 어찌 된 영문인지 젖꼭지도 안 보였고요."

이렇게 말하는 루시의 양 볼이 새빨갛게 물들었다. 그녀의 눈은 별처럼 빛나는 신부의 눈동자를 바라보고 있었다. 페레즈 신부는 몇 번이나 가슴에 십자가를 그어가면서 루시 이야기에 집중했다.

"내가 비록 말에는 부족하나 지식에는 그렇지 아니하니, 이것을 우리가 모든 사람 가운데서 모든 일로 너희에게 나타내었노라."

"나중에 엄마한테 따졌어요. 머리가 금발이면 뭐하고 눈이 푸르면 뭐하냐고요. 그러니 한국인 아버지라도 돌려 달라고 했어요. 엄마는 그럴 때마다 때가 되면 돌아오겠지 하더니, 10년이 되니까 이제는 단념하는 눈치였어요. 말로는 죽었다면서요. 엄마도 계속 기다리는 것 같아요. 가게를 다른 데로 옮기지도 않고 그만두지도 않잖아요. 아버지가 언젠가 다시 돌아올 때 자기를 찾지 못할까 봐 그러는 거 아니면 뭐겠어요. 불쌍하고 바보 같은 우리 엄마. 전

엄마를 탓하고 싶은 마음이 하나도 없어요."

루시 이야기는 어느새 다른 데로 튀었다.

그 후부터 루시는 그레고리에게 순종하지 않았다. 한 번 화가
나면 오히려 어떻게 그레고리를 골탕 먹일지 궁리했다. 한 번씩
채찍에 맞고 나면 죽여 버릴까 생각했던 적도 있었다.

'이번에는 꼭 새로운 인생을 시작해야 해. 안 그럼 진짜 끝장이야.'

이렇게 무서운 결심을 하고 또 하면서도 지금까지 실행에 옮기
지 못했던 그녀는 여전히 다짐하고 있지만 그렇게 지독한 여자가
못되었다. 그러나 몇 해 전에 비해 자신이 훨씬 담대해지고 강인
해졌음은 알고 있었다.

'호르몬 때문이야.'

섹스 충동이 일 때마다 스스로에게 변명했다. 호르몬의 짓궂은
장난을 극복하기 위해 자신과 치열하게 싸웠다. 그러나 그녀는 자
신의 몸을 이겨낼 수 없었다.

"그레고리, 우리도 이제는 먹고살 만하잖아. 다시 작품 활동 안
하고 싶어? 할 거면 내가 도울게."

그녀는 그레고리를 부추겼다. 그레고리 역시 '계단 오르는 휠체
어' 특허로 꽤 많은 돈이 생기자 작품 활동을 재개하고 싶어 안절
부절못하던 중이었다.

"그럼 당신이 먼저 뉴욕에 가서 우리가 살 집 좀 알아봐. 작업실
도 좀 알아봐 주고, 작업실은 집 근처면 좋겠어."

작가 대부분이 인생의 어느 한때 슬럼프를 겪지만, 그레고리가 겪었던 이 슬럼프는 말로 표현하기 어려운 재앙이었을 것이다. 세상이 자신만 빼놓고 돌아가는 정도가 아니라, 그를 아주 죽여 버리기로 작정한 것이 아닐까 싶을 정도로 혹독했다. 그런데도 그는 재기하기 위해 최선을 다했다.

어느 날부터인가 그레고리는 루시 앞에서 자신을 낮추기 시작했다. 그동안 자신이 몸통 절반까지 잃어버리는 위기를 겪은 것은 젊은 시절, 하루라도 빨리 성공하여 이름을 날리고 싶었던 마음에서 비롯되었음을 깨달은 것이다.

'나 자신의 그릇 크기만큼 살아야 했어. 실제보다 더 커지려다가 그만 '구멍'에 빠져버린 거지.'

그레고리는 휠체어에 앉아서 조금씩 자기에게서 멀어져 가는 아내 루시의 변화를 지켜보며 작품의 주요 모티프를 구상했다. 이미 자신을 살아 있으나 죽은 자와 다를 것 없는, 좀비 정도로 여겼다. 나보다 나를 작게 만들었다면, 이 구멍에서 무난히 빠져나갔을 텐데, 그렇게 하지 못해 좀비가 되어 버렸다고 자책했다.

'그래 맞다. 내 위기는 나보다 큰 나를 보여주려다 생겼다. 지금이라도 먼지처럼 작아질 수만 있다면 위기를 분명 극복하게 될 것이다.'

그레고리는 루시의 아버지 EJ를 위기의 탈출구로 삼기로 했다. 루시가 버나비에서 페레즈 신부와 밀회하면서 내뱉은 비밀을 엿들으면서 구상한 것이다.

"I'm going to confession. I am a guilty man."

(죄를 많이 지었으니 고해하러 간단다.)

이런 말을 남겼다는 EJ가 지금까지도 돌아오지 않는 이유에는 루시가 친딸이 아니라는 사실도 한몫하고 있다고 판단했다. 다시 돌아오게 만들 인연 같은 것이 남아 있지 않았다. 누가 누구에게 지은 죄인지, 누가 누구를 용서해야 하는지 쉽게 판단할 수 없었지만, EJ는 아주 큰 한을 품고 에리카와 루시 인생에 저주나 주술 같은 것을 걸어놓았을지도 모른다는 생각이 들었다.

'그렇다면 내 작품에서 EJ, 그는 누구여야 하는가? 그를 어떻게 표현해야 할 것인가? 그와 나의 관계는 어떤 것이어야 하는가?'

이런 생각에 빠져 끝없이 추상과 비구상을 거듭하다가 만들어낸 작품이 바로 〈좀비〉였다.

내가 보기엔 이 작품의 좀비는 그레고리 자신이었다. 그레고리는 이 좀비를 자기 자신으로 형상화하기 위해 고의로 상·하반신을 분리해 버렸을지도 모른다고 생각했다. 루시도 나와 비슷한 생각을 하고 있었다.

12

먼저 뉴욕으로 돌아와 맨해튼 서쪽 5번가에 집을 구한 루시는 리모델링하는 동안 며칠은 부근에 있는 비교적 저렴한 YMCA 호텔에서 지냈다.

"그레고리, 리모델링이 최소한 한 달 이상 걸린다는데, 어떻게 할까? 그냥 당신한테 가 있을까?"

두 사람은 캠을 켜고 대화했다.

"아니, 그러지 마. 그 사이 소호나 첼시 쪽에서 작업실도 알아보고 트라이베카에 있는 조한나한테 한 번 찾아가 봐. 이번 작품에 프레임 씌우는 작업은 조한나 아니면 안 돼. 벌써 프레임 컬러를 어떤 색상으로 해야 할지 고민이거든. 좀비 상반신과 하반신을 잘라 버렸으니 분명 피가 흘러나올 텐데, 그 피 컬러로 브라운을 쓰면 좋을지, 블랙이 좋을지, 마호가니브라운이 좋을지 판단이 안 서."

그레고리는 루시 입에서 2주째 성당에 못 가면 어떡하느냐는 말이 나올까 봐 쉴 새 없이 화제를 꺼냈다.

그레고리는 버나비 호텔에서 루시와 페레즈 신부가 주고받았던 대화 내용을 그의 핸드폰에 고스란히 저장해 두었다. 비단 루시를 감시하는 것은 핸드폰에 몰래 심어놓은 앱만이 아니었다. 거액을 들여 고성능 도청기까지 몇 대 구입해 루시가 늘 들고 다니는 핸드백은 물론이고 노트북 가방과 신발 깔창에까지 보이지 않게 넣어두었다. 이 괴물들은 하루 24시간 내내 쉬지 않고 작동했다. 페레즈 신부가 울며 매달리는 루시를 가까스로 떼어놓고 호텔에서 달아나면서 그레고리의 의심을 더는 받지 않게 해주었던 것도 이 괴물 덕이다. 잡음을 완전히 차단하는 보스 헤드폰을 귀에 건 채 호텔 방에서 나는 소리에 온 신경을 집중했다.

'곧 부둥켜안고 뒹굴겠지. 방금 호텔에 도착했다는 메시지를 보냈군. 물소리? 샤워실 문을 열어둔 채 씻다니. 클레타만 도착하면 바로 뒹굴 건가.'

그레고리는 하반신이 없었지만 못 하는 일이 없었다. 계단도 오르내리는 휠체어라 집 안팎 여기저기를 자유롭게 오갔다. 늘 헤드폰을 쓰고 있어 사람들은 그가 온종일 음악을 듣고 있다고 여겼다. 핸드폰 배터리가 부족할까 봐 비상 배터리 팩을 항상 휠체어에 매달고 다녔다.

객실 문이 열리고 페레즈 신부가 들어왔다.

신부 입에서 루시의 피부가 희고 맑다는 칭찬이 나왔을 때, 그레고리는 바로 짐작할 수 있었다. 샤워하고 나온 루시와 신부가 마주 보고 있다는 사실을. 이미 부둥켜안고 루시 등을 어루만지거나 보았다면 신부는 기겁했을 것이다. 등엔 생채기 흔적이 엄청 많았기 때문이다.

'당연하지. 루시는 등만큼은 나 말고 누구에게도 보여주려 하지 않을 것이다.'

그레고리는 자신도 모르는 사이에 눈앞에 보이는 식칼을 뽑아 들었다. 늘 두툼한 성경을 안고 다니던 페레즈 신부의 왼손과 성호를 긋던 오른손을 차례로 떠올리며 부르짖었다.

"저놈의 성호를 다시는 긋지 못하게, 저 손가락부터 싹둑 잘라 버리겠어! 루시 가슴도 젖꼭지부터 잘라 내주지. 고통 속에서 한없이 후회하게 만들어 주겠어!"

갑자기 그레고리는 헤드폰을 벗어던지더니 두 손으로 자기 머리를 감싸 쥐며 흐느껴 울었다.

'오, 거룩하신 성모여, 왜 저를 이토록이나 비참하게 만드십니까? 제가 어떻게 사람을 죽일 수 있겠습니까? 다른 사람도 아닌 루시를. 성모께서 페레즈 클레타를 부디 제지하여 주옵소서.'

그레고리는 진심으로 울면서 기도를 드렸다.

하늘의 여왕이여, [11]
천사들의 모후여,
이새의 뿌리여,
세상에 빛을 낳으신 문이시여,

---

11 가톨릭 성가, 〈하늘의 영원한 여왕(Ave Regina Caelorum)〉

기뻐하십시오,

모든 이들 위에 영화로운 동정녀여,

오 아름다우신 분이여,

우리를 위해 그리스도께 빌어주소서.

기도를 마치고 바닥에 내던졌던 헤드폰을 주워 막 전원을 꺼버리려 할 때였다.

"신부님, 이대로는 못 가요." 하고 루시가 신부에게 매달리는 소리가 울려왔다.

그레고리는 당황스러웠다. 계속 이대로 엿듣다가는 진짜 어떤 일을 저지를지 모른다는 생각에 두려웠다. 이미 둘이 관계했을 거라고 여겼는데, 루시가 떠나려는 페레즈에게 매달리고 있었다.

"루시, 여기서 멈춰야 해요."

"저를 구원해주시면 안 되나요? 영혼으로 하나가 되자고 먼저 말씀하셨잖아요."

"영혼으로 하나 되는 것과 육체로 부정해지는 건 다른 문제예요. 나는 당신을 구제할 사명이 있습니다."

구세주의 존귀하신 어머니,[12]

영원으로 열린 하늘의 문이시며,

바다의 별이시여,

---

12 가톨릭 성가, 〈구세주의 존귀하신 어머니(Alma Redemptoris Mater)〉

넘어지는 백성 도와 일으켜 세우소서.

당신의 거룩한 창조주를 낳으시니

온 누리 놀라나이다.

가브리엘의 입에서 나온 인사를 받으신 후에도

전과 같이 동정이신 이여,

죄인들을 어여삐 여기소서.

"이제 저는 어떻게 해야 하나요?"

"하나라도 숨김없이 당신의 모든 이야기를 나한테 들려주세요. 당신의 보속[13]을 약속하겠습니다. 당신을 위해 통회 기도를 바치겠습니다."

그러나 신부의 목소리는 떨리고 있었다. 그는 이미 기도하면서 자신이 한 여자에게 '넘어지는 백성'임을 인정했고 자신을 '죄인'이라 불렀다. 섹스의 유혹에서 벗어나기 위해 필사적으로 노력하고 있었다.

그럴 때 루시가 들려준 아버지 EJ 이야기는 그레고리에게 창작 충동을 일으켰다. 꼬일 대로 꼬여버린 EJ의 불행한 운명과 그레고리 자신의 운명이 하나로 포개지는 느낌을 받은 것이다.

루시가 버나비에서 돌아왔다. 밤이 되자 루시는 평소와 다름없

---

13 가톨릭 고백성사 용어로, 이미 지은 죄를 징계하는 벌이자 영혼의 허약함을 치료하여 다시 죄를 짓지 않게 하는 약속이다.

이 채찍을 꺼내 들었다.

"그레고리. 영혼이 하나가 될 수 있다고 기대하며 신부님을 유혹했어. 하지만 실패했지. 너무 괴로워서 벌레가 온몸을 기어 다니는 것 같아. 채찍으로 때려줘. 그래야 괴로움이 풀릴 것 같아. 다시는 허튼 마음먹지 않을게. 이젠 당신이 주는 괴로움만 즐길게."

루시가 알몸으로 침대에 엎드렸다. 그레고리가 그 위에 훌쩍 올라오더니 루시의 목과 귀를 애무했다. 루시도 참지 못하고 얼굴을 돌려 그의 입술을 찾았다.

"여전히 당신은 최고네. 됐어. 이제 빨리 채찍을 들어."

루시는 이불을 당겨 머리를 덮었다. 그러나 그레고리는 채찍을 들려 하지 않았다.

"빨리, 그레고리. 참을 수 없어."

그레고리는 울음을 참다가 루시 등에 얼굴을 묻었다. 그러고는 속삭이듯 나지막하게 말했다.

"루시, 우리 더는 이러지 말자."

"갑자기 왜 그래?"

"정말 오랫동안 생각했어. 이러는 내가 너무 싫어. 더는 이러지 않겠어. 대신 당신이 가끔 다른 사람과 만나는 걸 허락할게. 내 말 막지 말고 끝까지 들어줘. 이렇게 하는 건, 당신을 위해서가 아니라 나 자신을 위해서야. 당신이 나에게 더 잘해주는 방법이라고 생각하면 좋겠어."

그레고리는 자신의 진심을 증명하고 싶었다. 그때 루시 핸드폰에 앱을 몰래 깔아둔 것이나 핸드백과 구두 깔창에 도청 장치를 넣어둔 사실을 고백했다.

그는 어린아이처럼 엉엉 소리 내어 울었다. 루시는 그레고리를 품에 안고 다독였다.

"당신, 이러지 않아도 돼."

루시가 그레고리에게 말했다.

"당신이 나를 필요로 하는 한, 절대 당신을 떠나지 않을게."

"고마워. 루시. 당신은 내 인생의 천사야."

두 사람은 서로 다시 태어나기로 약속했다.

그레고리가 〈좀비〉에 이어서 만든 작품 〈빛의 건축〉 역시 이때의 상황과 나눌 수 없다. 그는 자신의 인생으로 빛이 들어오는 것을 경계했다. 빛이 두려워서가 아니라 그 틈으로 곁에 붙잡아두었던 사람이 달아날까 봐 무서웠기 때문이다. 어느 날 미세한 틈으로 빛줄기가 스며들어오기 시작하자 그는 그 틈을 틀어막기에 여념이 없었다. 그러나 틈새는 계속 벌어졌다. 꼭꼭 틀어막자 또 다른 틈이 생겼다. 조만간 틈새는 더 벌어질 것이고, 빛은 폭포수처럼 쏟아져 들어올 것이다.

'막지 말고 차라리 빛을 건축하자.'

빛이 마치 벽돌이나 돌덩이라도 되는 듯, 시멘트로 빛을 이겨 벽을 만들겠다고 생각했다. 그러기 위해서는 먼저 빛을 모아야 했다. 틈새를 틀어막은 장벽을 없애고 활짝 열기로 했다. 빛의 존재인 사랑하는 사람도 틈으로 빠져나갈지 모른다. 하지만 자신이 틈을 막지 않는 한 그는 다시 돌아와 어둠을 빛으로 채워버릴 것이다. 분명히 그럴 것임을 깨달은 것이다.

'그래, 이것이 빛의 건축과 틈새의 미학이다.'

그는 이 작품을 만들기 전에 좀비 만드는 작업으로 실험했다. 다소 추상적인 작업이었지만, 좀비와 빛을, 또 좀비와 틈을 오버랩시켜보았다. 하지만 자신이 형상화하려는 좀비에 대한 정의를 여전히 내리지 못하고 있었다. 때로 그 좀비가 자기 자신이라고 생각했다.

"우선 잘린 좀비의 상반신과 하반신이 틈의 바깥과 안쪽으로 나뉜 채 서로 떨어지지 않으려 하는 것을 어떻게 하면 더 상징적으로 표현할 수 있을까. 이를테면 말이야, 내 속의 야수는 계속 어둠에 있으려 하고 내 속의 천사는 어둠 바깥으로 나가고 싶어 하지. 둘은 배타적인 관계지만 서로 떨어질 수 없는 운명이지. 내 속에서 함께 생존해야 하니까. 이렇게 만든 주술사 역시 나 자신이고. 하지만 이런 고난의 굴레가 나 혼자만의 굴레가 아닌 것 같아. 당신 아버지 EJ도 나와 같은 고난에 빠진 건 아닐까? 10년 전 EJ가 집을 나간 날, 그날은 공교롭게도 핼러윈 데이였지. 죽은 자의 날을 맞아 귀신들이 허공을 떠돌던 밤. 그 밤이 지금까지도 계속되고 있다면…. 나도 늘 내 속의 천사 편이고 싶지만 쉽지 않았어. 오로지 당신의 도움으로 어둠을 걷어낼 수밖에 없었지. 그런데 작품에서 그 부분을 명확히 표현하기가 쉽지 않아. 밤의 장막

속에서 뛰어나가는 좀비를 통해 빛을 만들어 내는 것. 혹시 알아?
이 어둠의 장막을 깨끗하게 걷어낼 사람이 바로 루시 당신이 될
지…."

13

나는 조심스럽게 샹샹의 표정을 살폈다.

퀸즈에서 한국인과 중국인들이 사는 모습을 보고 싶다는 루시를 하우스로 데리고 온 나는 샹샹에게 야단맞을 각오를 했다. 하지만 샹샹은 예상외로 잠잠했다. 나를 루시에게 갖다 붙이기에는 루시가 너무 눈부셨기 때문일 것이다.

"와, 진짜 금발에다 푸른 눈이네요. 이렇게 예쁜 미국 여자를 가까이서 본 적이 한 번도 없었어요."

샹샹은 진심으로 감탄했다. 이때는 샹샹이 루시를 성당에서 만나기 전이었다.

하루는 3층으로 올라가는 계단에서 루시와 포옹하다 계단을 올라오던 샹샹에게 걸렸다. 샹샹은 못 볼 걸 보았다는 듯 두 손으로 자기 눈을 가리고 부랴부랴 돌아서 내려가 버렸다.

"아저씨, 도대체 그 미국 언니랑 무슨 사이야?"

샹샹이 이렇게 따지고들 줄 알았는데, 의외로 별말이 없었다. 오히려 말을 돌리기까지 했다.

"주인할아버지가 아저씨 다락방 올라가는 데다 병풍을 가져다 놓았어요. 근데 아저씨는 혼자 살면서 병풍은 뭐 하려고?"

퀸즈에 사는 중국인 중에는 여럿이 한 방에서 함께 사는 경우가 종종 있다. 그럴 때 병풍을 가리개용으로 사용한다. 때문에 퀸즈의 가구점에 가보면 병풍을 안 파는 곳이 없다.

나는 루시에게서 살림살이 가운데 가장 한국적인 물건 몇 가지를 알려달라는 요청을 받고 이것저것 생각나는 대로 주워대다가 우연히 창살과 창호지 이야기를 하게 되었다.

"맨해튼의 코리아타운과 퀸즈의 한국 레스토랑 중에는 한국 옛 이미지를 보여주기 위해 창호지를 붙인 창살을 인테리어로 설치한 곳이 있어요."

루시는 대뜸 재촉했다.

"그럼 지금이라도 그 레스토랑에 밥 먹으러 가요."

나도 부쩍 호기심이 동한 루시를 어떻게든 돕고 싶었다. 그런데 너무 갑작스러워 어느 레스토랑에 그런 인테리어가 있었는지 떠오르지 않아 한참 궁리하다가 양해를 구했다.

"그런 레스토랑이 한두 집이 아닌데, 갑자기 가려니 잘 떠오르지 않아요. 나중에 생각나면 그때 같이 가요."

"아쉽네요. 리우 말대로라면, 생각나지 않으면 영원히 못 가보는 거 아녜요?"

나는 성급해 하는 루시를 달랬다.

"한국의 창과 비슷한 게 중국에도 있어요. 병풍이라고 해요. 중국식 병풍은 한국식 병풍과 달리 한지로 만든 칸막이 같아요. 영어로는 스크린이라고 하지요. 영화의 스크린과 스펠링이 같아요. 한국의 창은 가는 나무 막대기로 창살을 만들고 창호지 비슷한 선지[14]를 붙였어요. 병풍의 작은 창문에도 선지를 붙이지만, 창문이 크면 창문 사이에 창살을 박기도 해요. 그게 어떻게 생겼는지 빨리 보고 싶다면, 제가 내일이라도 구해서 보여 드릴게요."

그러잖아도 주인할아버지가 메인 스트리트의 한 중국인 도자기가게에서 매장을 봐주고 있었다. 이 가게에는 도자기뿐만 아니라 여러 고가구와 병풍도 판매하기에 주인할아버지에게 병풍을 하나 가져다 달라고 했다.

"금발 언니가 나와서 병풍을 구경하기에 내가 아저씨 물건이니 함부로 만지지 말라고 손짓했더니 알겠다면서 머리를 끄떡였어. 근데 아까 나올 때 보니 그 언니가 또 병풍을 제 맘대로 이리저리 펼쳐보고 그러는 것 같던데, 그래도 괜찮은 건가?"

나는 웃음을 터뜨리고 말았다.

"원, 병풍은 그 언니가 부탁해서 가져온 거야. 병풍값도 그 언니가 낼 텐데, 네가 쓸데없는 짓 했구나."

"그럼 그렇다고 나한테 미리 알려줘야 할 것 아니에요."

샹샹은 마치 내 아내라도 되는 것처럼 행세한다. 일단 나와 관

14 宣紙, 동양화에 쓰이는 종이.

련된 일엔 다 관심이 있었다. 내가 조금이라도 손해를 볼까 봐 여간 극성이 아니었다. 때론 샹샹이 귀찮을 때도 있지만 밉지는 않았다.

"어쨌든 고마워. 우리 꼬마 샹샹."

"치, 말로만?"

"좋아, 마침 반찬도 다 떨어졌어. 우리 외식하자. 뭘 먹고 싶어? 아저씨가 한턱내마."

샹샹은 좋아라고 환성을 지른다.

"한식 사줘요."

언젠가 샹샹한테 한국 레스토랑 이야길 해준 적이 있었다. 조금 비싼 대신 중국 레스토랑과 다르다고 했더니, 샹샹은 꼭 한번 가보자고 했다.

"밑반찬은 다 먹고 나서 더 달라고 하면 얼마든지 더 준단다."

"얼마든지?"

"그럼. 배가 터질 때까지 먹어도 되거든."

"정말요? 그런데 미안해서 어떻게 자꾸 더 달라고 할 수 있나?"

"더 달라고 말 안 해도 돼. 밑반찬을 다 먹으면 서빙하는 사람이 알아서 더 필요하냐고 묻는단다. 그럴 때 너는 그냥 고개만 끄떡이면 돼."

내 말에 샹샹은 오래전부터 한국 레스토랑의 밑반찬 문화에 홀딱 반해 있었다.

나는 샹샹을 데리고 한국 레스토랑 '금강산'에 갔다. 그곳은 나와 안면이 있는 손님들이 꽤 많이 드나든다. 괜히 어린 여자아이를 데리고 갔다가 말밥에라도 오르지 않을까 걱정이 되긴 했지만, 길가 유리창에 비친 샹샹과 내 모습을 보니 안심이 되었다.

"얘, 샹샹, 우리 둘이 걸어가는 모습이 꼭 아빠와 딸 같지 않니?"

"아니."

샹샹은 금방 머리를 가로젓는다.

"짜식, 아니면 뭔데?"

"내가 미국에 처음 왔을 땐 그렇게 말해도 모두 믿었겠지. 하지만 지금은 아닐걸? 나도 이젠 열아홉 살이랍니다. 키도 그때보다 2cm나 컸다고요."

"허허, 그래서?"

"지금은 걸프렌드 같은데?"

"짜식아, 그만큼 아저씨도 늙어버렸잖아."

"아, 그건 정말 아닌데."

샹샹은 다시 말이 많아진다.

"아저씨는 그냥 처음 봤을 때 그대로예요. 어떻게 조금도 늙지 않는지 모르겠어. 요전 날, 주인할머니랑 할아버지랑 주방에서 아저씨 이야기를 했어요. 주인할머니가 그랬어. 아저씨는 처음 여기 왔을 때나 지금이나 계속 그대로라고. 어떻게 나이 먹지 않는 사람이 다 있느냐고 하던데? 그랬더니 주인할아버지가 뭐라고 했는지 알아? 아저씨가 술도 안 마시고 담배도 안 피우고 곁에 여자도 없어서 그렇다나."

"그래? 진짜로?"

"그럼요."

"너도 그 말 믿어?"

"뭔 말?"

"곁에 여자도 없기 때문이라는 말?"

"글쎄 그건 좀."

샹샹은 내 얼굴을 빤히 쳐다보았다.

14

샹샹은 내 다락방에 트렁크를 맡겨두고 일하러 간 채희가 언제
나 궁금하다.

"오빠, 나 오늘 여기서 하룻밤 자고 내일 가면 안 돼?"

"왜? 오늘 돌아간다고 했잖아."

"같이 택시 타고 가기로 했던 동생이 갑자기 일이 있어서 오늘
못 간다고 내일 같이 가재. 둘이 같이 가야 택시비를 덜 내. 혼자
서는 100달러가 깨진단 말이야."

"그래, 그러려무나."

이렇게 채희가 한 번씩 플러싱에 돌아와 중국으로 돈도 보내고
필요한 물건들도 살 때면 반드시 내 다락방에 와서 하루나 이틀씩
자고 갔다. 그런 날은 주인할아버지한테 매트를 빌려 2층 주방에
서 대충 잤다. 자다가 깨보면 내 몸에 큰 타월이나 홑이불 같은 것
이 덮여 있었다. 샹샹이 항상 나를 걱정하고 있다는 걸 모르지 않
았다. 나도 어린 샹샹한테 잘못 보일까 봐 은근히 신경 쓰였다.

어느 날, 샹샹이 말했다.

"아저씨, 다음에 채희 언니가 와서 또 자고 갈 거면 내 방에서 자라고 해. 내가 재워줄게. 주방은 지저분해요. 밤에는 쥐와 바퀴벌레가 욱시글거리거든. 어젯밤에 아저씨가 잘 때 주방에 갔다가 얼마나 놀랐는지 몰라. 쥐 한 마리가 아저씨 머리맡까지 와 있던데? 그런 줄도 모르고 아저씨는 쿨쿨 잘만 자더라고. 다시는 그러지 마."

채희는 돈을 버느라 휴일도 없이 일하고 있었다. 남들은 한 달에 한두 번은 셋방으로 돌아왔지만 채희는 나한테 트렁크를 맡겨둔 채 웬만해선 오지 않았다. 두세 달에 한 번쯤 볼일 보러왔다가 금방 일하러 돌아갔다. 미국에 온 지 4년째 들어섰지만, 아직도 빚이 많아 셋방도 구하지 않고 내 다락방을 물품보관소처럼 이용했다.

"리우 선생을 오빠라고 부르는 그 꺽다리 여자 말이오. 어떻게 일 년 사시사철 쉬는 날이라고는 거의 없이 일하는지. 그렇게 일하면서도 아프지도 않고 쓰러지지도 않는지 정말 대단하오."

주인할머니는 진심으로 감탄해 마지 않았다.

처음에는 주인할머니도 채희가 내 다락방에 와서 하루나 이틀씩 자고 갈 때면 몹시 불쾌해했다. 채희는 주로 2층 화장실과 샤워실을 사용했는데, 내가 없을 때 채희와 주인할머니가 샤워실 사용 문제로 싸운 모양이었다.

"리우 선생, 그 동생이란 여자, 도대체 무슨 일 하는 여자요?"

주인할머니는 내가 퇴근할 때 2층 계단에서 기다리고 섰다가 따지듯 물었다. 채희가 나한테 주인할머니와 싸웠다고 카카오톡으로 미리 알려주었기 때문에 나도 곱지 않은 눈길로 할머니를 보았다.

"할머니. 자꾸 이러시면 할아버지한테 다 이를 거예요."

할머니는 오지랖도 넓고 목소리도 크지만 정작 주인할아버지 앞에서는 꼼짝도 못 한다. 나는 할아버지와 유달리 친하게 지냈기에 할머니도 유독 나한테만은 불평하지 않았다. 친구나 친척이 와서 하루나 이틀씩 자고 가도 방세를 더 내라는 말은 하지 못했다.

"아니요, 선생. 선생 여동생이랑 낮에 얼굴 좀 붉혔는데, 다 내가 주책머리 없어서 그리된 것이니 선생이 잘 말해주오. 내가 사과하더라고 말이오."

할머니 쪽에서 먼저 사과했다. 알다가도 모를 일이다 싶어 정신없이 다락방으로 뛰어올라 문을 열어젖히는 순간, 하마터면 놀라서 뒤로 자빠질 뻔했다. 가슴은 대충 타월로 가렸지만 아래는 팬티도 입지 않은 채 두 다리를 뻗고 앉아서 울고 있던 채희가 불쑥 문이 열리자 놀라서 후다닥 일어서 버린 것이다. 내가 놀란 건 그녀의 휑한 아랫도리 때문이 아니었다. 어디 나가려고 눈에 가짜 속눈썹을 붙이고 있다가 울음이 터진 모양인데, 속눈썹이 눈 아래로 내려와 붙어 있었기 때문이다.

"어이구, 깜짝이야."

울음을 멈춘 채희가 나를 나무랐다.

"아, 오빠는 왜 노크도 없이 불쑥 들어오는 거야? 놀랐잖아."

"내 방 들어오는데 노크는 무슨 노크야."

"그래도 그렇지, 계단을 그렇게 뛰어 올라오니 무슨 큰일이라도 난 줄 알았잖아. 에이씨."

채희는 씩씩거리며 다시 침대 위에 올라가 앉았다.

나는 손으로 눈을 가리며 말했다.

"얘, 난 아무것도 안 봤어. 빨리 팬티부터 입어. 지금 뭐 하는 거야?"

채희는 타월을 조금 아래로 잡아당겨 가리고는 낮에 주인할머니와 싸운 일을 이야기했다.

사연은 이러했다. 채희가 샤워를 마치고 나올 때 그만 팬티를 가지고 나오지 않았다고 한다. 팬티를 샤워부스 위에 걸어놓고 잊어버린 건데, 뒤따라 샤워실을 청소하러 들어왔던 주인할머니가 부스에 걸어놓은 새빨간 팬티를 발견하고는 '아이고, 더러워!' 하고 침까지 뱉어가면서(물론 이것은 채희의 상상이다) 그 팬티를 변기 옆 쓰레기통에 던져버렸다는 것이다. 팬티를 두고 나온 걸 나중에 알게 된 채희는 정신없이 찾다가 화장실 쓰레기통에 처박힌 것을 발견했다. 쓰레기통에 휴지와 뒤섞여 있던 팬티를 본 순간, 채희 눈에서 불꽃이 튀었단다.

"이 나쁜 할망구야, 당신이 내 팬티를 쓰레기통에 버렸지?"

채희는 주인할머니 방문을 걷어찼다.

"그래, 내가 던졌다, 왜? 그 더러운 걸 함부로 놔뒀는데, 그럼 그걸 잘 모셔야 했단 말이냐?"

할머니는 채희를 상상쯤으로 만만하게 보았던 것 같다.

"게다가 넌 우리 집에 세 든 사람도 아니잖아."

이 말에 채희는 더 화가 났다.

"샤워실에 두고 나온 남의 팬티를 함부로 버린 건 절도죄나 마찬가지야. 빨리 사과하지 않으면 경찰을 부를 거야."

채희의 위협에 할머니는 코웃음을 쳤으나, 그동안 미국인들을 상대로 일해 왔던 채희는 제법 영어를 했다. 정말 경찰을 부르겠다고 어디엔가 전화를 했다. 그리고는 한참 영어로 씨부렁댔다. 경찰에게 전화한 것이 아니고, 최근에 새로 사귄 미국인 할아버지였다고 했다.

채희는 나한테 그 팬티를 물어내라고 을러댔다.

"그게 어떤 팬틴데. 같이 일하는 친구가 맨해튼 빅토리아[15]에서 내 생일 선물로 사준 거란 말야. 60 몇 달러나 하는 거야."

"뭐야, 팬티 하나가 60달러가 넘어?"

나는 비명을 지르고는 정신없이 샤워실로 뛰어갔다. 쓰레기통부터 뒤집어엎고 한참 팬티를 찾았다.

"리우 선생, 뭘 찾소?"

언제 나타났는지 할머니가 내 뒤에 서 있었다. 팬티가 보이지 않아 쏟았던 휴지들을 다시 쓰레기통에 주워 담던 나는 황망히 일어나 손을 씻고 나왔다. 그러자 할머니는 뒤춤에서 손을 내밀었는데, 새빨간 삼각팬티가 들려 있었다.

"에잇, 지저분한 거. 어서 동생한테 갖다 주시오."

15 여자 속옷 전문 백화점.

채희가 경찰을 부른다고 을러대는 바람에 겁먹은 할머니가 팬티를 다시 꺼낸 것이다. 그걸 받아 다락방으로 올라오자 채희는 더 화를 냈다.

"화장실 쓰레기통에 들어갔다 나온 팬티를 나 보고 다시 입으라고?"

"깨끗하게 빤 건데, 뭐가 어때서."

"싫어, 안 입어."

"하긴 뭐, 아무것도 안 입으면 보기야 훨씬 더 좋지. 지금처럼. 맘대로 해."

나도 농을 섞어 말했다.

"그럼 다시 쓰레기통에 버린다."

내가 불쑥 일어서자 채희가 황급히 손을 내밀면서 내 벨트를 붙잡았다. 그 사이에 타월이 벗겨졌고, 채희가 그 타월을 잡는다고 몸을 앞으로 기울이다 그만 발가벗은 몸으로 나한테 안긴 꼴이 되었다. 민망해진 채희가 이제는 가릴 것도 없다는 듯 발딱 일어나 황급히 팬티를 입자 나는 다시 놀려주었다.

"에구, 그 팬티는 입으나 마나구나. 왜 구멍이 이리도 숭숭해? 털까지 다 들여다보이잖아."

"이게 유행인데 뭘 그래."

채희는 언제 기분 상한 일이 있었던가 싶게 금방 얼굴이 풀어졌다. 볼에 떨어져 붙은 속눈썹도 다시 제자리에 붙이고 한바탕 치장을 마치고 나자 콜택시가 도착했다는 전화가 울렸다. 모처럼 쉬는 날이어서 친구들 몇이 클럽으로 놀러 가기로 약속한 모양이었다.

"너 조심해. 사고 나면 나 책임 못 져."

"응. 걱정 마."

채희는 엉덩이를 흔들거리며 나가 버렸다. 이렇게 채희가 내 다락방에 한 번씩 왔다 갈 때면 꼭 한두 가지씩 소란이 일어났다. 샹샹은 여간 궁금해하지 않았다. 나와 채희를 남녀 관계로 의심하고 싶은데 아직 확실한 증거를 잡은 게 없으니, 일단 내 말을 믿는 눈치이기도 했다.

샹샹은 내가 채희 팬티를 찾느라 직접 쓰레기통을 뒤진 일도 이미 알고 있었다. 모르긴 해도 할머니가 샹샹 듣는 데서 내 이야기를 무지하게 많이 한 게 틀림없다. 할머니도 처음에는 채희와의 관계를 의심했으나 팬티 사건이 있은 다음부터는 이렇게 결론 내렸다고 한다.

"진짜 친척 동생이 아니고는 저러지 못할 거야."

샹샹은 이런 이야기를 나한테 전하면서 마음이 아픈 듯 나한테 제법 부탁까지 했다.

"아저씨, 다시는 쓰레기통 뒤지고 그러지 마."

"얘, 넌 마치도 아저씨가 쓰레기통 뒤지는 습관이라도 있는 것처럼 말하는구나. 하지만 남의 새 팬티를 쓰레기통에 던져버린 할머니가 나쁜 거지, 언니한테야 무슨 잘못이 있냐."

"그 언니도 정말 대단해. 나 같으면 차라리 안 입고 말지 더러운 쓰레기통에 들어갔다 나온 팬티를 어떻게 입어요."

채희를 비웃는 샹샹을 나는 타일렀다.

"너 그러는 거 아니다. 너 처음 미국에 와서 샤워할 때 생각나? 그때 옷을 안 가지고 들어가 나오지도 못하고 계속 안에 있었댔잖아. 그때 너한테 채희 언니 옷을 꺼내 줬잖아. 나중에 채희 언니는 그걸 알고도 아무 말 안 했거든. 오히려 너를 도와줬다고 잘했다고 했어. 그런데 넌 지금 이게 뭔 태도냐. 어려운 사람들끼리 서로 돕고 살지는 못할망정 비웃으면 되겠냐."

"내가 잘못했어요. 아저씨."

샹샹은 금방 잘못을 시인한다. 샹샹이 더 사랑스럽게 기특하기만 하다.

"그래, 잘못을 금방 인정하고 고치면 여전히 좋은 아이란다."

내가 어린 딸 칭찬하듯 샹샹의 머리까지 쓰다듬어 주자 샹샹은 금방 헤헤 하고 풀린다. 그 모습이 재밌어 킥킥 웃어버리자 샹샹도 좋아라고 농을 걸었다.

"알았어요, 아빠."

15

한편 루시는 이때의 일을 두고 일기를 썼다.

평소에도 일기를 써왔는지 나는 몰랐으나, 나중에 페이스북에서 읽어 보니 일기라기보다는 에세이에 가까웠다. 루시 친구들이 남겨놓은 댓글로 보아 그들 역시 루시가 에세이를 쓰고 있다고 짐작한 듯하다. 그녀의 페이스북에는 꽤 많은 에세이가 올라와 있었는데, 그레고리까지 들락거리면서 '빛'과 관련된 생각들을 남겨놓곤 했다.

"빛이 뭐 벽돌이나 돌덩이라도 되는 것처럼…."

이런 댓글은 누가 썼는지 확인하지 않아도 그레고리임을 짐작할 수 있었다. 뉴욕에서 지내면서 그레고리와 캠으로 매일 밤 작품 이야기를 주고받던 루시도 어느덧 그의 작품에 깊이 빠져든 것이다. '좀비'를 자기 자신으로, 빛을 작품의 메인 테마로 정한 그레고리는 이 빛을 세상에 드러낼 수 있는 장치로 '틈'을 생각하고 있었다.

루시는 내가 구해준 병풍을 자기 뒤에 배경처럼 두고 그레고리와 캠을 했다.

"이 스크린 어때? 당신이 작품에 한국적인 이미지를 넣고 싶어 해서 리우한테 부탁해 구했어. 여기 붙어 있는 종이는 예전 한국 가옥 창문에 붙인 '윈도 페이퍼'랑 비슷해. 중국에서는 서예나 그림 그릴 때 사용했대. 1,000여 년 전, 유리가 발명되기 전부터 만들어 썼다는데, 통풍도 보온도 잘 되어 창에 붙였나 봐. 빛이나 바람, 습기에도 강하다고 하네. 당신이 뉴욕에 오면 한옥 창문과 창호지 좀 연구해봐. 리우 소개로 여기 롱아일랜드에 사는 한국인 홈 인스펙터[16]를 만났어. 당신도 한 번 만나 볼래? 윈도 페이퍼에 관해 꽤 많은 지식을 얻을 수 있을 거야."

루시는 한국인 인스펙터와 친해지려고 미술과는 전혀 관련 없는 홈 인스펙션 강좌까지 들었다. 이 강좌는 우리 신문사와 부동산중개인 양성학원인 '아메리칸 리얼 에스테이트 인스티튜트'가 공동으로 주최한 것이었다. 강사로 왔던 사람이 바로 김기중의 형이었다. 부동산중개업을 하면서 부동산중개인 과정 전문 강사도 겸했던 그는 얼마 전 우리 신문에 창호지와 관련한 칼럼을 쓴 적이 있었다. 그는 요즘 미국에서 한창 유행인 삼중창을 설명하면서, 미국뿐만 아니라 전체 인류의 창문 발전 역사를 소개했는데, 그 예로 든 것이 한옥 창문과 창호지였다. 내가 이 칼럼을 영어로 번역해서 루시에게 보여주었다.

"아, 이거예요. 그레고리 작품에 이 윈도 페이퍼를 꼭 넣어야 해

---

16 주택 매매 과정에서 미리 주택의 현재 상태를 확인하는 작업(홈 인스펙션)을 해주는 전문가.

요. 생각해봐요. 1,000년의 역사를 지닌 종이라잖아요. 이 종이가 낡아서 찢어지면 바람이 드나들면서 펄럭일 것이고, 그 공간으로 바람과 함께 어두운 하늘에 걸려 있는 달빛도 함께 스며들어 올 거예요. 한국에서는 좀비를 뭐라고 하나요? 좀비보다는 처녀귀신이 더 유명한 것 같던데. 머리를 풀어헤치고 눈과 입에 피가 흐르는 처녀귀신이 바람과 함께, 달빛과 함께 찢어진 창호지 사이로 기어들어 올 수 있잖아요. 아, 상상만 해도 흥분되네요. 정말 멋진 작품이 될 거예요…."

루시는 기대감에 어찌할 줄 몰랐다.

얼마 전에 루시는 그레고리와 캠 카메라를 시작하기 전, 병풍의 선지를 손가락으로 찔러 구멍 몇 개를 만들었다. 그 구멍에 눈을 대고 맞은편 테이블의 모니터에 비친 자기 눈을 한참 바라보다가 뜬금없이 환호성을 질렀다. 그녀는 다락방으로 뛰어 올라왔다.

"리우, 빨리 내려와요. 이것 좀 보세요."

그녀는 방금 자기가 했던 대로 병풍 구멍에 내 눈을 대게 했다. 나는 병풍 너머 모니터에 비친 모습을 보다가 선지를 좀 더 크게 찢었다.

"루시, 머리카락을 앞쪽으로 늘어뜨리고 이쪽으로 와요. 찢어진 구멍으로 머리를 반쯤 내밀어 봐요."

루시는 시키는 대로 했다. 나 못지않게 장난기가 발동한 그녀는 그레고리의 작품 〈좀비〉가 상·하반신이 잘린 것을 이야기하면서 병풍 반대쪽에서 하반신 역할을 해보라고 했다. 우리 둘은 호흡이 잘 맞았다.

"프레임을 디자인해보라고 한다면, 리우는 상·하반신을 어떻게 배치하고 싶어요? 그레고리는 탑과 바텀을 기준으로 상·하반신을 나누려 하던데. 그 사이에 창살을 만들고 찢어진 창호지로 경계를 만들면 어떨까요? 이쪽에 와서 바텀에 앉아 내 머리칼을 잡아 봐요."

루시는 찢어진 선지 사이로 머리를 내밀려 했다. 머리가 반쯤 나왔을 때 나도 모르게 그녀의 귀와 얼굴을 오른손으로 어루만졌다. 순간 그녀의 입에서 가느다란 신음이 흘러나왔다. 내 손가락이 그녀의 콧날에 머물다가 입술 쪽으로 내려가던 순간이었다. 살며시 벌어진 입술 사이로 나온 혀가 내 손가락을 애무하는가 싶더니, 내가 손을 거둬들일까 봐 내 손목과 팔을 와락 붙잡았다. 동시에 내 손가락이 그녀의 입안으로 빨려 들어갔다. 그녀는 갑자기 손가락을 미친 듯이 깨물기 시작했다.

"아!"

나는 비명을 지르면서 손가락을 빼내려 했다. 그러나 내 손목과 팔 윗부분을 그녀가 꽉 잡고 있어 집게손가락과 가운뎃손가락 두 개는 어쩔 수 없이 그녀의 입속에 있었다. 쉽게 뺄 수 없다고 느낀 나는 왼손으로 그녀를 앞으로 잡아당겼다. 병풍이 넘어지며 그 밑에 깔려버린 내 머리 위로 그녀의 머리카락이 폭포수처럼 쏟아져 내렸고 어느새 그녀의 입술이 내 입술을 덮고 있었다. 나는 너무 놀라 입술을 벌리지 못했다.

"리우, 미안해요. 내가 미쳤나 봐요."

루시는 떨리는 목소리로 내 귀에 속삭였다. 나는 계속 눈을 감은 채 키스를 받아들이지 않았다.

"당신 온몸이 꽁꽁 얼어버렸구나. 다 내 잘못이에요."

그녀는 천천히 내 귀와 목에 키스하기 시작했다. 그녀가 움직일 때마다 병풍 부서지는 소리가 요란하게 울렸다. 내가 눈짓으로 병풍이 망가지고 있다고 눈짓했다.

"안 망가져요. 괜찮아요."

그녀는 대수롭지 않은 듯 말하며 비로소 몸을 일으켜 나를 놓아주었다.

허둥지둥 다락방으로 올라온 나는 손가락을 살펴보았다. 다행히 피부는 찢어지지 않았으나 속에서 피가 터져 시퍼렇게 부풀기 시작한 걸 보고는 입이 떡 벌어지고 말았다.

'살다 살다, 사람 물어뜯는 여자는 정말 처음이다. 너무 굶어서 그런가? 아니면 하고 싶다는 신호인가, 아님 이 정도에서 더 접근하지 말고 스톱하라는 메시지인가?'

루시가 망가진 병풍을 뜯어내는 모양인지 한참 소란스러웠다.

나는 침대에 반쯤 기대 누워 불안한 마음으로 손가락을 내려다보았다. 물린 부위가 시퍼럴 뿐 아니라 부어오르기까지 하자 타이핑하는 데도 영향이 있을 거라는 생각에 여간 불안하지 않았다. 잠시 후 루시가 방에서 나왔다. 망가진 병풍을 뜯어내고 어지러워진 방을 청소한 후 샤워하러 가는 모양이었다.

나는 어느새 잠이 들었다. 그런데 얼마나 잤을까, 인기척이 나면서 그녀가 문을 열고 들어왔다.

"리우, 불도 안 끄고 주무시네요. 손가락은 괜찮아요?"

그녀는 침대로 다가와 허물없이 걸터앉았다. 원피스 차림으로 브라는 하지 않은 걸 알 수 있었다. 샤워한 뒤여서 머릿결은 촉촉했다. 손가락 통증도 많이 가라앉아 나는 다시 마음이 설레기 시작했다.

"몇 가지 질문을 하고 싶은데 괜찮겠어요?"

"좋아요. 어떤 질문에라도 대답할게요."

내가 응낙하자 루시는 머리를 숙이며 나지막하게 질문했다.

"미스터 리우, 나를 곤란하게 만들진 않을 거죠? 맞죠?"

미국 사람들의 모호한 질문법에 익숙한 나 역시 모호하게 대답했다.

"사랑하면서 동시에 현명해질 수는 없잖아요."

"그럼 어떻게 하면 되나요? 이 감정이 뭔지 모르겠어요."

"그냥 부딪치고 보는 거죠, 뭐."

"제가 그렇게 해도 되는지 아닌지 몰라서요."

"당신이 바보가 되지 않는다면, 저는 얼마든지 그 바보 역할을 뛰어넘을 수 있을 거예요."

내가 훨씬 더 모호하게 대답해 버리자 루시가 말했다.

"그럼, 그냥 해보는 거예요. 당신 알지요?"

"그야 물론이죠."

나는 머리를 끄떡이며 가볍게 그녀를 끌어당겼다. 그녀를 내 어깨에 기대게 하고 싶었다. 하지만 그녀는 머뭇거리며 쉽게 안기려 하지 않았다. 조금 전 병풍을 사이에 두고 보여준 태도와는 딴판이었다. '한 번 해보는 것'이라고 약속까지 했는데도 그녀의 몸이 굳어지는 이유를 추측할 수 있었다.

'이 여자는 몸과 마음이 얼마나 서로 갈등하고 있는 것인가.'

나는 잡아당기던 걸 멈추고 어깨에 손을 얹은 채 다정하게 쓰다듬으며 말을 이어갔다.

"걱정하지 말고. 마음을 편히 가져요. 힘들어하지 말아요."

내가 어깨에서 손을 내리자 루시는 내 손을 붙잡았다. 그리고는 겨드랑이에 얼굴을 묻으며 침대로 올라왔다. 나는 최대한 서두르지 않고 하던 이야기를 마저 했다.

"사랑은 홍역 같아요. 누구나 한 번씩 심하게 앓아요. 하지만 다음에 또 걸릴까 두려워할 필요가 없지요. 사랑도 그래요. 큐피드는 같은 가슴에 화살을 두 번 쏘지 않는다고 해요."

"당신, 매력 있어요."

루시는 어느새 내 위로 기어 올라왔다.

"고마워, 루시."

나도 그녀의 귀에 대고 내 평생 해본 적이 없는 달콤한 말들을 영어로 속삭였다.

"I think we'd have really great sex."

(우린 정말 멋진 섹스를 할 수 있을 거라고 생각해.)

"OK, then let's do it."

(그래요. 지금 시작해요.)

내가 양말을 벗어 던지는 사이 그녀의 손은 내 벨트를 풀고 있었다. 그녀의 원피스 속에는 브라뿐만 아니라 팬티도 보이지 않았다. 나는 그녀의 가슴에 얼굴을 묻었다. 그런데 유두가 보이지 않았다. 내가 얼떨떨하여 쳐다보자 그녀는 방긋이 웃으면서 상체를 뒤로 젖혀 주었다.

"Look closer."

(다시 잘 봐요.)

갈색 점 같은 것이 희미하게 보이긴 했다.

"Oh, it's this."

(아, 이거구나.)

"Give them a try."

(한 번 먹어봐요.)

루시는 다시 나를 자기 가슴으로 끌어당겼다.

"I like it!"

(좋아요.)

나는 굶주린 승냥이처럼 애무하기 시작했다. 신음은 점점 높아지고 유두 주변이 빨갛게 되었다. 전희에 이처럼 격렬하게 반응하는 여자를 본 적이 없어 나는 혹시 뭔가 잘못된 것 아닐까 하는 생각에 잠시 멈추고 그녀를 쳐다보았다.

"Is this okay?"

(진짜 괜찮은 거예요?)

"It's good."

(너무 좋은데요.)

"Are you sure it doesn't hurt?"

(안 아픈 거 확실해요?)

"No, it doesn't hurt."

(네. 안 아파요.)

루시의 몸은 부드러웠지만 근육이 느껴질 정도로 강했다.

"당신은 정말 아름답고 강한 여자예요."

나는 그녀에게 칭찬을 아끼지 않았다. 그녀는 자신의 강함을 입증해 보이려는 듯 삽입하는 순간에 내 등을 꽉 부둥켜안았다. 두 팔의 힘이 얼마나 센지 숨이 막힐 것만 같았다. 조금씩 움직이기 시작하자 그녀는 팔의 힘을 풀었다.

"좋아요, 아, 너무 좋아요!"

그녀의 입에서는 끝없이 환호가 터져 나왔고 눈가에는 어느새 눈물이 고였다.

루시가 처음 경험하는 성인 남자와의 정상적인 섹스였을 것이다. 지금까지 그녀의 삶에서 섹스는 너무나도 그로테스크했다. 그저 벗고 다리를 벌리는 일이었다. 그레고리가 그 사이를 혀로 애무할 때도 그녀는 신음을 내지 않았다. 그가 동시에 두 손으로 그녀의 가슴을 움켜쥔 채 아무렇게나 비틀었기 때문이다. 참기 어려워 몸을 움직이면 그는 루시가 흥분하기 시작해 오르가슴으로 치

달을 것으로 자기 마음대로 판단했다. 그때쯤 그레고리는 채찍을 찾아 들었다. 그녀는 부리나케 몸을 돌려 엎드리면서 이불을 머리에 푹 뒤집어썼다.

늘 그랬다. 한 번 두 번 채찍이 날아들 때마다 그녀 눈에는 은하와 같은 별빛이 어두운 창공을 헤가르며 스쳐 갔다. 조금 전 그레고리가 그곳에 혀를 댔을 때만 해도 그녀의 눈앞에 부풀어 오르기 시작하는 아주 작고 예쁜 인형이 보이는 듯했다. 그레고리가 말끝마다 예쁘다고 했던 그곳을 그녀는 아주 오래전부터 가장 흉하다고 여겼다. 그래서 몸의 은밀한 곳에 있는 것이라고 생각했다.

생리가 시작되고부터는 샤워하다 말고 머리를 숙인 채 외음부를 뒤덮은 꼬불거리는 털들을 뽑아보기도 했다. 루시는 그 털 아래 살짝 솟은 돌기를 몇 번 주무르다가 하마터면 소리를 지를 뻔했다. 짜릿한 쾌감을 처음 맛본 것이다.

섹스는 남자의 성기가 그 돌기에 닿는 것이라 생각했다. 성인비디오를 보면서 그녀가 가장 기겁한 것은 바로 남자 성기가 그 돌기에 끊임없이 부딪치는 장면이었다. 이 작은 것이 그것을 당해낼 수 있을까, 아예 짓뭉개져 버리진 않을까 불안하기도 했다. 차라리 성기가 아닌 그레고리의 혀가 그곳을 쓰다듬어 주는 것이 더 안심되었다.

루시는 이때 이야기를 쓰고 싶어 했다. 그러나 페이스북에 올리는 순간, 모든 것이 알려질까 두려워 동화의 한 부분을 올렸다.

달님이 말했다.

"한 계집아이가 우는 걸 보았단다. 세상이 사악해서 울고 있었지. 아이는 아주 예쁜 각시인형을 선물로 받았어. 각시가 얼마나 예쁘고 귀여운지, 고생 따위는 결코 겪을 것 같지 않았어. 하지만 아이의 오빠들이 각시인형을 마당에 있는 높은 나무 위에 올려놓았지. 아이는 각시인형에 손이 닿지 않아 아래로 내려오게 할 수가 없었단다. 그래서 울었던 거야. 아마 각시인형도 울고 있었을 거야. 초록 나뭇가지에 팔을 뻗은 각시의 표정이 정말 슬퍼 보였거든."[17]

섹스하는 동안 루시는 예쁜 각시인형을 떠올렸다. 눈앞이 잘 보이지 않는 게 눈물 때문인지 땀 때문인지 알 수 없었다. 체위를 바꾸어 성기와 돌기가 부딪치는 모습을 보고 싶었다. 처음엔 조금 겁이 나긴 했다. 이 쾌감과 흥분이 성기와 돌기가 부딪치는 순간 순식간에 사라져버릴까 봐 눈을 꼭 감아버렸다.

루시의 두 팔이 내 등을 꽉 부둥켜안았던 것도 바로 그 순간이었을 것이다.

아, 예쁜 각시인형, 불쌍해서 어떡하니. 벌써 저녁 어스름이 내리고 밤도 곧 올 건데.

그녀는 느닷없이 눈앞에 떠오른 안데르센의 〈그림 없는 그림

17 안데르센, 〈그림 없는 그림책〉 스물두 번째 밤 부분.

책〉 속의 그 밤, 그 인형을 떠올렸다. 인형으로 바뀌어 버린 자기의 예쁜 외음부 돌기가 성기에 짓뭉개지는 모습을 보면서, 음모 속에서 방울 달린 삼각모자를 쓴 작은 요정들이 우르르 몰려나와 손가락으로 돌기를 가리키며 낄낄대는 듯했다.

아이는 얼마나 무서웠을까.

'하지만 우리가 잘못한 게 없다면 나쁜 귀신이 우리를 해치진 않을 거야. 그런데 뭔가 잘못을 저지른 게 있지 않을까.'

아이는 잠시 생각했어.

"아, 있다. 다리에 빨간 천 조각을 매단 가엾은 새끼오리를 보고 웃은 적 있었지."

그녀가 페이스북에 올린 글은 안데르센 동화 〈그림 없는 그림책〉의 스물두 번째 밤 이야기였다. 나는 그다음 섹스를 하면서야 비로소 '예쁜 각시인형'이 무엇을 가리키는지 알 수 있었다.

16

캠 앞에 앉은 루시 얼굴은 상기되어 새빨갰다. 그레고리와 캠 하기로 약속한 시각이 다가오자 그녀는 허둥지둥 자기 방으로 내려갔다. 얼굴뿐만 아니라 몸도 자꾸 뜨거워서 벌써 몇 번이나 샤워했다. 몸의 기운이 그동안 막혀 있었다가 이제야 정상으로 도는 듯했다.

루시는 병풍의 망가진 부분을 뜯어내어 한쪽 구석에 세워놓았다. 그런데 그레고리가 한참 창호지 설명을 듣다가 문득 한마디 내뱉었다.

"망가진 채로가 더 괜찮아 보여."

그녀가 대답했다.

"창호지를 사이에 두고 비치는 빛과 창호지가 찢어져서 쏟아져 들어오는 빛이 얼마나 다른지 계속 생각해봤어. 당신이 내 페이스북에 이렇게 썼잖아. '빛이 뭐 벽돌이나 돌덩이라도 되는 것처럼…'이라고. 그 창살 곁에서 시원한 바람이 빛과 함께 들어오는 순간을 상상해봤어. 어때? 당신은 이 느낌을 작품에 넣고, 나는 이 주제로 재밌는 에세이를 써볼까?"

그녀는 천연덕스럽게 둘러댔다.

밤이 깊었으나 그들의 대화는 계속되었다. 주인할머니가 참다
못해 다락방으로 올라와 나에게 부탁했다.

"선생이 데리고 온 미국 여자가 밤이 깊었는데도 계속 어디다
전화를 해대는지 끝이 없소. 우리 영감하고 나는 괜찮은데, 옆방
사람이 벌써 몇 번이나 화를 내면서 벽을 걷어찼다오."

나는 루시 핸드폰으로 메시지를 보냈다.

"왜 이렇게 늦게까지 안 자고 있어요?"

그러나 대화 중이라 메시지를 확인하지 못하는 게 분명했다. 나
는 하는 수 없이 샹샹한테 시켰다.

"금발 언니가 지금 캠을 하는 것 같은데, 괜히 남자가 노크했다
가 문이 열려 저쪽 캠에서 나를 보면 의심할 수 있으니 네가 좀 가
보려무나."

"왜 그러냐고 물으면 뭐라고 대답해?"

샹샹은 루시 방 앞에까지 갔다가 돌아와 나한테 물었다.

나는 잠깐 생각해보고 이렇게 시켰다.

"호랑이가 엄마를 가장하여 문을 두드린다고만 해라."

"그렇게만 말하면 돼?"

"오냐."

"영어로는 어떻게 말하는데?"

"The tiger is knocking on the door, disguised as Mom."

"알았어요."

샹샹은 루시 방문을 똑똑 두드렸다. 그러고는 내가 알려준 말을 전하자 루시가 방긋이 웃었다.

"정말 정말 미안해요."

루시는 문을 조금 열고 머리만 내민 채 사과했다. 캠은 곧 꺼졌고 주방에 나와 있던 주인할머니가 방으로 돌아간 뒤, 샹샹은 내 뒤를 따라 다락방까지 올라왔다.

"빨리 들어가 자지 않고 어디를 올라와?"

"잠깐만 앉았다가 갈게."

"안 돼. 어서 내려가."

"할 말 있어요."

샹샹은 고집을 부렸다.

"내일 해."

"안 돼. 잠깐이면 돼요. 딱 1분만. 아니 30초만."

샹샹은 기어코 내 방으로 들어왔다.

잔뜩 의심 어린 눈초리로 내 방 여기저기를 훑어보기도 하고, 무슨 냄새라도 나는지 코를 갖다 대기도 했다.

"아저씨 방에서 전에 맡아본 적 없는 냄새가 나."

"무슨 냄새?"

"금발 언니 방에서 나는 냄새랑 같은 냄새."

샹샹은 귀신같이 맞힌다.

나는 며칠 전 빅토리아에 볼일이 있어 들렀을 때, 화장품 매장

아가씨가 준 향수 뿌린 비즈니스 카드 몇 장을 양복 윗주머니에 넣어두었던 게 생각났다. 사람들은 귀찮아하며 받지 않고 지나치지만, 나는 꼭 받아서 윗주머니는 물론이고 안주머니에도 넣고 다녔다. 물론 그 향수 냄새는 그다지 오래가지는 않았다.

"옷걸이에 걸린 내 양복 호주머니 냄새 좀 맡아봐."

나는 루시가 왔다 간 게 들통날까 봐 향수 냄새 출처를 다른 데로 돌리려다 그만 더 큰 비밀을 들키고 말았다. 윗주머니에서 비즈니스 카드를 꺼낸 샹샹은 너무 놀라 눈이 동그래졌다.

"아저씨, 빅토리아에 갔댔어? 거긴 왜?"

나는 순간 어떻게 대답하면 좋을지 몰라 멍하니 바라보기만 했다.

"글쎄, 거긴 왜 갔지?"

내가 중얼거리듯이 받아 외웠다.

"난 내려가 잘래. 핑곗거리는 천천히 생각해도 돼."

샹샹은 나를 잔뜩 노려보다가 내려가 버렸다.

'아이고, 저 시어머니를 어떡하면 좋아?'

나는 다시 이불을 뒤집어쓰고 누워 버렸다. 채희 부탁을 받고 빅토리아스 시크릿 앤 핑크에 갔다 온 걸 샹샹한테 들킨 게 영 찜찜했다.

한 번은 샹샹이 어디서 이 가게 소문을 얻어듣고는 나한테 데려가 달라고 졸랐다.

"남자인 내가 그런 델 어떻게 가?"

"우리 가게 언니가 그러는데 남자들도 여자친구랑 많이 온대. 1

층 화장품 매장 옆에는 여자친구가 쇼핑을 끝낼 때까지 남자들이
기다리는 쉼터도 있다는데. 아저씨가 그랬잖아. 아저씨네 신문사
에서 멀지 않은 곳에 빅토리아가 있다고."

"근데 그곳 제품들은 모두 비쌀 건데."

"그냥 구경만 하고 올 거야."

그때 상상을 데리고 처음 가본 맨해튼 빅토리아스 시크릿 앤 핑
크는, 헤럴드 스퀘어 건너 6번가와 35번가 사이에 있었다. 상상은
진짜로 구경만 하고 1층 로비의 쉼터로 와서 나를 찾았다.

"진짜 아무것도 안 샀어?"

"구경만 한다고 했잖아."

"그러지 말고 뭐든 하나 골라 와. 아저씨가 계산할게."

"에이, 어떻게 그렇게 해?"

"미안해하지 말라니까, 생일이 언제냐? 내가 생일선물 사준다
고 생각하면 되잖아."

그러자 상상이 갑자기 내 귀에 대고 속삭였다.

"아저씨, 실은 오늘이 내 생일이야."

"뭐, 오늘이라고?"

"네."

"아이, 이 녀석도 참. 일찌감치 말하지 그랬어."

나는 벌떡 일어섰다.

상상은 얼굴이 새빨개져 죄라도 지은 듯 고개를 떨어뜨리며 기
어들어 가는 목소리로 대답했다.

"빅토리아 속옷이 유명하다고 해서 한참 돌아봤는데, 너무 비싸. 팬티 하나가 글쎄 중국 돈으로 500원, 600원씩 하잖아. 마음에 드는 브라를 하나 보긴 했는데…."

"군소리 말고 어서 가서 가져와."

그러자 상상은 내 손을 잡아끌었다.

"아저씨. 같이 가서 여기 종업원한테 사이즈 좀 알아봐 줘."

"그걸 내가 어떻게 알아봐? 네가 직접 피팅룸에 들어가서 입어봐. 그게 가장 정확하잖아."

"그래도."

상상은 나를 잡아끌었다.

상상이 제일 작은 사이즈로 몇 개를 골라 피팅룸으로 들어간 뒤에 나는 룸 입구에 있는 의자에 앉아 기다렸다.

한참 뒤에 상상은 잔뜩 풀이 죽은 채 울상을 하고 나왔다.

"나한테는 다 안 맞아."

나는 웃음이 터져 나오려는 걸 가까스로 참았다.

"네가 아직 다 크지 않아서 그래. 한 2년쯤 지나면 그때는 맞을지도 몰라. 올해 생일선물은 다른 것으로 해. 대신 내년 생일 때 다시 빅토리아로 오자."

상상은 좋아라고 머리를 끄떡였다.

"그럼, 아저씨 약속해. 꼭 여기로 다시 온다고."

"아, 그야 당연하지."

"알았어. 그럼 브라는 내년까지 기다릴게요."

샹샹은 나한테 손가락까지 걸라고 했다. 새끼손가락을 걸자 이번에는 엄지손가락을 내밀며 손도장까지 찍자고 했다.

'이번에는 진짜 단단히 걸려들었구나.'

나는 아무리 생각해도 핑곗거리가 떠오르지 않았다. 그러나 그날 밤 쉽게 잠들 수 없었던 건 또 다른 이유 때문이었다. 초저녁, 루시와의 폭풍우와도 같았던 그 일 때문에 도무지 진정되지 않았다.

17

새벽녘이 다 되어 어렴풋이 잠들었을 때, 핸드폰 메시지 신호가
울렸다. 자정 이후부터 아침 출근 전까지는 메시지나 카카오톡,
위챗 메시지에 일절 응대하지 않았지만 이날은 어쩔 수 없었다.

'리우, 내 페이스북에 빨리 들어와 봐요.'

루시는 아예 밤을 새운 모양이다. 페이스북에 들어가 보니 새로
쓴 에세이가 올라와 있었다. 제목은 '빛을 건축하다'였다.

내가 남자를 하나의 건축물로 만드는 이유는 어쩌면 남자들에 대한 직
간접적인 추억 때문인 것이다.

벽돌이나 기와장이 아닌 피와 살로 숨 쉬는 남자를 건축물로 짓다니…,
내 마음이 무슨 흙이나 땅이라도 되는 것처럼, 남자가 무슨 콘크리트 벽이
라도 되는 것처럼 말이다. 추억만으로 내가 의지하며 살아갈 건축물을 만
드는 것은 나 자신의 감각에 영원성을 부여하기 위함이다. 그런 영원성은
오로지 섹스를 통해서만이 가능하기 때문이다….

이렇게 시작되는 에세이는, '어느 날 그 남자가 갑자기 별처럼 아름다웠고 꿈처럼 행복했던 시간을 모조리 뒤로 하고 바람처럼 멀어진다면 나는 어떻게 할 것인가' 하고 반문하고 있다. 오로지 감각과 기억이라는 재료로 사랑이라는 완벽하고 장엄한 성새를 지어놓고 그 사랑의 흥분을 온몸으로 느끼며 살아가고 싶다고 한다.

'그레고리도 이 글을 읽을 텐데.'

나는 걱정이 이만저만이 아니었다. 루시의 이 에세이는 이제부터 애인도 사귀고 섹스도 하면서 살겠다는 당당한 선언이었다. 다만 그 선언을 아주 교묘하게 위장하여 우아하게 펼쳐냈을 따름이었다.

루시는 마음속 남자가 그 자신의 작품만큼이나 흥미로운 존재가 되어버렸다고 고백했다. 아무리 읽고 또 읽어봐도 여기에 내가 끼어들 여지는 없어 보였다. 에세이 마지막 부분에서는 다시 언제든지 틈새는 벌어질 것이며, 그 틈새로 빛이 폭포수처럼 쏟아져 들어오리라고 은근히 암시하고 있었다.

사랑하는 남자와의 흥분을 계속 이어가는 것만이 내 궁극의 목적이 아님을 미리 말해둔다. 아주 넓게 구심점도 없이 흩뿌려져 있는 은하의 별들처럼 나는 내 사랑을 온 세계에 스프레드 아웃 하고 싶다. 분산과 결집을 끊임없이 반복하며 나 자신이 그 안에서 사랑하며 성장하고 싶다.

어느 날 신은 그 같은 장난을 그만하라고 권고할지도 모른다. 그러나 나는 거부할 것이다. 남들이 다 하는 그런 사랑은 무의미하다고. 무의미를 좇기보다는 나만의 사랑에 깊이 몰입하여 가슴으로 다시 녹여내고 싶다. 남녀의 들뜬 흥분의 빛이 아니라 둘이 함께 접혀 틈을 찾아 이동하듯 돌아가는 그런 사랑을 만들고 싶다. 눈에 보이지 않는 흥분 가운데 남자와 여자, 자연과 인공이 무리 없이 접히고 천사와 뱀이 화해할 것이다.

나의 길, 그 길은 사방으로 트였고 나와 함께 그 길을 걷는 사람은 새로운 맵을 작성하는 여행자이다. 그리하여 나의 사랑과 사랑으로 지은 남자와 함께 접힘의 아름다움을 노래하고 싶다. 틈은 반드시 벌어진다. 그 틈새로 들어올 빛을 건축하는 일은 철학이나 과학이 아니다, 지각 경험이나 상상이 아니다. 빛과 틈으로 짓는 이 건축물에 형이하학으로 숨 쉬는 나의 부족한 사유를 담으려 한다.

아직은 분출구를 찾지 못한 나. 내가 사랑하는 남자와의 밀착과 포개짐으로 더는 출구가 없어 보이는 공간에서 틈새 찾는 일을 한 번 해보려고 한다….

나는 이 에세이를 여러 차례 읽었다. 길지 않은 글 한 편을 읽으면서 그 의미를 이토록 오래 생각해본 적이 한 번도 없었다. 솔직히 이런 에세이를 한국에서도, 중국에서도 아직까지 한 번도 읽어본 적이 없다. 그 내용이나 주제, 그리고 형식과 글 속에서 사용한 언어들로 보아 쉽게 쓴 글은 절대 아니었다. 일단 페이스북 친구들이 이해하기에도 '빛' '건축' '틈새' 이런 단어들은 너무 난해했다.

"This might be the best thing I've ever read."

(내가 읽은 글 중 가장 훌륭한 글 같아요.)

이렇게 나는 영어로 댓글을 달았다. 얼마 지나지 않아 메시지가 날아왔다.

방금 댓글을 읽었다는 것과 새벽에 잠을 깨워서 미안하다는 내용이었다.

"와서 나를 안아줘요."

잠이 완전히 깬 나는 이렇게 보냈다.

그러자 답장이 날아왔다.

"휴식이 필요해요, 우리 둘 다."

아직도 네댓 시간은 더 잘 수 있어 핸드폰을 끄고 눈을 감는데 방문이 살짝 열린다. 어제 그대로 천사처럼 여자가 들어선다. 방은 어두웠지만 커튼이 없는 내 방은 달빛과 별빛으로 가득하다. 부끄러운 듯 고개를 숙이며 내 침대로 다가오는 그녀는 오랜 시간 동안 갇혀 지냈던 탑에서 세상 밖으로 나가기 위해 용기를 내는 코로나 왕국의 라푼젤이다.

18

'육체의 쾌락은 사랑의 완성일지도 모른다. 하지만 쾌락은 완성의 반대말이기도 하다. 쾌락은 찰나에 그치기 때문이다. 완성이라는 안정적인 상태와는 도무지 거리가 멀기 때문이다. 하지만 인생에서 찰나에라도 정점에 오르는 경우가 어디 흔히 있는 일인가?'

나는 루시의 육체를 탐닉하며 감상적인 쾌락주의자가 되어갔다. 그녀의 영혼에 빠져들면서 이러한 나날이 그리 오래갈 수 없음을 예감할수록 집착은 더 강해졌다.

반면 루시는 자신을 야무지게 다잡고 있었다. 스튜디오 리모델링이 끝날 때까지 한 달만 지내기로 하고 내가 지내는 하우스로 들어온 그녀는 한 달이 되려면 아직 10여 일이 남았는데도 벌써 내게서 떠날 준비를 하고 있었다.

나는 루시가 떠나는 게 두려운 나머지 머릿속에 이상적인 여인을 그려두고 그와 대화하기 시작했다. 피그말리온[18] 처지가 되고만 것이다.

---

18 그리스신화에 나오는 조각가이다. 자신이 조각한 조각상과 사랑에 빠진다.

'그래, 드림즈 두 컴 트루(Dreams do come true!)라는 말도 있잖은가. 내가 상상하는 그런 여자와 만나게 될 날은 반드시 올 것이다. 피그말리온의 조각상도 아프로디테의 도움으로 인간이 되지 않았던가.'

루시가 떠난 뒤 나는 루시처럼 사랑에 목마른 여자와 만나게 되었을 때 필요한 대화를 미리 준비해두었다. 저녁이나 새벽녘같이 특정 시간대에 주고받을 이야기까지 준비했다. 물론 그것은 이미 루시와 주고받았던 대화들이었다.

"당신 생각하기엔 어때요? 내가 꼭 미친년 같죠?"

이렇게 묻는 여자를 만나고 싶었다. 나는 여자의 턱을 손에 받친 채 가볍게 입술을 맞추고는 한참 내려다볼 것이다. 그럴 때 여자가 내 겨드랑이에 얼굴을 파묻었으면 좋겠다.

나는 여자에게 팔베개를 해줄 것이다. 그리고는 반듯하게 누워서 여자의 다음 움직임을 기다린다. 여자는 자기 오른손을 틀림없이 내 가슴 위에 올릴 것이다. 그 손은 언제였던가 싶게 아래로 내려올 것이다. 만약 내려오지 않고 머뭇거린다면 내가 직접 잡아서 아래로 내려보낼 것이다.

"정말이지 당신과 자고 싶었어요."

이 말도 여자가 먼저 하지 못하면 내가 대신 할 수도 있다.

"하느님 맙소사, 또 발기하고 있잖아."

이 비명이 여자 입에서건, 내 입에서건 누가 먼저 튀어나와도 상관없다.

"오, 자기, 내가 미쳐가는 것 같아요. 어떻게 하면 좋겠어요?"

"함께 미쳐버리면 되잖아요."

이렇게 대구하면서 내 팔을 베고 있는 그녀의 얼굴을 돌아본다.

그러나 내 옆에는 아무도 없다. 만약 누군가 있는 게 보인다면 미쳐도 한참 미친 것일 터이다. 이런 대화를 주고받을 때는, 가능하면 이어폰을 꽂고 아무도 없는 센트럴파크를 산책해야 한다. 귀에 이어폰을 꽂는 것은 혹시라도 지나치는 사람이 있다면 정신병자처럼 혼자 씨부렁거리는 나를, 누군가와 전화로 이야기하는 것처럼 보이게 하기 위해서다.

때로는 잔디밭에 누워 하늘을 쳐다보며 중얼거리기도 한다. 그럴 때는 누가 봐도 시적(詩的)이다. 언제 봐도 높고 청정한 하늘도 맨해튼에서는 그리 높아 보이지 않는다. 맑은 구름송이가 어느 빌딩 꼭대기에 걸려 떠나지 않고 있을 때가 종종 있다. 구름과 이야기를 주고받는 사람은 시인이 아닐 수 없다. 시인이 아니라면 구름을 잡는 마법사일지도 모른다. 나는 시인도 아니고 마법사도 아니다. 자기가 만든 돌 조각상과 사랑에 빠진 우매한 피그말리온이다. 사랑이란 내가 만든 마음의 신기루가 아니면 또 무엇이겠는가.

루시가 리모델링이 미처 끝나지 않은 스튜디오로 돌아간 후 나는 성 충동을 극도로 자제했다. 그녀가 플러싱을 떠나는 날, 나는 하루 말미를 얻어 그녀의 짐을 스튜디오까지 날라 주었다. 리모델링이 한창인데도 그녀는 나무의자와 테이블, 소파 등 몇 가지 필요한 가구를 구입했다. 그러고는 가구들을 스튜디오 거실 한복판에 몰아놓고 그 위에 천을 덮어두었다. 밤에는 천을 걷고 소파 위에서 잤다. 벽에 페인트를 칠할 때는 냄새가 독하니 플러싱으로 돌아와 며칠만 있으라고 권했지만 거절했다.

"그레고리가 언제 뉴욕에 불쑥 나타날지 몰라요."

루시는 몹시 불안해했다.

"혼자서도 올 수 있나요?"

"그건 리우가 몰라서 하는 소리예요. 그는 의처증이 도지면 지구 끝까지라도 쫓아올 사람이에요. 잊었어요? 그는 휠체어로 계단도 올라가잖아요."

"아니, 그래도 그렇지."

나는 믿고 싶지 않았다.

루시는 페레즈 신부가 캐나다를 떠나 뉴욕교구에 왔다는 소식을 전해주었다.

"어떻게 이런 우연이 있을 수 있지요?"

"처음에는 나도 깜짝 놀랐어요. 하필이면 우리가 뉴욕으로 이사할 즈음이냔 말예요. 그레고리는 아직 캐나다에 있고 나만 먼저 나와서 겨우 이사 준비를 마쳤는데. 신부님이 그레고리보다 먼저 뉴욕으로 왔네요. 리우가 가끔 놀러 간다는 차이나타운 델란시의 성당 주임신부로 오게 됐대요."

루시는 핸드폰으로 받은 페레즈 신부의 메시지를 나에게 보여주었다. 자신도 젊었을 때는 뉴욕에서 살았고 신부가 되려고 캐나다로 유학한 것이며, 사제로 서품받고 밴쿠버 가톨릭 교구에서 몇 해째 봉사하다가 뉴욕으로 다시 돌아오기까지 11년이라는 시간이 걸렸다는 메시지였다. 어떤 사람들은 마치 전생의 연이 닿아 있기라도 한 것처럼 우연과 우연이 겹치는 관계를 맺고 살아간다. 그런 게 필연이고 운명일 터이다.

메시지 말미에는 이 한마디가 적혀 있었다.

"I hope this is the beginning of a beautiful relationship."

(이것이 우리의 멋진 인연의 시작이었으면 합니다.)

메시지를 읽고 나니 그레고리가 당장이라도 뉴욕으로 달려올 것 같은 느낌이 들었다.

"어차피 그레고리가 오면 성당에 가야 할 텐데 마침 잘됐어요. 이참에 리우도 우리와 성당에 다니는 게 어때요?"

"아, 그건…."

나는 선뜻 대답할 수 없었다.

"우리가 더 자주 만날 수 있잖아요. 싫으세요?"

"아니, 만나는 것은 정말 좋아요."

"그럼 왜요?"

"그레고리도 성당에 올 텐데, 내 얼굴에 철판을 깔아도 마주보긴 어려울 것 같아요."

나는 솔직하게 말했다. 루시도 수긍했다.

"만약 그레고리가 성당에 다니지 않겠다고 하면요? 그럴지도 몰라요. 그러면 나올 거죠?"

루시는 끝까지 나를 성당에 나오게 하려 했다. 그래서 나도 조건을 걸었다.

"대신 당신이 센트럴파크로 스케치하러 갈 때 꼭 나한테 알려줘요."

루시는 두말없이 동의했다.

나중에 루시는 나한테 성당에 나오라고 강요한 것은 가끔이라도 나를 만나고 싶어서였다고 했다. 언제든지 만날 수 있는 자유 공간, 이를테면 우리 둘만의 '옛 장소(old place)'를 하나 만들고 싶었다고 고백했다. 나도 루시도 가난한 월급쟁이에 불과했으니, 돈 많은 '바람둥이 주지사' 짐 맥그리비처럼 고급호텔을 우리만의 아지트로 마련할 순 없었다.

19

맨해튼에서 플러싱으로 가는 지하철 노선은 두 개가 있다. 하나는 42번가 타임스퀘어역에서 7호선 지하철을 타고 직접 플러싱까지 가는 것이고, 다른 건 34번가나 42번가에서 오렌지 선을 타고 74번가 잭슨 하이츠 엘머호스트역까지 와서 다시 7호선으로 갈아타는 것이다. 센트럴파크는 오렌지 선에 있었다. 역 이름은 센트럴파크가 아닌 핍스 애비뉴, 5번가이다.

5번가역 출구는 공원 동쪽 입구로 이어지는데, 이 입구 곁으로 난 길을 따라 북쪽으로 계속 올라가면 뉴욕을 방문한 사람들이 반드시 들르는 메트로폴리탄미술관이 있다. 때문에 이곳은 공원 정문보다 더 많은 여행객으로 항상 붐빈다. 그러다 보니 여행객들의 얼굴을 그려주는 화가들도 여기에 몰려 있다. 대부분은 중국인 화가들이다. 이들 중에는 중국이 싫어서 떠났거나 이런저런 이유로 중국에서 추방당한 실력파 화가들도 꽤 있었다.

루시는 이들에 비하면 애송이나 진배없어서 그쪽에는 얼씬도 하지 않았다. 대신 일요일마다 센트럴파크 모델 보트 세일링 호수

앞 벤치 쪽으로 갔다. 아이들이 많이 오는 곳이었다. 루이스 캐럴의 《이상한 나라의 앨리스》조각상과 《미운 오리 새끼》《인어 공주》《성냥팔이 소녀》등을 쓴 덴마크의 동화작가 안데르센 동상이 있기 때문이다. 그녀가 앨리스 조각상이나 안데르센 동상 앞에서 어린이들을 스케치할 때, 나는 근처 벤치에서 무릎에 노트북을 올려놓고 글을 썼다. 2년째 매주 토요일마다 신문사 문화면에 싣는 고정칼럼이었다. 그러다 투잡을 뛰기 시작하면서 토요일과 일요일 낮에도 트라이베카로 일하러 가다 보니 더는 센트럴파크에 갈 수 없게 되었다.

하루는 루시가 메시지를 보내왔다.

"이봐요, 리우, 오후에 그레고리와 함께 트라이베카의 액자가게로 갈 거예요. 농담 좋아하는 당신, 농담하다 실수하면 안 돼요. 퇴근할 때 그레고리가 함께 식사하자고 할 거예요. 사라베스 거기 알죠? 요즘 그레고리는 거기서 매일 커피 마셔요. 그럼 있다 봐요."

내가 메시지를 확인했을 때 마침 조한나도 그레고리에게 전화를 받았다. 시실리아가 배송을 일찍 마감하고 돌아가는 길에 액자가게에 들러 다리도 쉴 겸 차를 한잔 얻어 마시는 중이었다.

"어머나, 시실리아. 호랑이도 글쎄 제 말 하면 온다더니!"

조한나는 몹시 감동한 듯 시실리아에게 말했다.

"왜요? 로버트한테 연락 왔어요?"

"아니."

"그럼 첼시에서 액자가게 했던 그 체코 여자?"

조한나는 도로시 부부가 1년 넘게 EJ의 〈카즈믹 움〉을 깜빡 잊어버리고 있었던 일을 한참 이야기하던 중이었다.

"아니."

"그럼 갤러리의 수잔?"

"수잔도 아니에요."

조한나는 연속 머리를 흔들며 나를 불렀다.

"미스터 리우, 방금 누구한테 전화 받았는지 맞춰볼래요?"

"방금 사장님이 'Speak of the devil'[19]이라고 한 거 들었어요. 로버트도, 도로시도 아니라면 EJ 화백인가요? 수잔이 여기 올 리는 없을 텐데."

나는 아닌보살[20]했다. 루시한테 '실언하면 안 된다'고 주의를 받았으니 그레고리와 루시 이름은 입에 올리지 않았다. 게다가 수잔도 우리 신문사 갤러리 대표이니, 액자와 관련한 일이었다면 반드시 나한테 연락했을 터였다.

그런데 루시의 아버지 EJ 이름을 꺼낸 것이 그만 더 많은 이야기를 끌어들였다. 시실리아는 말도 안 되는 소리라고 했다.

"EJ는 불가능하잖아. 실종된 지가 언젠데."

그러자 조한나가 그 말을 받았다.

"아유, 누가 그러던데 EJ가 살아 있대요. 본 사람이 여럿이래요. 홈리스가 되어 맨해튼을 돌아다니는 걸 봤다는데, 홈리스치곤 그

---

19 호랑이도 제 말 하면 온다는 뜻.

20 알면서도 능청스럽게 시치미를 떼고 모르는 척한다는 뜻.

렇게 멋진 홈리스가 없더래요. 매일 아침이면 록펠러센터 아래 앉아서 〈뉴욕타임스〉를 읽고 있는데, 중절모자를 앞에 두고 '1달러만 주세요.'라고 쓴 쪽지도 놔뒀대요. 누가 2달러나 5달러를 주면 반드시 불러 세워서 '나는 1달러만 받으니 나머지는 도로 가져가'라고 한대요."

"와, 진짜 멋쟁이구나."

"그럼요. 얼마나 공부를 많이 한 사람인데요."

이건 정말 처음 듣는 소식이었다.

"아니, 소문이 확실하대요? 사실이라면 EJ 부인 에리카한테도 이 소문이 들어갔을 텐데요. EJ 딸한테도요. 그 루시란 애, 어렸을 적에 아버지 찾는다고 스페인에도 가고 그러지 않았어요?"

내가 이렇게 묻자 조한나가 오히려 어리둥절해 했다.

"루시? 누가 스페인에 갔다고요?"

시실리아까지 놀라 따지듯 물었다.

"미스터 리우가 우리보다 더 많이 아는 게 틀림없어요. 루시가 누구예요? EJ 딸이라고요? 스페인으로 EJ 찾으러 갔다는 이야기는 누구한테 들었어요? 우리도 거기까지는 아직 모르는데. 어서 실토해 봐요. 어떻게 그런 것까지 다 알고 있어요?"

"어? EJ 딸 이름이 루시인 거, 사장님과 시실리아가 알려준 거 아녜요?"

"우린 아니에요. 미스터 리우, 어서 실토해요. 우리가 모르는 걸 어떻게 알고 있죠?"

조한나의 재촉에 나는 수잔을 끌어들였다.

"수잔한테 들은 건가? 진짜 헷갈리네요."

"그럼 수잔한테 들은 게 맞겠어요. 수잔은 대신 그림을 팔아준 사람이잖아요."

나는 급히 머리를 끄떡였다.

"아, 맞아요. 지금 생각해보니 수잔한테 들은 게 맞아요. 그림 판 돈을 미대 다니던 EJ 딸 루시한테 전달했다고 했어요. 그런데 왜 요? 그가 우리 가게로 온대요?"

나는 능청스럽게 둘러댔다. 이렇게 위기를 모면하자 조한나는 아주 중대한 소식이라며 말했다.

"전에 우리 가게에서 몇 번 액자 만든 적 있는 그레고리란 작가 기억나요? 이라크전에 참전했다가 두 다리를 몽땅 잃은 작가요. 그가 글쎄 결혼도 하고 캐나다에 가서 살다가 얼마 전 다시 뉴욕 으로 돌아왔대요. 다시 작품도 만드나 봐요. 방금 온 전화, 그레고 리였어요. 그가 우리 가게로 온다네요. 와이프랑 같이요."

시실리아도 그레고리를 본 적 있었다. 두 다리 정도가 아니라 하반신이 통째로 없다는 걸 기억해낸 시실리아는 결혼도 했다는 소리에 놀라 깜짝 놀랐다.

"내가 잘못 봤나? 하반신이 없는 우투리로 기억하는데?"

나는 우투리라는 말을 처음 들어 조한나에게 무슨 뜻이냐고 물 었다.

"하반신이 없는 사람을 부르는 말이에요."

"그게 한국말인가요?"

내가 어리둥절해 하니 시실리아는 오히려 어이없어했다.

"리우는 중국에서 살아서 우투리 설화를 못 들어 보았나 봐요. 이성계가 우투리 아기 장수를 제일 무서워했다는 이야기도 있잖아요."[21]

조한나가 시실리아에게 소곤거렸다.

"그러게 말예요. 부인은 대학 다닐 때 만난 동창생이래요."

시실리아는 몇 시간이고 조한나와 얘기하는 걸 좋아했지만, 손님이 온다고 하면 바로 일어서곤 했다. 그러나 오늘은 우물쭈물하면서 가지 않으려 했다.

"시실리아, 다음에 인사해요. 오늘은 좀 아닌 것 같아요. 그레고리가 정말 오랜만에 오니 잠깐 나가서 차라도 한잔해야 해요."

하지만 시실리아는 고집을 부렸다.

"그 사람들이 도착하면 금방 보고 갈게요. 어떤 와이프 얻었는지 진짜 너무 궁금해요."

조한나도 어쩔 수 없었다. 조한나는 내가 일하는 작업실로 들어와 살짝 부탁했다.

"그레고리 부부가 오면 나가서 차를 대접하려 했는데, 저 '불 스터먹'이 갈 생각을 안 하니 어쩌겠어요. 물을 좀 끓여줘요. 부부가 도착하면 차를 대접해야겠어요."

---

21 '우투리'는 '우두머리'의 변형이라는 설과, 옛이야기 주인공 반쪽이처럼 '웃통'만 있는 아이라 해서 우투리라고 부른다는 설도 있다.

액자가게 피팅 공간은 비교적 깨끗한 데다 소파도 놓여 있어 반가운 손님이 오면 조한나는 그곳으로 데리고 들어와 구경도 시키고 차나 커피를 대접했다. 손님 가운데 중국인이나 한국인이 있으면 어김없이 나한테도 그 손님들을 소개해주었다. 대신 손님 대접할 차와 커피는 내가 준비해 주었다.

나는 하던 일을 멈추고 급히 화장실로 가서 루시에게 메시지를 보냈다.

"우리 가게 사장 조한나가 그레고리와는 오래전부터 잘 아는 사이래요. 그레고리와 이미 전화도 했나 봐요. 나 보고 당신들 부부에게 접대할 차를 준비하라고 하는데, 우리가 어떻게 아는 사이라고 해야 하나요?"

화장실 옆 작은 주방에는 수도 시설과 싱크대가 있었다. 가게에서 일하는 사람들이 싸온 도시락을 보관해두는 작은 냉장고 외에도 또 식기와 전기주전자 등이 갖춰져 있었다. 나는 물을 끓이면서 루시의 메시지를 기다렸다.

"그냥 저번에 말했던 대로 해요. 수잔네 갤러리에 갔다가 리우와 만났고, 한국 전통 창호지 이야기를 하다가 리우 소개로 강좌도 들었잖아요. 윈도 페이퍼 대신에 임시로 중국 병풍도 구해줬고요. 리우가 트라이베카에서 파트타임 하는 것도 알고는 있고요."

루시는 비교적 자세하게 설명했다. 내가 알겠다고 한창 답장을 타이핑할 때 메시지가 하나 더 날아들었다.

"하지만 리우, 아는 척하는 걸 되도록 줄여 주세요."

"전화 가능해요?"

나는 좀 더 자세히 의논하고 싶었다.

"아니, 안 돼요."

"아까 처음 보낸 메시지에 당신 남편이 나를 식사에 초대할지도 모른다고 했잖아요? 그 사라베스에서 말이에요."

그러나 루시는 대답이 없었다.

나는 루시가 그레고리와 함께 이미 트라이베카 쪽으로 오고 있다고 짐작했다. 나중에 알게 되었지만, 둘이 택시를 탈 때면 루시는 앞자리 조수석에 앉고 그레고리는 뒷좌석을 통째로 차지했다. 휠체어가 일반 휠체어에 비해 크기 때문이다. 뉴욕에서는 택시 앞좌석과 뒷좌석 사이를 방범 플라스틱으로 막아놓기에 루시가 나와 메시지를 주고받을 수 있었던 것이다.

다음날 센트럴파크역에서 루시를 만났을 때, 루시는 나를 몹시 나무랐다.

"당신은 정말이지 저를 조마조마하게 해요. 앞으로는 저만 메시지를 보낼 수 있어요. 당신은 절대 먼저 보내면 안 돼요. 그리고 '전화 안 돼요' 할 때 곁에 그레고리가 있는 걸 눈치채야 했잖아요. 끝없이 물어보면 어쩌란 말이에요?"

'딱 한 번만 물어보고 답이 없어 나도 멈췄잖아요.'

나도 변명하고 싶었지만, 루시가 이 일로 속을 많이 끓인 것 같아 더는 대꾸하지 않았다.

그레고리가 사라베스에서 점심을 같이하자고 초대했기에 나는 다시 지하철로 내려가려 했다.

"좀 있다 가요?"

이젤과 화구 상자를 카트에 싣고 온 루시는 내가 대꾸하지 않고 가려 하자 미안한 마음이 들었는지 나를 붙잡았다.

"이제 일하러 가봐야 해요."

"어제 조한나가 오늘은 안 나와도 된다고 했잖아요. 방금 제 말에 기분 상했다면 사과할게요."

나는 지금도 그때 왜 옹졸하게도 그 사과를 받아들이지 않았는지 여간 후회되지 않는다. 그날 그녀와 함께 센트럴파크에서 즐겁게 보낼 수도 있었지만, 그레고리가 늘 의식되었다. 그런데 그레고리가 나한테 관심을 보이기 시작했다. 처음 몇 번은 루시를 통해 연락하다가 나중에는 직접 연락했다. 물론 우리 둘 사이 대화는 전부 그의 작품과 관련한 것들이었다.

그날 그레고리와 루시가 〈좀비〉에 액자를 씌우려고 트라이베카로 찾아왔을 때, 조한나와 그레고리, 루시 세 사람은 프레임 컬러를 정하는 일로 의견이 나뉘었다. 이 일을 30년이나 해온 조한나였지만 매트 샘플을 들고 이런저런 안을 내놓았다가 루시한테 모두 퇴짜 맞았다. 좀비의 나뉜 상반신과 하반신이 서로 기를 쓰고 붙으려는 모습을 잘린 부분에서 흘러나온 창자로 표현했는데, 그 창자들을 고정하는 받침 색상을 결정하는 일로 한참 논쟁한 것이다.

"피에 젖은 창자를 선명하게 드러내려면 화이트나 아예 슈퍼 화이트가 좋을 것 같은데요?"

하지만 루시는 조한나의 의견을 바로 반박했다.

"피는 붉기만 하지 않아요. 때로는 어둡고 시커멓게 보일 때도 있어요. 차라리 어두운 매트를 받치는 게 더 좋겠어요. 블랙이나 차라리 브라운이 훨씬 나을 것 같아요."

"붉은 피에 브라운 매트라고요?"

의뢰라고 생각한 조한나가 내 의견을 들어보자고 그레고리한테 요청했다.

"우리 프레이머 리우는 갤러리에서도 일했고, 신문에 설치작가 인터뷰 기사도 많이 썼어요. 감각이 굉장히 뛰어난 사람이에요."

나는 그레고리와 루시에게 이렇게 권했다.

"창살과 창호지로 작품에 한국적인 이미지를 만들어 넣는다고 하지 않았나요?"

"네, 그랬죠. 근데 창살과 창호지를 아직 구하지 못했어요."

"그건 제가 구해 드릴게요. 물론 그냥 이대로도 발상이 독특해 보이지만, 여전히 어딘가 한참 모자란 느낌이에요. 예를 들면 말입니다. 절반으로 잘린 〈좀비〉 상반신을 프레임의 탑 양쪽 한구석에 고정하고 하반신을 바텀에 두는 것까지는 다 좋아요. 다만 이 사이, 뭔가 부족한 느낌이에요. 좀 더 품이 들더라도 창살과 창호지로 이 사이에 경계 같은 걸 만들면 어떨까요. 그러면 이 작품에 훨씬 더 입체감이 살아날 듯합니다."

나는 주책없이 작품에 대한 견해를 잔뜩 늘어놓았다. 그레고리의 얼굴이 시뻘겋게 달아올랐다. 루시까지 긴장한 듯하자 조한나는 얼른 나를 나무랐다.

"미스터 리우, 작품에 대해 함부로 왈가불가하는 건 아닌 것 같은데요?"

조한나는 민망하여 어찌할 바를 몰라 했다.

그레고리가 한참 말없이 작품만 내려다보고 있자 조한나는 나에게 쏘아붙였다.

"사람이 왜 갑자기 푼수처럼 그래요?"

"왜요? 저한테 의견 물었잖아요."

"매트 컬러와 액자 컬러를 한 번 봐달라고 했지, 언제 작품 이야기를 하라고 했어요. 미스터 리우가 작품에 대해 얼마나 안다고 그래요?"

조한나는 안색이 어두워진 그레고리의 마음을 풀어주느라 더 심하게 나를 꾸중했다.

"이 사람 말은 다 헛소리예요. 마음 쓰지 마세요."

조한나가 그레고리에게 한마디 하자 이어 나도 사과했다.

"쓸데없는 소리 해서 죄송해요."

그레고리는 나를 쳐다보더니 불쑥 손을 내밀어 악수를 청했다.

"리우, 나는 당신 의견이 정말 좋아요."

그레고리는 그날 액자를 하려고 가지고 왔던 작품을 다시 가지고 돌아갔다.

잔뜩 기분이 상한 조한나가 나한테 화를 냈다.

"내일은 별로 할 일이 많지 않으니 안 나와도 될 것 같아요."

"그러죠 뭐."

나도 조한나한테 미안한 마음이 없지 않았다. 조한나는 내가 안 돼 보였는지 다시 말했다.

"어차피 그레고리가 점심 초대했잖아요. 점심 후 일할 거면 저녁 늦게까지 오버타임 해도 돼요."

20

그러나 약속 시각이 다 되었을 때 그레고리가 갑자기 점심을 취소했다. 나는 루시 때문에 차라리 잘됐다는 생각도 들고, 한편으론 그레고리가 우리 사이를 눈치챘을지도 모른다는 걱정이 들기도 했다. 나는 다시 트라이베카 쪽으로 갈 마음이 없었다.

누군가와 사랑에 빠지면 현명한 사람도 어리석어진다는 말은 정말 맞는 말이다. 평소 채희나 상상이 나한테 화를 내거나 삐지는 적은 있어도 나는 한 번도 그런 일로 기분 잡치거나 울적한 적이 없었다. 그냥 픽 웃고 말거나 아니면 한두 마디로 넘겨버리기 일쑤였다.

한 번은 채희가 돌아오는 휴가에 나한테 양복을 한 벌 사주겠다고 약속한 적 있다. 나도 다른 약속을 잡지 않고 그날 하루를 비워두었다. 그런데 하루 앞두고 불쑥 전화가 왔다.

"오빠, 용건만 간단하게 말할게. 나 내일 못 쉬게 됐어."

"오."

"그렇지만 오빠가 날 보고 싶다고 하면 다른 애랑 쉬는 날짜를 바꿀 수도 있어."

"아니, 괜찮아."

"뭐가 괜찮아, 내일 오빠 옷 사주러 간다고 했잖아."

"그랬던가?"

나는 전혀 마음속에 담아두지 않았던 척한다. 그러면 채희는 더욱 화를 냈다.

"오빠, 계속 이럴 거야?"

"오."

이렇게 그냥 '오' 하고 대답할 때는 내가 한창 다른 일로 정신없을 때라는 걸 채희는 알 리 없다. 잔뜩 일이 밀려 약속을 물리고 싶던 참에 그 전화가 온 것이다.

"그래, 그럼 담에 편할 때 다시 봐."

나는 좋아라고 약속을 취소해 버린다.

그러면 약속을 지키지 못해서 미안한 채희가 오히려 한마디 하곤 했다.

"오빠는 사람이 왜 그래?"

"뭘?"

"내일 약속이 취소되기를 기다리는 사람 같잖아. 안 되겠어. 내일 어떤 일이 있어도 쉴 거야. 그니까 오빠도 어디 다른 데로 튈 생각하지 마."

채희는 씩씩거렸다.

서너 달에 한두 번씩 채희는 플러싱으로 돌아왔다. 그동안 모은 돈을 집에 부치고 몇 달 지내며 쓸 생필품을 구입했다. 브라나 팬티는 물론이고 콘돔도 있는 걸 몇 번 보았지만, 나는 못 본 척하고 한 번도 문제 삼지 않았다. 이것은 우리 사이 무언의 약속이기도 했다. 서로 이성과 관련한 이야기는 일절 함구하는 건 물론이고, 간혹 함께 있을 때 이성에게 전화가 와도 아는 척하지 않는 것이다.

그런데 이런 약속이 깨지기 시작한 것은 채희가 천문학적인 숫자에 가까운 빚을 거의 다 갚을 무렵부터였다. 돈에 쪼들리지 않게 되자 채희는 쉬는 날이 늘어났다. 매달 일주일씩은 쉬게 된 것이다. 생리가 시작할 때쯤이면 복통 때문에 하루나 이틀은 침대에서 일어나지 못했다. 눈과 얼굴까지 다 붓는 듯했다.

나는 덜컥 겁이 나서 물었다.

"너 혹시 그 일 너무 해서 이렇게 된 거 아니니?"

"무슨 일? 내가 무슨 일 했다고 그래?"

채희도 아닌보살하며 능청을 떤다.

"근데 왜 이 모양이야? 그거 올 때면 당장 숨넘어가잖아."

채희는 월경이 시작되면 바로 통증이 멎었다.

언제 아팠던가 싶게 화사하게 화장하고는 맨해튼으로 달려간다. 주로 5번가 명품거리 아니면 34번가 코리아타운 근처 빅토리아다. 이 두 곳 지리에 좀 익숙해진 다음에는 59번가 렉싱턴 애비뉴 근처의 블루밍데일스와 샤넬, 루이뷔통 등도 그녀가 즐겨 찾는 곳들이었다. 돌아올 때도 5번가로 갔다가 여전히 시간이 좀 남아 있으면 지하철역과 가까운 센트럴파크 동쪽 입구 근처 벤치에서 다리도 쉴 겸 호수에 떠다니는 오리와 물속 생물들을 구경했다.

공원에 올 때마다 항상 동쪽 입구로 오가던 나는 여러 번 채희와 마주쳤다. 성격 좋고 낯가림이 없는 그녀는 사람들과 금방 친해졌다. 영어공부를 시작한 다음부터는 간혹 말을 걸어오는 미국 남자들과도 어렵지 않게 이야기를 주고받았다. 어쩌다 몇 마디 말을 주고받았던 미국 남자와 다시 만나기라도 하면 옛 친구라도 만난 듯 반갑게 알은체한다.

영어로 간단한 인사 정도는 주고받는 수준이었지만, 대화가 좀 길어지거나 더 깊어져도 당황해하지 않고 나한테 당당하게 물어온다.

"오빠, 이거 무슨 뜻이야? 아는 남자 만나서 잠깐 이야기하는 중인데, 갑자기 이렇게 물어봐."

"뭐라고? 한 번 이야기해 봐."

"아이드 라익 투 고우 아웃 윗 유. 쿠드 아이 애스크 유 퍼어 어 데이트?"

나는 웃고 말았다.

"아이고, 그 수준 가지고 얘기를 주고받았다고?"

"뭔 뜻인지나 빨리 알려줘."

"너랑 사귀고 싶다, 데이트 신청해도 되겠냐고 묻는 거야."

채희도 깔깔 웃음을 터뜨렸다.

"왜? 웃어?"

"데이트 신청하는 미국 남자가 머리가 새하얀 할아버지란 말야."

이런 일이 한두 번이 아니었다.

채희는 쉬는 기간에 데이트를 신청한 남자를 만나러 갔다가 다음날 돌아올 때도 있었고, 또 어떤 때는 아주 그길로 일하러 간 다음 나한테 전화했다.

"오빠, 나 곧장 일하러 왔어. 그러니 걱정하지 마."

"걱정 안 해."

"이틀이나 외박했는데도 걱정 안 해?"

"뭐, 처음 있는 일도 아닌데 뭐."

"그래도 그렇지."

채희는 내가 자기를 무시한다고 항상 불만이었다.

"어떻게 이틀이나 외박했는데 전화 한 통 안 해?"

"데이트하는 데 방해될까 봐 그랬다."

"데이트 안 했어. 그냥 저녁만 먹고 헤어졌어. 돌아오는 길에 가게 언니를 만났는데, 그 언니가 애인이랑 헤어지고 우울해하면서 같이 술 마시자고 하는 바람에….

채희가 이렇게 한바탕 꾸며댈 때도 나는 고개만 끄떡인다.

"오, 그러셨어?"

"내 말 안 믿는구나. 진짜야."

"아니야. 믿어."

"말투 보니까 안 믿는 거 뻔한데 뭐. 또 고개를 까딱까딱하는 거 맞지?"

채희는 내 모습까지 눈앞에 보는 듯 그려낸다.

그런 그녀한테 두 손 들고 항복하는 수밖에 없다.

"너 정말 귀신이네. 돗자리 깔아도 되겠다. 내가 머리를 끄떡이는 것까지 척척 맞추네."

그러자 채희는 장난을 쳐온다.

"내가 진짜로 알아맞힌 건지 아님, 오빠 뒤에서 지켜보고 있는지 누가 알아?"

"뭔 소리야?"

내가 깜짝 놀라 두리번거릴 때였다.

"돌아보지 마. 오빤 나 못 찾아. 난 오빠를 보고 있지만."

채희는 또 한바탕 나를 놀려주고는 핸드폰을 껐다. 나는 제풀에 웃어버리고 말았다.

"이 녀석이 오늘 진짜 한방 먹이는구나."

나는 지하철로 내려갔다가 애초에 트라이베카에 갈 생각이 없었던지라 10여 분쯤 지나 다시 바깥으로 올라왔다. 모델 보트 세일링 쪽으로 이젤을 실은 카트를 끌고 가는 루시 뒤를 몰래 따라갔다. 나도 모르는 사이에 긴 한숨을 내쉬었다.

'지금 내가 뭐 하는 짓이냐?'

그야말로 귀신에게라도 홀린 기분이었다. 머리는 계속 이건 아닌데, 이래서는 안 되는데 하고 외쳤지만, 두 다리는 계속 루시를 따라갔다. 몸과 마음이 제각기 따로 행동했지만 정말 어쩔 수 없었다.

21

며칠 뒤 그레고리는 〈좀비〉를 다시 만들었다. 작품에 넣은 창살과 창호지는 기중의 형이 구해주었다.

물론 모조품이었다. 한국도 아닌 뉴욕에서 실제 한옥에 사용했던 창살과 창호지를 구할 수는 없었다. 코리아타운의 한 순두부집이 리모델링하면서 원래 실내를 장식했던 창살과 창호지를 뜯어내게 되었는데, 그 가게 주인이 홈 인스펙션 강좌를 들었던 모양이다.

나도 그길로 그레고리한테 연락했다.

"부탁했던 물건들이 도착했는데 어떻게 할까요? 내일 아침 일찍 택배로 보내면 저녁에야 받을 수 있으니, 오늘 저녁 퇴근하면서 제가 직접 갖다 드릴까요?"

그레고리는 기뻐하며 연신 고맙다고 인사하며 말했다.

"아니에요, 루시를 보낼게요. 한시가 급합니다."

"아, 루시를 보낼 것 없어요. 제가 가져다드릴게요. 작업실도 구경하고 싶고요."

사실 그레고리가 뉴욕으로 온 다음에는 작업실에 가보지 못했지만, 리모델링하는 동안은 루시와 함께 몇 번 가보았다.

"아…, 오늘은 좀 곤란합니다. 한창 작업 중이라 많이 어지러워요. 다른 때 꼭 초청할게요."

그레고리는 작업실 구경 좀 시켜달라는 부탁을 이상하리만치 들어주지 않았다. 보통 작가들은 친한 친구가 아니어도 갤러리 주인이나 아트 딜러들이 추천하는 손님들이 작업실에 와서 작품을 구경하자고 하면 대부분 거절하지 않는다. 그런데 그레고리는 내 도움을 받았음에도 불구하고, 내 요청을 받아주려 하지 않았다.

'아직 작품이 별로 없어서 텅 빈 작업실을 구경시켜주기 창피해 거절하는 것일까.'

그러나 나는 정말이지 한창 작업 중인 작품 제작 현장을 구경하고 싶었다. 여러 차례 요청했지만, 그는 끝까지 이런저런 이유를 대며 완곡하게 거절했다.

"정말 공교롭게 되었습니다. 내 친구가 최근에 엄청나게 말아먹었습니다. 집에 와서 머물고 있는데, 매일 술로 보내요. 누구와도 만나기 싫어합니다. 심지어는 내 집인데도 친구 눈치를 보느라 작업실에서 지내고 있습니다."

"집이 아니고 당신 작업실을 구경하고 싶은데요."

그레고리는 두 팔을 벌려 보이며 어깨를 으쓱했다.

"창피하게도 작업실이 집이고 집이 작업실인걸요."

"하하, 그렇습니까, 그럼 나중에 다시 보지요."

짐작하건대 '엄청나게 말아먹었다'는 친구는 바로 잭 스나이더였다. 그는 영화 《새벽의 저주(Dawn of the Dead)》로 1억 달러를 벌어 대박을 터뜨렸지만, 그 뒤 앨런 무어의 걸작인 《왓치맨(Watchmen)》을 영화로 만들었다가 실패했다. 개봉 직전부터 20세기폭스사가 저작권 문제로 《왓치맨》의 제작사 워너브라더스에 소송을 걸어 승소했다. 소송에서 지면서 돈을 왕창 잃은 워너브라더스는 그 책임을 감독이었던 잭 스나이더에게 물었다.

이 소송 관련 뉴스는 우리 신문에서도 매일 속보로 다루었다. 잭 스나이더가 이 영화 때문에 쫄딱 망했다는 표현까지 썼다. 1억 3,000만 달러를 들여서 만들었는데, 고작 1억 8,000만 달러밖에 벌어들이지 못했기 때문이었다. 이 영화를 홍보하는 데 들인 각종 광고비와 세금까지 합하면, 최소한 3억 달러 이상의 수익을 올려야 본전을 뽑을 수 있었다.

그레고리 말대로라면, 이렇게 유명한 인물이 지금 자기한테 와 있다는 소리였다. 나는 진짜인지 확인하고 싶어 루시에게 메시지를 보내려다가 그만두었다. 어쩌면 나뿐만 아니라 그레고리 자신도 잭 스나이더의 대표작이자 출세작인 《새벽의 저주》를 통해 처음 좀비에 대해 알게 되었을지도 모를 일이었다.

'잭 스나이더가 진짜로 와 있든 아니든 굳이 확인해야 할 이유가 없지 않은가.'

나는 그런 일로 루시를 힘들게 하고 싶지는 않았다. 그것이 거짓이든 사실이든 상관없이 '좀비'에 심취한 두 예술가는 충분히 친구가 될 만한 동질성이 있다는 생각도 들었다. 한 사람이 좀비 영화를 만든 유명 감독이라면, 다른 한 사람은 좀비를 주제로 한창 작품을 제작하며 대박을 꿈꾸는 설치작가이기 때문이다.

나는 소호의 여러 액자가게에서 벌써 10여 년째 일하고 있지만, 한 번도 '좀비'를 주제로 한 작품을 본 적이 없었다. 더구나 그레고리의 작품과 관련해서 루시에게 이미 많은 이야기를 얻어들은 데다, 그가 내 의견을 받아들여 창살과 창호지를 이용해 재창작했기 때문에 이 작품이 그레고리의 작품이 아닌, 내 작품이라는 착각에 빠지기도 했다.

프레임을 피팅할 때 나는 에어브러시로 좀비의 움푹 꺼진 눈구멍과 납작한 콧구멍에 들러붙은 먼지들을 싹싹 털어냈다. 이런 것들을 깨끗하게 청소하지 않으면 액자를 벽에 걸었을 때, 액자 아랫부분에 먼지가 흘러내려 수북이 쌓이기 때문이다. 오른손에는 에어브러시를 들고 왼손에는 보드라운 해면으로 된 솔을 들고 머리카락 하나 놓칠세라 꼼꼼하게 청소했다.

사람이 없을 때는 붓을 내려놓고 손바닥으로 몰래 쓰다듬어 보기도 했다. 상상력을 발동해 좀비에게 농담을 건네기도 했다.

"사랑하는 좀비야, 이제 어떻게 할 거냐? 내가 이 액자를 덮어버리는 순간, 너는 그 안에서 영영 바깥세상으로 나오지 못하게 될 거야. 너에게 주술을 건 자가 도대체 누구냐?"

내가 혼자서 이렇게 지껄일 때 조한나가 불쑥 나타나 나한테 따지고 든다.

"미스터 리우, 솔직하게 고백해 봐요."

"뭘 고백하라는 건가요?"

"아무리 봐도 수상하단 말이에요. 그레고리 와이프랑 어떻게 아는 사이예요? 리우는 원체 능구렁이라 태연자약했지만, 루시 얼굴과 눈빛이 부자연스러운 건 금방 알겠던데요."

나는 농담으로 받아넘길 기분이 아니었다.

"어떻게 부자연스럽던가요?"

"당신과 눈길이 마주칠 때 귀밑까지 새빨개졌거든요."

"그건 루시의 문제지 내 문제가 아니잖아요. 나랑은 상관없는 일이에요."

"하여튼 뭔가 있는 것 맞지요? 지금 불편하면 나중에라도 이야기해줘요."

호기심 많은 빅 마우스는 내가 정색하며 잡아떼자 고삐를 좀 늦춰주었다. 그가 우리 사이를 알게 되면 그 결과는 불을 보듯 뻔했다. 사람들에게는 농담거리겠지만 우리에겐 치명타가 될 일이었다.

이렇게 항상 불안해하면서도 루시와 만나는 일이 언제나 즐거웠다. 그런데도 또 만나기만 하면 기분 상하는 일이 발생하곤 했다. 그냥 무심하게 던지는 말 한마디에도 나는 기분이 엉망진창이 되어버릴 때가 아주 많았다.

그레고리와 통화한 후 나는 부리나케 루시에게도 연락했다.

"인스펙션 강좌를 했던 김 선생님이 창살과 창호지를 보내왔어요. 퇴근하면서 직접 가져다주겠다고 했더니 그레고리가 당신을 보내겠다고 합니다. 좀 일찍 퇴근할 테니 당신도 빨리 올 수 있으면 좋겠어요."

메시지를 보냈더니 금방 답장이 날아왔다.

"네. 일찍 갈게요."

나는 퇴근을 서둘렀다. 루시가 오기를 기다리며 샤워하고 옷도 갈아입고 방 청소도 했다. 그녀가 방금 지하철에서 나왔다는 메시지가 날아들자 나는 방금 양치한 것도 모자라 다시 가글로 입 냄새를 없앴다.

루시는 지하철에서 집까지 10분밖에 되지 않는 거리인데도 택시를 타고 와 아예 대기시켜놓았다.

"아니, 왜요? 내가 센트럴파크까지 가져다주겠다고 했잖아요."

밀회를 꿈꿨던 나는 너무 실망한 나머지 목소리가 가볍게 떨리기까지 했다.

"미안해요, 리우"

루시는 잠깐 허그한 다음 부랴부랴 물건들을 택시에 실었다. 나는 택시 옆에 서서 묵묵히 배웅할 수밖에 없었다.

"리우, 저 그럼 가요."

다시금 허그하려는 루시를 살짝 떠밀어냈다.

"빨리 가세요."

짤막하게 내뱉었지만 내 목소리에는 분명히 짜증과 불만이 잔뜩 섞여 있었을 것이다. 루시는 내 귀에 대고 소곤거렸다.

"My Aunt Flo is visiting."[22]

(이모가 지금 와 계신다고요.)

'나는 지금 생리 중'이라는 소리였다. 그만 김이 빠져 나도 모르는 사이에 내 손은 그녀의 등을 다독이고 있었다.

"알았어요. 어서 가 봐요."

그러나 방으로 돌아온 뒤 나는 이런 메시지를 보냈다.

"이제 진짜 우리 관계를 끝낼 때가 되었나 봐요."

루시에게서 금방 답장이 날아왔다.

"리우, 당신 마음 알아요. 오늘은 진짜 미안해요. 근데 어떡하겠어요. 이번 작품 다 마무리하면 시간 좀 내볼게요. 약속해요. 사랑해요. 쓸데없는 생각 말고 잘 자요."

한 번 상한 기분은 잘 돌아서지 않았다. 손가락이 나도 모르는 사이에 선을 넘는 문자를 보내고 있었다.

"포기할 때가 된 것 같아 그래요."

그러자 이런 메시지가 날아왔다.

"당신 진짜로 후회하지 않을 자신이 있어요?"

가슴이 덜컹하고 내려앉았다. 핸드폰을 잡고 있던 두 손까지도 파르르 떨렸다. 나는 화가 나서 내 진심과는 반대되는 메시지를

---

22 미국 문화에서는 엄마보다 이모나 고모가 더 잔소리가 많고 무섭게 군다고 여긴다. 집에도 아무 때나 찾아왔다 자기 내킬 때 간다. 그래서 섹스할 나이가 된 여자아이들을 꼼짝 못 하게 묶어놓는 것은 '생리'뿐이라는 의미에서 '생리'를 '이모'로 비유한 것이다. 공교롭게도 이는 중국 문화에서도 마찬가지다.

보내버렸고 마음에는 벌써 후회가 가득했다.

'아니요, 벌써 후회하고 있어요.' 하고 속으로 외쳤으나 그렇게 답장을 보내지는 못했다.

한참 메시지를 썼다가 지우고, 지웠다가 다시 쓸 때 루시 쪽에서 먼저 날아왔다.

"난 당신이 후회하지 않을 거라는 걸 잘 알아요."

이건, 마침 네 쪽에서 먼저 헤어지자고 했으니 잘됐다는 소리나 다를 게 없었다. 루시도 기분이 상했다는 말이었다. 순간적인 감정을 넘어 엉뚱한 방향으로 이야기가 흘러가고 있었다.

'아니요, 난 벌써 후회하고 있다니까요.' 하고 속으로 또 한 번 부르짖다시피 했으나, 불행하게도 내 마음은 내 영혼을 배신하고 있었다. 나는 이렇게 답장을 보내고 말았다.

"후회하지 않을 거라고 나 스스로 결심하고 있어요."

이것이 그녀와 주고받은 마지막 메시지였다. 루시에게서 더는 응답이 없었다.

22

다음날 새벽녘까지 잠을 못 이루고 몇 번이나 루시에게 메시지를 보내려 했다. 그러나 며칠 전 사라베스에서 메시지를 보냈던 일을 두고 "당신은 정말이지 저를 조마조마하게 해요."라고 불평했던 루시가 떠올랐다.

그녀에게서 쉽게 헤어나오지 못하는 나 자신이 짜증 날 지경이었다. 나는 몇 번이나 메시지를 썼다 지우고, 지웠다 쓰고를 반복했다.

'벌써 당신이 그립습니다' 이렇게 썼다가 지우고 다시 '나는 벌써 당신이 그리운데, 당신은 아닌가 봐요?'라고도 썼다가 끝내 보내지 못했다. 다만 "무사히 도착했어."라는 메시지 한 통이라도 루시 쪽에서 날아오길 눈이 빠지게 기다리며 그 메시지에 답장하려 했지만 새벽녘까지도 아무 연락이 없었다. 나는 공황 상태에 빠졌다. 어찌했으면 좋을지 몰랐다.

나는 그녀의 페이스북에 들어가 '빛을 건축하다'를 다시 읽었다. 그 에세이의 한마디가 문득 나를 일깨웠다.

틈새는 반드시 벌어질 것이다…

이 에세이에는 이미 100여 개의 댓글이 달려 있었다. 첫 댓글은 첫 독자였던 내가 단 것이었다. 나는 댓글을 하나 더 올렸다.

'A wise man exercises restraint in his behavior and enjoyment.'
(현명한 사람은 자신의 행위와 쾌락을 자제한다.)

그러고 나서 그녀의 페이스북에도 들어가지 않았고 메시지도 보내지 않았다. 우리 관계를 재설정할 때가 되었음을 벌써 자각했고, 지혜로운 그녀는 리모델링이 미처 끝나지 않은 스튜디오로 돌아가 버린 그날부터 이미 그것을 실천하고 있었던 것이다. 그 집착에서 쉽게 헤어 나오지 못하고 끙끙 앓았던 것은 나 자신뿐이었다.

겨우 20여 일 동안 루시와 함께 지내면서 다락방에 올라오면 두 다리가 후들거릴 지경으로 얼마나 많이 섹스했는지 떠올리기도 했다. 오죽했으면 《다이어리 오브 어 섹스 어딕트》[23] 이야기까지 주고받았을까. 글로만 읽었던 성욕이상항진증(sex drive abnormalities)이 무엇인지 이때 처음 실감했다. 그런데 루시는 더 황당했다. 나는 욕구는 계속 왕성했지만 점점 질이 떨어지고 있음

---

23 Diary of a Sex Addict. 스페인 영화. 2008년. 우리나라에선 《S 중독자의 고백》이라는 제목으로 상영되었다.

을 스스로 발견했는데, 그녀는 오히려 님포마니아[24]의 상태가 되어가고 있었다. 이 두 증상의 끝을 '탈진'으로 결론 내리기에는 너무나도 많은 문화 상상어(想像語)가 존재한다. '죽음이 가까워지면서 성욕이 증대된다.'고 주장하는 사람이 있는가 하면, 성욕이 감퇴함으로써 당신은 '삶의 모든 욕망을 잃게 된다.'고 주장하는 사람도 있다. 그러나 내가 겪은 님포마니아는 환상과 같은 것이었다. 남자와 여자의 영혼이 뒤바뀌는 순간의 연속이었다. 이런 순간들은 우리가 체위를 바꿔가면서 시도할 때 우리 자신도 모르게 발생했다.

지금 돌이켜보면 그레고리가 뉴욕에 올 때쯤 나에게서 사라져 버리려고 마음먹었던 것이 틀림없다. 그녀는 농담처럼 어느 날 갑자기 자기가 떠나가더라도 절대 화를 내거나 기분 상해하지 말라고 몇 번이나 말했었다. 나는 그때 "낙 온 우드"[25]를 연발했다. 내가 손등으로 나무를 똑똑똑 소리 나게 세 번 두드릴 때면 그녀는 으레 행복한 미소를 지었다.

섹스에 지쳐버린 내가 출근 시간이 되었는데도 계속 일어나지 못하자 그녀는 3층으로 올라와 내 방문을 노크했다.

"리우, 빨리 일어나요. 나도 센트럴파크로 나가 봐야 하니 지하철 함께 타고 가요."

"아니, 당신이 먼저 가."

---

24 nymphomania. 여성의 비정상적인 성욕 항진증을 가리키는 말.

25 Knock on Wood. '행운을 빈다' 혹은 '좋은 일이 계속되기를 바란다'는 의미이다.

나는 이불 속에서 머리도 내밀지 않고 대꾸했다.

"나 그럼 그냥 이 길로 사라져버릴 거예요."

루시는 나를 위협했다.

"사라져버리면 내가 못 찾아낼 것 같아?"

"진짜 다시는 안 돌아올 수도 있다고요."

루시가 정색하고 소리쳤다. 나는 여전히 이불 속에서 손만 내밀고 침대를 때리며 소리쳤다.

"낙 온 우드!"

루시가 더는 상대하지 않고 계단을 내려가는 소리가 들리자 비로소 나는 이불을 제치고 일어났다. 그런데 데생용 이젤을 어깨에 멘 그녀가 어느새 헐떡거리며 다시 뛰어 올라오고 있었다.

"왜?"

그녀의 입술이 다짜고짜 내 입술을 덮었다.

"숨차지 않아?"

나의 핀잔에 그녀는 혀를 내밀며 입가에 흘러나온 침을 살짝 닦았다.

"숨차요."

"그러게 왜 올라와, 내가 내려가려던 참이었는데."

"장난 심한 당신이 너무 좋아요."

그녀는 나를 빤히 쳐다보면서 대답했다.

"나도."

내 대답이 떨어지기 바쁘게 우리 둘은 다시 부둥켜안고 한참 키스를 나눴다. 어느새 그녀의 눈빛이 나에게 묻고 있었다.

"또 할래요?"

"오."

"피곤할 텐데?"

"안 피곤해."

그녀는 우리 둘밖에 없는 방에서도 속삭이듯 말했다.

"낮에는 당신도 출근해야 하잖아요. 저녁에 해요."

나도 그녀의 귓가에 입을 가져다 대고 소곤거렸다.

"저녁에도 하고, 지금도 하자."

"오. 마이 갓."

그녀는 신음에 가까운 비명을 질렀다.

"알았어요."

그녀의 목소리가 방 안에 울려 퍼졌다.

"그래요. 나도 원해요."

이렇게 외친 그녀는 더욱 적극적이다. 우리 둘은 밤과 낮 따로 없이 서로를 탐했다. 그러나 나는 이별이 가까워져 오고 있다는 생각을 떨쳐버릴 수 없었다.

"이렇게 지내다가 당신이 갑자기 떠나버리면 나는 어떡하지?"

이런 질문을 한두 번 던졌던 게 아니다.

"오! 낙 온 우드."

그때마다 그녀는 손등으로 단단한 참나무로 된 침대 머리를 탁 탁 소리 나게 때리며 말했다.

"리우, 그런 불행한 말 하지 말아요. 그런 날이 빨리 오는 거 원치 않아요. 당신도 원하지 않는다고 약속해줘요."

"원치 않아요."

나는 웃으면서 그녀에게 말했다.

"그런데 왜 나무를 때려?"

"우리 엄마가 그랬어요. 좋은 일이 있을 때 불행한 말을 하면 안 좋아요. 좋은 일이 계속 오래 지속하게 해달라고 그러는 거래요."

"오. 그렇구나. 낙 온 우드."

나는 그녀의 모든 것을 따라하기 좋아했다.

그러나 그녀의 입에서도 때때로 이별을 두려워하는 말이 튀어 나올 때가 있었다.

"당신과 헤어진다면 정말 어떻게 해야 할지 모르겠어요."

"헤어지지 않고 그냥 같이 있으면 되지."

"나도 그러고 싶어요."

"그러면 떠나지 말아요."

"네?"

"그냥 이렇게 이대로 같이 살아요."

"리우, 당신도 나를 좋아하나요?"

나를 쳐다보는 그녀의 젖은 눈이 다시 묻고 있었다. 나는 부르짖었다.

"루시, 난 당신을 사랑해요."

"알아요. 알았어요."

그녀는 행복에 겨운 미소와 슬픈 눈을 동시에 보여주었다.

"당신과 같이 살래요. 아무 데도 안 가요."

23

떠나지 말고 같이 살자는 나의 간구에 오로지 섹스할 때만 주저 없이 머리를 끄떡였던 루시는 그 약속이 어떤 의미인지 몰랐을 수도 있다. 그녀는 어쩌면 내가 아니라 섹스 자체와 대화하고 있었을지도 모른다.

그녀는 섹스하는 도중 곁에 벗어놓은 옷가지 같은 것을 잡아당겨 내 얼굴을 가렸다. 그럴 때 우리는 이미 체위가 바뀌어 있었고, 그녀는 내 몸 위에서 혼자 도취했다. 나는 그녀의 얼굴을 보지 않아도 상상할 수 있었다. 얼마 지나지 않아 어떤 체위가 그녀로 하여금 격한 오르가슴을 느끼게 하는지 분명히 알게 되었다.

나를 섹스의 심연 속으로 끌어들인 우리의 사랑을 가능하면 우아하게 포장하고 싶었다. 루시를 만나기 전에는 섹스를 스스로에 대한 무의미한 집착이라고 결론 내렸다. 스물여섯 살 때 열여섯밖에 안 된 어린 소녀를 꼬드겨 결혼까지 해버린 벌로, 갑자기 몸 절반이 잘린 안드로지니[26]가 되어 버렸다고 한탄했다. 그래서 여자와 섹스할 때마다 어김없이 나 자신을 꾸짖는 일을 잊지 않았다.

'이 더러운 자식아, 정욕이 전부라고 여기는 너, 정말 미쳤구나! 플라톤이 살아 돌아오면 침을 뱉을 것이다.'

그러나 좁고 깊게 흐르는 계곡물 같은 그녀와 섹스에 몰입할 때면 정욕만 채우려 내달리는 값싼 행위가 아니었다. 그녀는 안드로지니가 내 성향과 맞아떨어진다며 맞장구치기도 했다. 어느 날 내가 좀 창피한 표정으로 '플라토닉 러브'를 말할 때는 오히려 너그럽게 나를 위로했다.

---

26 androgyne, 양성구유자. 플라톤은 《향연》에서 남성과 여성의 성질을 모두 가진 존재인 안드로지니가 제우스의 벌을 받아 반쪽으로 나누어졌는데, 이로 인해 인간은 잃어버린 반쪽을 찾아 영원히 방황하게 되었다고 한다.

24

그러다가 무서운 일이 발생했다.

"이봐요, 정신적 사랑도 결국 육체적 사랑으로 구체화하는 거잖아요. 난 우리가 잠시 헤어지는 것뿐이라고 믿어요. 정말 사랑한다면 언제라도 또다시 만날 수 있다고 봐요."

이 말끝에 루시는 "안 그런가요? 그레고리." 하고 내가 아닌 그레고리 보내트의 이름을 불렀다.

나는 섬뜩했다. 한순간 나라는 존재가 사라져버린 느낌이었다. 그게 아니라면 요 며칠 동안 나는 단지 그레고리의 대역이 아니었을까 하는 의심이 올라왔다.

'아니다. 잘못 부른 것이다.'

너그럽게 넘겨버리고 싶었지만, 루시가 내 몸을 타고 앉아 있을 때면 나는 진짜로 그레고리가 된 듯한 착각이 들었다.

'루시, 혹시 그레고리와 이런 체위로 했어?'

몇 번이나 입 밖으로 튀어나올 뻔했던 질문이었다.

"루시는 가끔 내가 그레고리로 보이나 봐?"

나는 이젤 앞에 멀거니 앉아 있는 루시에게 넌지시 말을 건넸다. 손에 흑연 덩어리를 든 채 아무것도 그리지 못하고 있었던 루시는 내게로 얼굴을 돌렸다. 그녀 입가에는 미묘한 웃음이 스쳐 지나갔다. 그녀가 대답하지 않자 나는 한마디 더 보탰다.

"난 이해합니다. 사람 이름을 잘못 부를 때가 있거든요."

"그건 불륜을 저지를 때일 거예요. 바람피우는 사람들이 아내나 남편 앞에서 애인 이름 부르다 들키는 경우가 있잖아요."

나는 동감의 뜻으로 머리를 끄떡였다.

"아, 이 말을 어떻게 표현해야 하나? 중국말로는 간단한데, 영어로는 설명이 잘 안 되네. 예컨대 말입니다. 중국말로 '르유 쉬스, 예유 쉬멍'[27] 그러니까 낮에 생각하면 밤에 반드시 꿈에서 나타난다는 말이에요. 이것을 영어로 어떻게 바꿀 수 있을까요? 혹 사전에는 있나요? 그냥 'There's something wrong with the night.'라고 하면 되려나?"

그러자 루시는 나를 말렸다.

"찾지 말아요. 내가 알아요. 영어로는 사자성어를 만들 수가 없어요. 대개 이런 뜻 아닌가요?"

그녀가 번역했다.

"What you think about in the day, you will dream of at night. If you think about something when awake, you will continue thinking about it in your dreams. One dreams at night what one

---

27 日有所思, 夜有所夢.

thinks in the day."

나는 머리를 저었다.

"아, 사자성어를 영어로 번역하는 건 간단하지 않군요. 이건 뭐 사자성어라기보다는 그냥 중국 사람들의 속설이에요. 그럼 내가 한 번 다르게 표현해볼게요."

"Dreams come from within, not from the outside."

(꿈은 당신 마음속에서 생겨나는 것이지 바깥 세계에서 오는 것이 아니다.)

그레고리 이름을 부르는 루시 마음속에 그레고리라는 꿈이 아직도 사라지지 않고 있다는 걸 나는 확인하려 했던 것 같다. 그래서 그레고리 이름 대신 '드림' 즉 꿈으로 표현하면서 루시 마음을 들여다보고 싶었다. 그녀도 내 말뜻을 모르지 않았다. 그녀는 잠깐 생각하더니 말했다.

"당신이 궁금해하는 게 뭔지 알아요. 그런데 이 일만은 사실대로 말하기가 좀 그래요. 그래도 꼭 듣고 싶어요?"

나는 주저하지 않고 요구했다.

"말해 줘요. 다 이해할 수 있어요. 나를 그레고리로 착각하는 거 기분 나쁘지 않아요. 그만큼이나 그레고리는 멋지고 훌륭하니까요. 오히려 나한테는 행복한 일일 수도 있잖아요."

나는 루시를 다독였다. 그러자 루시는 얼굴이 빨갛게 달아오르더니 이내 당황스러워했다.

"오, 하느님 맙소사. 내가 사실대로 말하면 당신은 기분 나쁠 거예요. 아무래도 안 되겠어요."

"절대 기분 나빠 하지 않을 거예요."

나는 다시 약속했다. 그러자 루시는 사뭇 진지한 표정으로 대답했다.

"요즘 며칠 동안 체위를 바꿨잖아요. 그럴 때면 당신이 아니라 내가 그레고리로 변해버린 것 같아요. 무섭기까지 했어요."

이 말에 그만 어안이 벙벙해지고 말았다.

"그럼 나는 누구인가요?"

"당신이야 그냥 당신이지요."

"아닐 텐데요, 내가 당신으로, 루시로 바뀐 게 아닌가요?"

내가 넘겨짚자 루시는 깜짝 놀라 손으로 입을 틀어막았다. 손에 묻어 있던 흑연 가루가 그녀의 입술 주변에 시꺼멓게 묻었다.

"어떻게 아셨어요?"

"아, 정말이었군요."

이번에는 내가 놀랐다. 루시는 처참한 표정으로 머리를 끄떡이더니, 고통스럽게 혼잣말처럼 중얼거렸다.

"어떤 때는 정말 미치겠어요. 옷가지로 당신 얼굴을 가렸던 건 당신의 얼굴이 이미 나로 바뀌기 때문이었어요. 그럴 때 나는 내가 누군지 알 수 없어져요. 내 입에서 나오는 소리는 내 소리가 아니에요. 분명히 다른 사람 목소리였어요. 그레고리의 목소리요."

나는 한참 동안 말을 잃었다. 섹스 도중 갑자기 나를 밀어뜨리고는 벌떡 일어나 내 위에 올라탔던 것이 루시가 아닌 그레고리였다는 생각이 들자 몸서리치지 않을 수 없었다.

25

이때부터 나는 겁에 질리기 시작했다. 크리스티안 몰리나의《다이어리 오브 어 섹스 어딕트》가 다시 떠올랐다. 아직 사랑이 무엇인지도 모르면서 몸으로만 느끼는, 즉 섹스에만 빠져버린 주인공 발레리. 그러나 발레리도 사랑이라는 감정을 발견한다. 나는 과연 무엇이란 말인가, 그냥 이대로라면 '섹스 어딕트'일 뿐이다. 아니면 여자에게 정복욕만을 안겨주는 희생자 말고 또 무엇이겠는가.

이렇게 '플라토닉 러브'도, '안드로지니'도 아닌 육체 덩어리로 전락할 수만은 없다고 생각할 무렵이었다.

"리우, 당신이 좋아하는 메리 홉킨 노래 있잖아요. '언젠가 우리가 다시 만나서' 이 노래처럼 즐거운 추억을 가지고 있으려면 말이에요, 만날 때보다 헤어질 때를 더 잘해야 해요."

이렇게 말했지만, 정작 루시 자신이 그리던 드로잉 대부분은 어둡고 진하여 조금도 명랑하지 않았다. 한 번은 내 다락방으로 이젤을 옮겨왔던 적이 있었다. 섹스만 마치면 바로 곯아떨어지는 나를 둔 채 그녀는 밤새도록 이젤 앞에서 시커먼 흑연 덩어리를 만

지작거리며 드로잉에 전념했다.

나는 가끔 깨어나 이불 속에서 그녀의 뒷모습을 한참씩 지켜보았다. 열려 있는 공구 상자에는 오만가지 색깔의 드로잉 연필 외에도 콘테, 차콜, 목탄 등 없는 게 없었다. 다가가 허그하려는 나에게 그녀는 멈추라며 두 손을 들어 보였다. 다음 날 아침 깨어나 보면 그녀는 밤새 이젤 앞에서 시간을 보낸 뒤였다. 드로잉은 몇 편이나 완성했는지 알 수 없지만, 바닥에는 미디엄 챠콜 연필이 여기저기 널려 있었다.

하루는 내가 자고 있는 이불 속으로 살그머니 들어왔다. 드로잉이 너무 마음에 들지 않아 찢어버리고 싶다고 중얼거렸다. 그러면서 자신을 좁고 깊게 흐르는 계곡물과 같다고 표현했던 나에게 그녀는 이렇게 말했다.

"나는 때때로 홍수 때의 냇물처럼, 강물처럼 흘러넘치고 싶어요."

그럴 때면 나는 남자 발레리가 되진 않겠다고 단단히 다짐하고서도 언제 그런 다짐을 했던 적이 있냐 싶게 그녀를 안았다. 물론 그 뒤로 두 번 다시는 체위를 바꾸는 징그러운 장난은 하지 않았지만, 그녀가 '흘러넘치고 싶다'고 말할 때면 나는 언제나 그녀의 편이 되어주지 않을 수 없었다. 이별을 걱정했던 적이 있었던가 싶게 우리 둘은 웃고 떠들면서 뒹굴었다.

그런 날들이 있었지 친구야[28]

28 메리 홉킨, 〈Those were the days〉

우린 그 나날들이 끝나지 않을 거라고 생각했어

영원히 노래하고 춤출 수 있을 거라고

우리가 선택한 삶을 살 수 있을 거라고

싸워서 결코 지지 않을 거라고

이 명랑한 선율을 타고 안겨 오는 사람은 이미 그녀가 아니었다.

그녀보다 훨씬 아름답고 젊은 아티스트가 내 몸 위로 기어오르고 있었다.

"루시, 이게 얼마 만이야? 그땐 정말 잘해주지 못해서 미안했어. 난 루시와 헤어진 다음에도 잘해주지 못했던 게 한으로 남았어. 드디어 그 한을 풀 수 있게 된 거잖아."

이것은 진짜 그레고리 목소리였다. 내 얼굴로 뜨거운 눈물이 흘러내리기 시작했다.

'그럼 루시는 어디로 갔단 말인가, 내 가슴을 누르는 봉긋한 이 가슴은 누구의 것인가.'

그 가슴 사이로 손을 밀어 넣어 보았다. 그때 루시 목소리가 다시 들렸다.

"제발, 잠깐만이라도 죽은 듯이 가만 있어 줘, 미쳐 버리는 내 모습을 보지 말아줘."

그러고는 내가 자신을 쳐다볼까 봐 이불을 말아 내 얼굴에 두툼하게 쌓았다.

"아, 숨 막혀요. 이불 치워요. 눈 감고 보지 않을게요."

내가 얼굴에서 이불을 벗겨냈을 때, 그녀의 얼굴은 뒤로 젖혀 있었다. 희고도 갸름한 루시의 목선은 사라져버리고, 푸르스름한 수염 터가 잡힌 한 남자의 턱이 보였다.

왜냐면 너는 이렇게 태어났으니까,

게이이든, 이성애자든,

양성애자든, 레즈비언이든, 트랜스젠더이든,

올바른 길로 가고 있다고

나는 루시로 바뀌어 버린 나 자신을 감히 의식할 수 없었다. 그 레고리는 더더욱 쳐다볼 수 없었다.

'세상에, 이 무슨 변괴란 말인가.'

눈을 감아버린 순간, 갑작스럽게 머릿속에 떠오른 것은 작년 9 월, 레이디 가가의 뉴욕 콘서트 때 들었던 노래였다. 그때 함께 방 영된 뮤직비디오의 충격적인 화면을 지금도 기억했다. 〈왜냐하면 너는 이렇게 태어났으니까〉[29] 뮤직비디오에서는 질퍽한 출산 장면 이 나왔다. 행위 자체가 예술이었다.

이제 내 눈에는 시도 때도 없이 흘러내리던 그녀의 눈물방울이 어떤 의미가 있는지 조금은 알 수 있을 것 같았다. 그녀는 나와 함 께 지내는 길지 않은 시간 동안 육체적이고 감각적인 언어를 수없 이 많이 선물했다.

---

29 Lady Gaga, 〈Born This Way〉

서로 얼싸안고 어깨를 어루만져 주고 허리와 엉덩이를 토닥거리고 서로에게 얼굴을 파묻고 타는 목마름으로 서로를 탐할 때, 나는 이젤 앞에서 검고도 부드러운 선을 선명하면서도 흐릿한 명암을 넣어 그려가는 그녀의 부드러운 손이 내 손등을 쓰다듬고 목덜미를 어루만져주는 것과 같은 미묘한 느낌을 차근차근 배워나갔다. 이것이 모두 그녀만의 언어였다. 이 언어는 루시로 영혼이 뒤바뀌어버린 나와 그레고리로 바뀐 루시 사이에서 일어난 모든 행위의 전달자 역할을 톡톡히 했다.

행위들이 멈출 때 언어도 함께 어눌해졌다. 그녀는 밤새 만든 파스텔화를 내려다보면서 이리저리 픽서티브를 뿌렸다. 그럴 때 그녀의 얼굴은 초조하고 착잡해 보였으며 어딘지 모르게 신경질적이기까지 했다. 픽서티브가 골고루 분사되지 못하여 간혹 많이 뿌려진 데는 종이가 오그라들었다. 그때 나는 그녀가 만드는 작품들이 점점 엉망이 되어가는 조짐을 발견했다. 나는 이렇게 권하고 싶었다.

"루시, 차라리 당신도 그레고리처럼 설치작품을 만들면 어떨까요? 특히 〈좀비〉 그것 말이에요. 난 지금도 '창살에 걸린 처녀귀신'을 잊지 않고 있어요. '창살에 걸린 처녀귀신', 그건 내가 작품 프레임을 만들 때 멋대로 지어서 불렀던 이름이니, 당신은 그렇게 이야기하면 모르겠군요. 처음 미국에 왔을 때, 난 소호에서 설치작가들의 조수 일을 했어요. 〈좀비〉는 정말 독특해요. 내가 보기엔 그래도 그런 작품을 해야 돈도 벌고 빨리 성공할 수 있지 않겠어요."

나는 다시 루시가 되어 나 자신에게 대답했다.

"리우, 그 작품은 한국 문화를 가져다가 미학 실험을 했던 작품 맞아요. 그때는 한국 사람들이 좀비에 대해 잘 모르더군요. 나는 그레고리와 함께 한인 작가들을 찾아다니며 창살과 창호지에 대한 조언을 구하기도 했어요. 그때 적어도 10년쯤 뒤라야 한국 사람들이 좀비에 열광하는 날이 올지도 모른다면서, 이런 작품은 현실성이 떨어진다고 조언한 작가도 여럿 있었어요. 그런데 그레고리가 듣지 않았어요. 결과를 보세요. 작품은 한 점도 안 팔리고 우린 이렇게 비참하게 되었잖아요."

두말할 것도 없이 '우리'란 그레고리와 루시였다. 당연히 그 '우리'에는 내가 들어 있지 않았다. 어쩌면 나는 '우리' 밖의 관람자거나, 그녀가 어려움에 처해 있을 때 끼어들어 욕심을 채운 나쁜 사람이 될지도 모른다는 생각도 들었다. 실제로 〈좀비〉가 실패하여 돈 한 푼도 못 벌고 망하기를 바랐던 마음도 은근히 있었던 것 같았다. 그런 고약한 마음을 아주 완벽히 숨길 수도 없어, 자기도 모르는 사이에 드러내면서, 한편으로는 미안한 마음으로 그 고약한 마음을 스스로 달래기도 했다.

"루시, 'Loot a Burning House'[30]이란 중국말이 있습니다. 이 역시 사자성어예요. 내가 당신을 별로 도와준 것도 없으면서, 이렇게 염치없이 당신 몸을 탐하는 것이 아닌지 모르겠어요."

루시는 머리를 저었다.

---

30 趁火打劫, 불난 집에 도둑 든다는 뜻.

"아니, 아니에요. 행여 그런 마음을 가지고 계신다면 미안한 쪽은 나예요. 선생님은 나를 사랑할 자격이 충분해요. 내가 말했잖아요. 그동안 고마웠던 마음을 갚고 싶다고요. 당신은 실수로 와이어를 거꾸로 달아 보잘것없는 배추를 카즈믹 움으로 만들었고, 나는 그 덕분에 학교에 다닐 수 있었어요. 그 고마웠던 사람이 당신이라는 걸 알게 된 다음부터는 언제나 보답하고 싶었어요. 그런데 정작 나 자신을 드리지 못하고 거꾸로 당신을 차지하고 있는 듯해 불안해요. 내 안에서 자꾸 그레고리가 나타나요. 어떤 때는 당신을 부르는 내 목소리가 그레고리 목소리처럼 내 귀에 울려요. 아, 그럴 때는 나 자신이 누군가의 주술로 조종당하는 느낌이 들어 미칠 지경이에요. 얼마나 놀랐는지 아세요? 내가 갑자기 남자로 바뀔까 봐 두려워 당신 얼굴을 이불로 덮었던 거예요."

나는 섹스 도중 그레고리의 목소리를 들었다는 루시의 마음을 제멋대로 해석했다. 하지만 이런 추측에는 나 나름의 근거가 있었다. 실제로 루시는 내가 자기가 된 것 같다며 고백한 적이 몇 번 있었다. 그래서 한 번은 나도 우리 둘의 부둥켜안고 있을 때 가슴 사이에서 물처럼 흐르는 땀이 누구의 것인지 알 수 없어 깜짝 놀랐던 적이 있다고 했다.

"당신이 며칠 전 나를 그레고리라고 불렀던 것은, 당신 몸 안에서 자꾸 울려 나오는 그레고리 소리 때문에, 자기 자신이 루시라는 사실을 확인하기 위한 몸부림이었다고 했잖아요. 근데 나도 내 가슴에 밀착한 당신 가슴을 내 가슴처럼 착각했어요. 깜짝 놀랐답니다."

내 말에 루시도 두 눈이 휘둥그레졌다.

'섹스를 중단해야 해. 이 중독증에서 벗어나지 못하면 결과는
죽음일지도 몰라.'

나는 섹스로 인한 내면의 고통을 감추기 위해 방법을 찾아야 했
다. 그래, 맞다. 다락방에 처박혀 죽은 글만 쓰고 있을 게 아니다.
찬란한 햇빛 속으로 나가자. 그 햇빛 아래서 햇살 같은 글을 써내
야 한다.

'그러는 것이 나도 살고, 나의 글도 살아나는 길이다.'

26

아침에 루시 페이스북에 들어가 보니 내가 달아놓았던 댓글이 사라지고 없었다. 새벽녘에 달았던 댓글이었으니, 루시도 틀림없이 자지 않았을 것이다. 놀란 나머지 핸드폰부터 찾아들었다.

'한 번만 더 댓글 달면 당신은 끝장이야!' 이런 메시지라도 한 통 와 있을 줄 알았다. 그러나 아무 메시지도 없었다. 나는 안도의 숨을 내쉬면서도 이제는 진짜 끝이라는 생각이 들었다. 아니, 진짜로 잊어버려야 한다. 남편에게 돌아간 그녀를 놓아주어야 한다고 마음을 굳게 다졌다.

27

관광 성수기가 다가오자 신문사 편집국장이 나한테 특집 기사를 쓰라고 했다.

"뉴욕에 오는 사람들은 메트로폴리탄미술관만 알지, 엄청나게 크고 아름다운 분관이 있다는 건 몰라요. 그러니 분관 소개 글을 한 편 써주세요."

"써도 계속 잘리기만 하니 쓸 기분이 아닙니다."

그러자 수잔이 보증이라도 서듯 편집국장에게 한마디 했다.

"앞으로 리우 선생님 글은 가급적 다 실어주세요."

사주의 딸이자 이 신문사 후원자의 며느리인 수잔의 말은 그야말로 천금 같은 약속이나 다를 게 없었다.

나는 지칠 대로 지친 몸을 끌고 맨해튼 북쪽 워싱턴 하이츠의 포트 트라이언공원에 있는 클로이스터스를 찾아갔다. 메트로폴리탄미술관 분관으로 1930년대에 지어졌다. 중세 유럽의 수도원 건축 양식으로 디자인된 건물이었다. 꽤 기품 있는 미술관이었다.

메트로폴리탄미술관을 처음 가보고 썼던 글보다 더 많은 내용을 담고 싶었지만 가까스로 2,000자를 넘기지 않고 마무리했다. 사진도 수십 장 찍었다.

그런데 정작 신문에 발표되었을 때는 사진은 달랑 한 장, 2,000 자나 되었던 나의 문장은 가까스로 200자 남짓한 사진 설명으로 편집되고 말았다.

중세 유럽을 배경으로 한 평화롭고 아름다운 클로이스터스. 미술관 전체가 그림 같은 곳이라서 미술품을 둘러봐도 좋고, 미술관 안쪽 카페에서 커피 한 잔을 먹어도 좋고, 미술관 앞 잔디에 누워서 허드슨강을 바라만 봐도 좋은 관광지다.

미술관 정원 벤치에 앉아 블랙커피 한 잔을 옆에 놓고 원고를 마무리할 때였다. 내 코에서도 블랙커피가 쏟아졌다.

'이런, 코피잖아.'

나는 코를 막고 뒤로 머리를 젖혔다. 나무 위에서는 새들이 재잘거리며 나를 내려다보고 있었다. 새들까지 놀려대는 것 같았다.

돌아오자마자 나는 침대에 드러눕고 싶었다. 그런데 채희가 그동안 잔뜩 쌓아두었던 내 속옷들을 세탁해 돌아와서는 침대 위에 쏟아놓고 차곡차곡 개는 중이었다. 아까부터 양말 짝이 맞지 않는다면서 투덜대다가 이번에는 또 팬티 하나를 집어 들고는 약을 올렸다.

"이거 오빠 거 맞아? 왜 이리 커? 너무 낡아서 여기 구멍까지 났

183

잖아."

"그게 구멍 난 거냐? 찢어진 거지."

가뜩이나 기운이 없었던 나는 벌컥 소리 질렀다.

"다른 집 빨래를 잘못 가져온 거 아닌지 모르겠어."

채희는 또 다른 팬티를 찾아서 이리저리 살펴보았다.

"그거 다 내 거야."

유독 팬티만은 크게 입었던 나는 채희가 팬티를 가지고 나를 놀리는 걸 알았다.

"이렇게 큰 팬티 입는 사람들은 노인들이야."

"나 노인 맞아."

"근데 노인 팬티가 왜 이렇게 구멍 난 데가 많아?"

"얘, 우리 좀 다른 이야기 하면 안 되겠니?"

"무슨 이야기?"

"책 이야기나 하다못해 영화 이야기 같은 거? 제발 좀 그 얘긴 그만해. 먹고 입고 쇼핑하고, 뭐 이런 이야기도 이제 그만하고."

채희는 킥킥거리고 웃는다.

"원, 이제 보니 내 얘기들이 재미 없나 봐. 그럼 재밌는 이야기 하나 해줘? 오빠 소설 쓰는 데 무슨 거리가 될지도 몰라."

"보나 마나 가게에서 있었던 일이겠구나."

나는 채희가 일하는 마사지가게를 그냥 가게라고 부른다. 될수록 마사지란 말을 입에 올리지 않는다. 나를 오빠라고 부르는 채희를 배려하기 위해서다.

"글쎄, 어떤 영감쟁이가 있잖아⋯."

채희가 막 이야기를 시작했을 때 나는 버럭 고함을 질렀다.

"야, 짜식아. 좀 그만하라고 했잖아!"

아무리 허물없는 사이지만 나쁜 단어를, 그것도 언성 높여 말하기는 처음이었다. 나는 급하게 손으로 내 입을 한 번 때렸다.

"아, 미안해."

"아니야, 오빠가 날 친하게 생각하니 그런 거지 뭐."

채희는 아무렇지도 않은 듯 오히려 헤헤하고 웃어버리기까지 했지만, 나는 깊이 자책했다.

'아, 내가 어쩌다 하루아침에 이 지경까지 왔나? 정신이 온통 나가서 아무 잘못 없는 채희에게 짜증이나 내고 욕설이나 하는 게 살아 있는 송장과 뭐가 다르랴. 이게 내 삶의 본래 모습이었더란 말인가.'

28

"A walking corpse and running flesh."

"어 워킹 코어프스 앤 러닝? 무슨 뜻이야?"

그동안 영어를 적지 않게 배운 채희가 따라 읽으면서 물었다.

"이렇게는 살고 싶지는 않다는 말이야."

그러자 채희는 내가 들고 있던 책을 빼앗았다.

"그러니까, 이렇게는 살고 싶지 않을 때 어떻게 사는 게 좋은 거래?"

채희는 책 여기저기를 펼치며 더 물었다.

"이 책에 그런 답이 들어 있어?"

"글쎄."

이 책을 읽으면서 채희에게서 넬리 아르캉의 그림자를 발견한 적이 없지는 않았다. 언제나 씩씩한 채희는 넬리와 같은 일을 해 오면서도, 처음 시작하기 전 계속 울상이던 모습과는 다르게 이후에는 한 번도 내 앞에서 기가 죽거나 우울한 모습을 보여준 적이 없다. 오히려 화까지 벌컥벌컥 잘 내곤 하는 모습이 사랑스럽게 보이기까지 했다.

나는 채희에게 정색하고 물었다.

"너 이 책 궁금해?"

"응. 진짜 궁금해. 오빠가 사전까지 펼쳐놓고 이 책을 읽고 있잖아. 책 속에 무슨 줄을 이렇게나 많이 그어놓았어?"

채희는 진짜로 궁금한 듯했다.

"좋아, 그러면 여기 줄을 그어놓은 곳부터 번역해줄게. 한 번 들어봐."

사정하지 못해 끊임없이 앙탈 부리는 수많은 자지, 다 고갈되어 더는 느끼려야 느낄 수도 없는데 무작정 달아오르라고 요구하는 욕정을 상대한다는 게 과연 어떤 건지 상상도 하지 못할 거야. 집요한 애무에 시달리는 가운데 몸에 박힌 가시처럼 느껴지는 클리토리스, 뭐든 과잉은 과잉일 뿐이라는 생각은 죽어도 하기 싫어 하는 쾌락의 횡포, 여자가 주고받을 수 있는 것에도 그 한계가 있는 법이라는 생각일랑 도통 하기 싫어하는 이놈의 남자들은 정녕 어떻게 생겨먹은 족속인지….[31]

채희는 경악했다.

"오빠, 뭐야? 이런 말이 이 책에 쓰여 있어?"

내가 웃으면서 머리를 끄떡였다.

"무슨 책이 이래? 진짜 책 속에 있는 말이야? 아님 오빠가 지금

31 넬리 아르캉,《창녀(Putain)》

지어내는 거야?"

채희는 믿으려 하지 않았다.

"한 토막 더 번역해줄게."

진짜 색골이란 먹이를 유혹해 요리할 줄 아는 자이고, 타인의 욕망을 자기 나름대로 판단할 능력을 갖춘 자이며, 능란한 화술과 카리스마를 가졌기에 즐기기 위해서 반드시 여자를 돈 주고 살 필요 없는 자이다.

이 책에는 굉장히 인상적인 구절들이 많다. 낮에는 소설을 쓰고 밤에는 몸을 팔았던 소설가이자 창녀였던 넬리 아르캉이 자신의 경험을 바탕으로 쓴《창녀》. 우리는 이 책 이야기로 밤을 새웠다. 이야기가 깊어갈수록 일그러지던 채희 얼굴빛을 바꾸려 나는 간간이 농담했다.

"얘, 여기 '진짜 색골' 말이야, '먹이를 요리할 줄 알고, 능란한 화술과 카리스마를 가졌기에 돈도 안 들이고 여자를 즐기는 자', 나 같지 않아?"

"뭐, 오빠가? 오빠가 색골이라고?"

"그래, 내가 말이야."

내가 정색하면 할수록 채희는 죽겠다고 웃음을 터뜨렸다.

"오빠가 무슨 색골이야. 나 같이 이렇게 매력적인 여자를 곁에 두고도 손가락 하나 건드리지 않으면서. 차라리 바보라고 해야 맞으려나."

채희는 말을 이어갔다.

"그렇지만 '능란한 화술'과 '카리스마' 이건 인정해. 하지만 오빠가 왜 지금까지 선을 넘으려 하지 않는지 난 알아."

29

채희는 상상보다 1년 먼저 미국에 왔다. 그녀도 상상처럼 밀입국하다 멕시코 국경에서 미 국경수비대에 붙잡히고 말았다. 채희는 밀입국자 수감소에서 변호사의 도움을 받아 난민 신청을 하려 했다. 정상적인 변호사 수수료는 600달러 정도였으나, 중국인 이민 전문 변호사들은 거액을 받고 난민 요건에 부합하지 않는 사람들에게도 가짜 서류를 만들어주고 일부 증거 자료들도 제공했다. 미국 이민법의 법률상 맹점을 이용해 난민으로 인정받고 영주권을 얻은 중국인 수는 수십만 명에 달한다. 매년 난민 쿼터의 80% 이상을 중국인 이민자가 얻었다.

이런 변호사를 고용하려면 먼저 보증금 1만 달러를 입금해야 했고, 난민으로 인정받으면 이른바 성공보수도 지불해야 했다. 이미 밀입국 과정에서 3, 4만 달러의 거액을 브로커에게 뜯긴 상태이어서 밀입국자들은 심한 재정 곤란을 겪었다. 집을 팔아서라도 변호사 비용을 마련해야 했고, 그 돈을 갚기 위해 무슨 일을 해서든 돈을 벌었다.

그런데 채희에게는 팔 집도 없었다. 이미 시집과 친정에서도 집을 담보로 고리대금업자에게 돈을 빌렸다. 밀입국 과정에서 동남아 지역의 여러 나라를 경유하면서 3, 4개월이나 허비했던 탓에 몇 달 이자를 갚지 못해 벌써 집 한 채가 날아간 것이다. 밀입국자 수감소에서 빨리 풀려나지 못하면, 시집과 친정할 것 없이 줄줄이 집을 빼앗기고 길거리에 나앉게 될 판이었다. 채희는 염치 불구하고 일본에 사는 내 여동생에게 도움을 청했다. 둘은 중국에서 중, 고등학교를 함께 다녔던 동창이었다. 나는 채희에 대한 전혀 기억에 없었는데, 여동생이 그를 도와달라고 나한테 연락했다.

"오빠는 채희 기억 안 나? 전에 오빠를 좋아해서 나한테 오빠 소개해달라고 얼마나 졸랐는데, 나중에 한 번 만났잖아."

동생이 자세히 얘기해준 바람에 가까스로 채희를 기억해냈다.

"아, 대학 시험에 두 번이나 떨어졌던 그 애?"

채희와 달리 첫해에 대학에 붙었던 내 동생은 4년 뒤 일본으로 유학한다고 한창 준비하고 있었다. 그때 집에 놀러 온 채희를 한두 번 보았던 게 기억났다.

중학교 때까지만 해도 채희는 내 동생보다 훨씬 공부를 잘했는데 특히 글짓기에 뛰어났다고 한다. 당시 중국에서는 대입 시험 전에 지원하는 대학을 먼저 선택하게 했는데, 채희는 명문 대학에 지원했고 다들 채희는 합격할 것으로 기대했다. 그런데 채희는 연속해서 2번 떨어지고 말았다. 평소 공부를 잘하던 채희였지만, 시험장에만 들어가면 너무 긴장하여 머릿속이 새하얘져서 아무것도 떠오르지 않더라는 것이다. 결국 채희는 대학에 가지 못하고 일찌감치 결혼을 선택했다. 열아홉에 결혼해 스물에 딸을 낳았다. 그런데 출생신고를 하러 갔다가 법정 결혼 연령 전에 임신한 사실이 발각돼 벌금까지 물게 되었다고 한다.

난민 신청을 할 때 변호사는 이 일을 서류로 꾸몄다.

"아이를 하나만 낳은 것이 아니고 둘을 낳은 거로 합시다. 첫아이는 벌금을 물고 출생신고를 했으니, 둘째는 벌금 물 돈이 없어 신고하지 못했는데, 이 일로 정부에 항의하다가 박해받았다고 하면 난민 신청 이유가 성립됩니다."

동생 연락을 받고 내가 보내준 보증금 1만 달러를 내고 일단 수감소에서 나온 채희는 나를 만나자마자 대성통곡했다.

"오빠, 나한테는 이제 선택의 여지가 없어."

다른 밀입국자들보다 훨씬 많은 돈을 떼인 그녀는 제정신이 아니었다. 처녀 시절, 부끄럼을 잘 타던 채희가 아니었다.

"아니, 남들은 아무리 많아도 2, 3만 달러는 넘지 않는다고 하던데, 넌 뭘 돈을 그렇게나 많이 떼였어?"

"처음엔 미국 올 생각이 없었어. 한국으로 가려 했는데, 브로커들한테 두 번이나 당했어. 그 돈도 사돈 되는 먼 친척 할머니가 대주신 거야. 그 할머니도 아들은 집에서 놀고 며느리가 일본에서 일하며 번 돈을 나한테 빌려줬다가 그만 통째로 날렸지. 그러니 나보다 더 다급한 건 그 할머니였어. 미국까지 오면서 쳐넣은 돈이 중국 돈으로 50만 원이나 돼. 내가 이대로 주저앉아 돈을 못 벌

192

면 우리 집, 시집, 친정은 말할 것도 없고 그 친척할머니까지 다 쪽박 차게 돼."

채희는 어떤 일이든 닥치는 대로 했다. 먼저 내 소개로 갔던 네일가게에서는 10여 일하다가 그만두고 돌아왔다. 레스토랑을 찾아 웨이트리스 한다고 몇 주 다니더니 그것도 그만두었다. 키가 큰 데다 예쁘장한 채희는 일자리도 잘 얻었다. 면접을 본 업주들이 모두 채용해주니 첫 한두 달씩은 즐거운 기분으로 다녔지만 점차 울상이 되고 말았다.

"오빠. 나 도저히 안 되겠어."

"왜, 힘들어?"

"힘든 거는 괜찮은데, 돈이 모이지 않아."

"처음부터 많이 벌겠냐?"

"내 룸메이트 말이에요."

"응."

"그 일 시작한 지 한 달 됐는데 벌써 3,000달러 벌었대요. 두 번째 달부터는 더 번다는데…."

이런 대화가 한 번 오간 뒤 그녀는 갑자기 플러싱을 떠났다. 그냥 떠난 게 아니라 방까지 빼서 트렁크 두 개만 나에게 맡기고 갔다. 갈아입을 속옷 몇 벌만 달랑 들고 룸메이트를 따라 다른 주로 일하러 간 것이다.

그때까지만 해도 나는 채희에게 별 관심이 없었다. 갑자기 사라져도 어디, 어떤 동네로, 뭐 하러 갔는지 굳이 캐물으려 하지 않았다. 오히려 채희가 먼저 전화해서 자기 근황을 얘기했는데, 재워주고 먹여주는 가게에서 늙은 부부와 함께 지낸다고 했다. '이런 웃기는 애 봐라.' 하고 나는 속으로 생각하면서도 입으로는 잘됐다고 칭찬해 주었다.

몇 달 지나자 이번에는 무슨 꽃가게에서 일하는데, 주인 언니가 자기를 친동생처럼 예뻐해 줘서 한집 식구처럼 함께 지내니 걱정하지 말라고 한다. 나는 '거짓말이 술술 나오는구나.' 하고 속으로 중얼거리면서도 잘하라고 격려해 주었다.

그동안 채희는 안 해본 일이 없었다. 한 번은 맨해튼 코리아타운에 있는 이발소에서 미용기술을 배운다고 뻥을 치기도 했다. 코리아타운으로 종종 취재 나갔던 나는 그녀를 만나 점심을 먹자고 했다. 자기가 계산한다고 고집부리는 바람에 그러라고 했더니, 핸드백에서 지갑을 꺼내는데 100달러짜리 지폐가 여러 장 딸려 나왔다. 지폐가 핸드백 속에 아무렇게나 들어 있었다. 내가 곱지 않은 눈길로 보자 채희는 헤헤 웃어넘겼다.

"오빠 의심하지 마. 이 돈 다 깨끗해."

"깨끗하겠지."

"진짜라니까."

"그래. 믿어."

그녀는 눈을 흘기며 나를 노려보았다.

"나 그런 거 안 해. 노래방 나갈 때도 노래만 부르고 춤만 췄지 손님이 함부로 만지게 안 하거든. 진짜라니까. 오빠가 있는데 어디라고 함부로 몸을 줘?"

나는 자존심을 안 긁으려 노력한다는 게 그만 가볍게 웃었던 것 같다.

"오빠, 나 비웃는구나."

"내가 언제? 믿는다고 했잖아."

"아니야. 비웃는 얼굴인데 뭐."

그녀는 뒤따라 나오며 내 엉덩이를 툭 쳤다.

"오빠 정 못 믿겠으면 확인해볼래? 나 진짜 깨끗하다니까."

"제발, 좀 그만해."

"왜?"

"빨리 가 봐. 나도 가야 해."

채희는 다가와 내 팔짱을 덥석 낀다.

"안 돼. 밥은 내가 샀으니까 커피는 오빠가 사야 해."

나를 붙잡고 근처의 파리바게뜨로 향한다.

억척같이 벌었던 채희는 몇 년 만에 거의 빚을 다 갚고 나한테 가져간 1만 달러만 남겨두고 있었다.

"오빠 돈은 좀 천천히 갚아도 될까?"

채희는 나한테 양해를 구했다. 그 많은 빚을 갚느라 얼마나 진저리를 쳤는지 뉴욕에서 여러 날을 쉬고 다시 일하러 갈 때는 죽는시늉을 할 정도였다.

"어떡해? 정말 가기 싫어."

그녀는 일터에서의 습관처럼 밤늦도록 자지 않다가 새벽녘에 잠자리에 들었다. 때로 내가 출근했다가 동네 근처에 취재할 일이 있어 좀 일찌감치 돌아오면 그때까지 이불 속에 드러누워 있기도 했다. 내가 뭐라 하면 그제야 일어나 입이 찢어지게 하품하며 말했다.

"나 내년까지 돈 모아서 플러싱에 가게 하나 열 거야."

"가게 같은 소리 그만하고 내 돈부터 빨리 갚아."

"가게 열 때 오빠도 투자한 거로 하면 안 될까?"

"뭐야, 나 보고 그런 가게에 투자하라고?"

내가 놀라서 묻자 채희는 정색하고 나를 끌어당겼다.

"오빠, 여기 앉아 봐. 오빠는 지금 내가 무슨 가게를 열 것 같아? 빚 때문에 그 일 하느라 꿈에서도 몸서리를 치는데, 내가 그런 가게를 열 것 같아?"

"그럼 무슨 가게를 열고 싶은데?"

"빵가게. 오래전부터 생각해온 거야."

채희는 다른 주의 미국인 동네에서 지내다 보니 주로 빵이나 피자 따위를 먹고 지냈다. 플러싱에 돌아와서도 며칠만 빵을 먹지 못하면 못 견뎌 했다.

"난 점점 빵순이가 돼가는 모양이야."

이제는 밥보다는 빵이 더 좋다고 했다. 밥과 국은 배불리 먹어도 금방 꺼지고 배가 고픈데, 빵은 다르다고 했다. 맥도날드나 버거킹 같은 데서는 햄버거 한 개만 먹어도, 먹을 때는 그다지 배가 부르지 않지만 늦게까지도 배가 고픈 줄 모르겠다고 했다.

"햄버거는 작아도 칼로리가 높으니까 그렇지."

"맞아. 근데 밥과 국은 많이 먹어도 배만 부르지 칼로리는 햄버거보다 못하단 말이야."

채희는 햄버거와 프렌치프라이를 무척 좋아했다.

한식이나 중식을 먹고 난 뒤에도 햄버거가게에 들러 커피에 프렌치프라이를 앞에 두고 이야기하는 걸 좋아했다.

"내가 빵집 열어서 장사 잘되면, 오빠 그 잘난 기자 노릇 그만두게 해줄게. 편안하게 놀면서 글만 쓰게 해줄 거야."

"재밌어…."

"진짜라니까."

"난 누구랑 같이 안 살 건데."

"안 살면 오빠만 손해지."

채희는 내 앞에서는 으스대기 좋아했다.

"나 놓치면 세상천지 나 같은 여자 어디 가서 만나?"

"아이고, 너나 가고 싶은 데로 가세요."

그러자 채희는 정색하고 비밀을 털어놓았다.

"진짜, 요즘 미국인 할아버지 하나 만났어. 한국말 되게 잘해. 대학교수래. 젊었을 때 한국에서 살았나 봐. 그때 사귀었던 한국 여자가 나랑 많이 닮았다네. 어떡하면 좋아? 진짜 그 할아버지한테 가 버려?"

"그 할아버지 나이가 얼만데?"

"응. 그건 좀…."

채희는 머뭇거렸다. 나이를 알려주기 싫어하는 것 같아 나도 구태여 더 알려 하지 않았다. 이렇게 미국인 할아버지를 사귀고 있다는 비밀을 털어놓은 건 그녀가 미국에 온 지 4년째에 접어들었을 때였다.

"언제는 돈만 벌고 나면 집으로 돌아간다더니."

내 핀잔에도 불구하고 채희는 도리머리를 흔든다.

"아니, 나 이제 미국 못 떠날 것 같아. 오빠도 알잖아."

30

5년 차에 접어든 채희는 이제 거의 빚을 다 갚았다. 5만 달러만 더 모으면 하루도 지체하지 않고 집으로 돌아가겠다고 별렀다. 그런데 그 마음이 갑자기 바뀐 건 남편 때문이었다. 혼자 딸을 키우는 남편이 고마워 빚을 다 갚자마자 제일 먼저 남편에게 자가용부터 한 대 마련해주었다.

어느 날 친정엄마와 통화를 하던 중 무슨 얘기를 들었는지 그녀가 엉엉 울음을 터뜨렸다. 남편이 채희가 사준 자가용에 어린 여자를 태우고 다니다가 친정 사람들 눈에 띄고 만 것이다. 채희는 이혼한다고 난리였다.

"더러운 새끼, 제 마누라가 몸 팔아서 사준 자가용에 다른 계집애를 싣고 다녀? 인간도 아니잖아!"

"그 정도쯤은 봐줄 수도 있지 않아?"

이렇게 한마디 했다가 나까지도 결딴날 뻔했다.

"아, 남자들은 정말 다 나쁜 족속이야!"

결국 채희는 남편과 이혼했다. 그때부터 술도 엄청나게 마셔댔다. 술만 취하면 독설을 퍼부었다. 주로 남자 욕이었다. 내가 듣다 못해 자리를 털고 일어서려 하면 채희는 나를 붙잡아 앉혔다.

"오빠는 제외."

"아니야. 나 포함해도 돼. 세상 모든 남자가 다 나쁜 족속인 거 인정할게. 나는 네 남편보다 훨씬 더 나쁜 놈일 수 있어."

이때까지도 채희는 나와 루시 일을 모르고 있었다. 설사 알아도 루시 같은 멋진 여자가 볼품없는 아시안 남자와 사랑에 빠진 걸 믿지 않을 것이었다. 그녀의 신경은 상상한테만 가 있었다.

"오빠 내 꺼야, 나 말고 다른 여자 넘겨다볼 생각 하지 마."

그러면서 같은 일을 하는 친구들이 애인을 소개해주겠다고 하면, 자기한테는 이미 좋아하는 오빠가 있다고 딱 잘라서 거절했다고 한다.

그때마다 나는 영 궁금하지 않을 수가 없었다.

"나는 너희들에게 왜 남자가 필요한지 모르겠어. 지겹지도 않아? 어떻게 또 남자가 필요한 거지?"

채희는 바로 내 말을 바로잡는다.

"남자 아니고 애인."

"글쎄, 남자애인."

나도 말꼬리를 잡고 늘어진다.

"남자 아니고 애인이라니까."

채희는 끝까지 남자와 애인을 분리하려 한다.

"네가 말하는 애인은 중성이야?"

"이 일을 하는 여자들도 진짜 남자가 그립단 말이야."

"글쎄, 그걸 이해하지 못하겠다고. 한 며칠 쉬고 일 나가서 또 수십 명씩 벌거벗은 남자들을 주무르면서도 남자가 그립다니, 그게 말이 되냐고."

채희는 호 하고 한숨을 내쉬었다.

"일하러 가서 만나는 남자들은 남자 아니야."

"남자 아니면 뭔데?"

"그냥 쿨쿨 자는 돼지, 아니면 잡아서 엎어놓은 고깃덩어리."

"쿨쿨 자는 돼지? 고깃덩어리? 그게 진짜야?"

"그럼. 나만 그런 게 아니야. 같이 일하는 애들 모두 다 그렇게 생각해. 우리끼리는 '넌 오늘 몇 마리야?' 이런 식으로 말해."

채희 대답을 듣고 나는 아연실색했다.

"와, 나도 돼지 됐던 적이 한두 번이 아니네."

채희가 나를 나무랐다.

"그러니까 내가 뭐랬어, 다른 사람은 몰라도 오빠만은 그런 데 가지 말라고 했잖아. 마사지 받고 싶으면 내가 쉬는 날 직접 해줄 게, 몰래 그런 데 가지 마."

"정말 충격이야. 멋쟁이 뉴욕 신사들이 돼지나 고깃덩어리 정도로 여겨지는 걸 알고나 있을까. 약속하마, 나도 다시는 그런 데 가지 않을게. 대신, 쉬는 날 네가 직접 해준다고 한 약속 잊지 마."

바로 그날 밤, 처음으로 채희에게 마사지를 받았다. 채희는 있는 힘을 다해 마사지를 해줬다. 굳어 있는 내 등과 어깨 여기저기

뭉친 곳들을 풀어주느라고 땀까지 뚝뚝 떨구었다. 물론 처음에는 보드라운 손바닥으로 리드미컬하게 천천히 쓰다듬다가 조금씩 압력을 가하더니 고타법과 유연법, 발로 밟는 경락 마사지까지, 그동안 배운 모든 기술을 다 발휘했다. 나한테 본때를 보여준 것이다.

나는 비명을 질러댔다.

"와, 정말 장난이 아닌데. 완전 전문가잖아. 그냥 이렇게 마사지만 해도 돈 많이 벌었겠어."

"그랬으면 좋지, 남자들이 어디 마사지만 받으려고 하냐고. 미국은 팁으로 먹고사는 나란데, 마사지만 해주고 다른 서비스 안 해줘 봐. 팁 한 푼도 안 주고 그냥 가버려."

마사지 받는 도중 나는 잠이 들었다. 마사지가 끝났을 때 잠에서 깨었지만, 이번에는 지친 채희가 침대에 드러누워 버렸다. 그날 밤 나는 이불을 다 차고 팬티와 브라만 걸친 채 입을 하 벌리고 자는 채희 곁에 앉아서 글 한 편을 썼다. 남자를 쿨쿨 자는 돼지, 아니면 엎드려 있는 고깃덩어리로밖에 안 본다는 그녀의 호쾌한 생각에 갑자기 영감이 떠올라 단숨에 써 내려갔다. 제목은 〈창녀예찬〉이라고 달았다.

나는 사창가에 여러 번 가보았다. 중국에서도 가봤고 한국에서도 가봤고 또 일본에서도 가봤다. 그리고 이 미국 뉴욕에서는 아주 많이 가봤다.

그런데 아직까지 단 한 번도 몸 파는 여자 얼굴을 또렷하게 본 일은 없다. 여자로 태어나서 몸을 팔며 사는 것, 나는 창녀라는 생탄(生誕)의 역사가 무섭도록 유구한 것은 알지만, 창녀에게 내가 모르는 신비한 특징이 따로 더 있는지는 몰랐다. 오직 돈과 남자라는 환경이 있을 뿐이라고 생각했을 따름이었다.

그러나 그건 어리석은 생각이었다. 초연한 각성과 치열한 노력 없이는 이 환경을 제대로 이해할 수 없고, 창녀에게 정신이라는 아름다운 신비가 있다는 것도 알 수 없다. 더도 말고 창녀가 술상에 배석하고 앉아 추파를 던져 올 때 그 꼬리 치는 양을 나는 정으로 대하지 않을 수 없다. 나 역시 뭇 사내들의 배설물이 적시고 갔던 창녀의 아랫도리 자체를 탐(貪)하기에 더 급급했음을 부인하지는 못하겠다.

하지만 생각해 보라.

일단 돈은 잠시 제쳐놓더라도, 옷을 잘 벗는 창녀가 얼마나 오랜 세월 동안 남자들에게 끼친 게 많고, 세상에 끼친 게 많고, 나아가 인류 자체에 끼친 게 많겠는가. 돈 때문에 뱀처럼 내 몸 위로 기어오르는 창녀라 하더라도, 그녀는 불행한 인류를 위해 행복한 첫 혈(血)을 만들었으므로 절대 멸시할 수 없다. 그래서 나는 창녀와 섹스를 시작할 때, 하늘을 나는 솔개 같은 숭고한 기상과 정신이 창녀에게서 드러남을 보게 된다. 창녀는 몸만 팔고 절대로 영혼은 팔지 않는다. 시간당 몸을 내어놓음으로써 오로지 제한된 돈만 받는다. 창녀는 평생 영혼까지 팔아가면서 무제한으로 백성들을 사취(詐取)하는 무리와는 전혀 다른 존재다.

생계를 꾸리기 위해 몸을 팔지언정, 영혼과 육신(肉身) 모두를 바쳐서 스스로를 노예화하지 않는 자존은 또 얼마나 아름다운가. 그러므로 나는 창녀야말로 우리 시대 정인군자들의 삶의 표본이 되기에 전혀 부끄럽지 않다고 생각한다.

어디 그뿐인가, 더욱 위대한 것도 있다. 창녀는 언제나 진실을 말하고 진실을 행한다. 진한 화장으로 얼굴을 가렸다고 해서 그들이 거짓을 말할 것이라고 속단하지 마라. 얼마나 많은 정치인, 예술인, 학자, 교수들이 매일 진실을 말하지 못하고 살며, 결국 진실을 말하는 타인까지도 진실을 말하지 못하게 하고 있는가. 그래서 차라리 진실 없는 세상을 재미없게 살 바에는 하룻밤이라도 진실을 말하는 창녀의 말에 귀 기울이는 게 낫다.

내가 사창가를 즐겨 찾는 것은, 그곳에서야말로 꾸밈없고 숨김없는 인간의 참다운 진실이 교역되고 있기 때문이다. 돈만 내놓으면 꼭 몸을 가질 수 있다는 믿음과 돈만 내놓으면 꼭 몸을 주겠다는 약속이 한 치의 오차도 없이 정확하게 맞교환되는 아름답고도 정당한 세상이기 때문이다.

오, 멋지고 또 멋지다.

권좌를 틀고 앉아 평생 백성들을 괴롭히는 인간들과 그에 동조동락하는 노복들은 창녀들의 그 멋지고 소박하고 진실한 믿음과 약속과 자유의 값어치를 알 도리가 없을 것이다. 영혼을 팔아서 백성의 재물을 사취하는 것이 아니고 당당하게 자기 몸을 팔아서 자기가 챙기는 돈은 어떤 사상이나 이론 같은 것과 무관하다.

사상과 이론이 없다 보니 창녀들은 배설을 마친 사내들이 한시라도 빨리 떠나주길 고대할 뿐 절대로 자기와 한 맘이 되거나 또는 비뚤어진 사설로 세뇌시켜 자신의 노예로 만들려고도 하지 않기 때문에 그들의 몸이 열 번 죽었다가 백 번 다시 태어나도 결코 더러운 전체주의에 오염되지 않는다.

다시 말하면, 창녀야말로 영원한 민주주의이며, 그 민주주의를 빛내는 인류의 아름다운 꽃이다.

창녀가 나라를 구했다는 소리는 있어도 나라가 창녀들에 의해 망했다는 소리는 없다. 그러나 영혼을 팔아먹는 자들에 의해 나라가 망한 사례는 얼마든지 있다. 사회주의 공산 대국 소련이 그렇게 무너지지 않았던가. 뿐만 아니라 오늘도 사회주의 국가들에서는 내부 부패와 비리 때문에 집권 세력이 무너질 수도 있다고 스스로 경계하고 있다.

나는 그들에게 촉구한다. 철저하게 샤워하고, 반드시 콘돔을 사용함으로써 백천(百千)의 사내들과 살을 비비고 지내면서도 건강을 지켜내는 창녀들의 섭생법을 배우라고 말이다.

이제 나는 인류에게 오늘도 이렇게나 큰 행복을 안겨주는 창녀들의 당당한 역할을 인정해야 한다고 주장한다. 어차피 사내들에게 창녀들의 위력은 지대하다. 창녀들은 언제나 배불리 먹을 것이다. 만약 세상에 대기근이 닥치더라도 창녀들은 사내들이 다 굶어 죽은 뒤에야 마지막 희생자가 될 것이다. 이 역시 사랑하는 하느님께서 창녀에게 주신 축복이 아닐까 하고 생각한다.

다시 창녀들과 만날 기회가 생긴다면, 이번에는 정말 이 멋진 창녀들의 얼굴을 똑똑히 보고 가슴속에 깊게 새길 것이다.

31

이때 나는 루시를 잊어가고 있었다. 이 글은 얼마 뒤에 신문에 발표되었다. 채희도 이 글을 읽었다. 글을 읽은 채희는 잔뜩 볼이 부었다.

"이게 어디 창녀를 찬양한 거야? 창녀 이야기를 늘어놓는 척하면서 공산당을 욕한 거잖아. 그러면서 창녀는 뱀처럼 기어오르고 잘 벗고 한다고 놀려대고."

"그래 맞아. 인정할게. '창녀예찬 2'에서는 제대로 쓸게. 이번 글은 널 만나지 않았으면 쓸 수 없는 글이었어."

그녀에 대한 내 태도가 그즈음부터 조금씩 변했다. 그녀가 와서 자고 갈 때면, 나는 자고 있는 그녀의 얼굴을 자세하게 들여다보면서 은근히 감탄했다.

'세상 뭇 남자를 돼지나 고깃덩어리밖에 여기지 않는 이 여자를 어떻게 함부로 시시하게 볼 수 있단 말인가.'

한 번은 자는 줄 알았던 채희가 갑자기 눈을 뜨더니, 내가 자기 얼굴을 트집 잡으려 한다며 투덜거렸다. 그러더니 걱정거리를 내놓았다.

"오빠, 이건 정말 진심인데, 벌써 30대 중반에 접어든 내가 지금 와서 공부하는 건 좀 무리잖아. 영어도 잘하지 못하니 영문 책보기는 더 어렵고. 그런데 내년이면 딸이 고등학교에 들어가. 고등학교 졸업하면 바로 미국에 오게 해서 공부했으면 좋겠는데, 엄마가 아는 것이라고는 하나도 없으니 진짜 걱정돼. 어떡하면 좋아?"

"글쎄."

나는 멀뚱거리며 한참 대답을 못 했다.

"비법 같은 거 좀 알려주면 안 돼? 늦었겠지만 아이한테 멍청한 엄마로 보이긴 싫단 말이야. 우리 엄마가 미국 와서 진짜 수준 높아지고 많이 변했네, 중국에 있을 때와는 딴판이잖아 하고 감탄하게 만들고 싶어."

"비법이 하나 있긴 해."

"응, 뭔데?"

"이미지 트레이닝이란 말이 있어. 일종의 상상훈련이지. 시각과 청각, 후각을 총동원해서 자기가 하고자 하는 일에 집중하는 거야. 그 일의 성공 과정을 머릿속에 그려보는 거지. 예를 들면, 딸애 앞에서 너도 아는 게 많다는 걸 보여주는 모습을 상상하는 거야. 그런데 그러자면 실제로 알아야 하잖아. 어떻게 무엇을 알아야 할지 상상하고, 그걸 너 자신의 시각과 청각, 후각, 미각까지 모두 동원해 실천해 보는 거야."

나는 뉴욕의 문화명소를 돌아보며 새로운 형태의 글을 쓰면서 섹스의 늪에서 헤어나 보려 했던 그 방법을 채희에게 전수했다.

"네 딸이 이태쯤 뒤에 미국에 유학 왔다고 하자. 너는 걔를 데리고 뉴욕 구경 시켜줄 거잖아. 그런데 네가 데리고 갈 수 있는 곳이 타임스퀘어나 핍스 애비뉴의 백화점 거리 말고 더 있어? 아이가 이것저것 뉴욕에 관해 물어보면 뉴욕의 문화와 역사는 어느 정도 이야기해줄 수 있어야 하지 않겠냐고. 우선 다음번 쉴 때는 나와 함께 한두 곳씩 문화 명소를 구경하러 가자."

"그냥 구경만 하면 돼?"

"구경만 하는 건 안 돼. 가기 전에 먼저 그런 명소와 관련된 것들을 핸드폰으로 찾아보고 달달 외워. 그다음에 청각, 시각, 후각을 이용해 온몸으로 체험하고 머릿속에 각인하는 거야. 그렇게 문화를 배우는 게 바로 이미지 트레이닝이야."

채희는 금세 표정이 밝아졌다.

"아, 그 방법 정말 좋을 것 같아."

32

뉴욕에 와본 사람들은 모두 소호를 이야기한다. 인터넷에서 소호와 관련한 내용을 검색하는 건 무척 쉽다. 그냥 손가락으로 몇 번 터치하면 되니까. 다들 인터넷이 제공한 약도를 따라 쭉 한 바퀴 돌고 나서 사진 몇 장을 페이스북에 올린다. 이때 어김없이 등장하는 것이 있다. 어느 카페의 두껍게 썬 바게트와 샐러드, 허브 아이스티, 치즈를 듬뿍 올려 그릴에 구운 옥수수 스틱 같은 것들이다. 소호에 들른 여행객들이 즐겨 먹는 점심 메뉴이기도 하다.

지하철 프린스역과 가까운 소호의 건물들은 19세기의 고풍스러움을 그대로 간직하고 있다. 소호를 뉴욕 문화의 중심지로 만드는 데 이 건물들은 적지 않은 역할을 했다. 핍스 애비뉴의 백화점들과는 달리 이곳에는 프라다, 샤넬, 신시아 롤리, 안나수이 같은 패션 매장들이 외벽을 창고처럼 디자인하여 이채롭다. 주말이면 이 매장들 앞으로 노점상들이 빼곡히 들어차 쇼핑객들을 유혹한다.

"이건 뭐, 소문뿐이잖아. 온종일 돌아다녔는데 볼 게 없네. 기억에 남을 만한 게 아무것도 없는데."

채희는 재미없어했다. 명품으로 치장하고 나온 채희는 공장과 창고 같은 옛 건물을 개조해 만든 몇몇 매장과 갤러리를 구경하고 나서는 크게 실망한 눈빛이었다.

"뭘 기대하고 온 거야?"

"여기 오기 전에 한참 인터넷을 뒤져봤어. 도대체 뭐가 예술의 선구자적 모습이야? 내 눈에는 그런 게 하나도 안 보이는데? 매장마다 명품 천지잖아. 오빠가 말하는 예술의 선구자와 미니멀리즘 시대가 바로 이런 거야?"

채희도 제법이다. 그녀에게 이끌려 향수가게로 들어갔다. 그녀가 향수를 고르고 있을 때, 한 여자가 들어오더니 금세 향수 하나를 집어 들고는 카운터 쪽으로 갔다. 채희가 놀라서 나한테 소곤거렸다.

"저 향수 200달러짜리야. 되게 비싼 건데."

"너처럼 이것저것 고르지 않고 그냥 들고 가는 걸 보면 평소에 사용하는 거겠지."

"그런가? 근데 저 여자, 옷도 막 입고 양말도 안 신었어. 머리 손질도 안 했고 완전 민낯."

"여기선 있는 사람들이 더 간편하게, 간단하게 아무렇게나 입고 다녀."

채희가 맞장구쳤다.

"간단한 거 같은데 세련되어 보이긴 해."

"아까 네가 말한 미니멀리즘 어쩌고가 바로 이거야. 간결의 미,

단순의 미. 너도 금방 이해하는 거 보니 센스 있어."

"나도 양말부터 벗어야겠어. 노 삭스."

그날 소호에서 돌아온 뒤로 채희 옷차림이 바뀌기 시작했다. 다음번 소호 나들이에선 아예 양말을 신지 않았다. 길가 벤치에 앉아 쉴 때, 나도 덩달아 신발과 양말을 벗어 던졌다.

"이러니까 정말 시원하네."

한참 영어를 배우던 채희는 나에게 한마디 하고 싶은지 갑자기 어디다 대고 한참 전화했다. 내가 들을세라 손으로 입을 가려가며 소곤대더니 내 곁에 와서 넌지시 한마디 던졌다.

"You've got great manners, mister."

(선생, 매너가 정말 훌륭하시군요.)

"제법인데, 반어법도 쓸 줄 알고. 누구한테 물어본 거야? 'What's wrong with my manners?'(내 매너가 어때서?)"

"오빠, 잠깐."

채희는 다시 전화를 걸었다. 보나 마나 사귄다는 남자일 것이다. 그런데 그가 매너가 없는 사람한테 거꾸로 '매너가 훌륭하다'고 말해주라고 한 걸 보면 센스 있는 사람임이 틀림없다. 아니나 다를까, 통화를 끝낸 채희가 말한다.

"I was deeply impressed by your manners."

(저는 선생의 매너에 깊이 감동했습니다.)

계속 이런 식으로 공격해왔다.

나는 발가락 사이의 땀이 식자 양말을 신고는 채희에게 칭찬을 아끼지 않았다.

"Yeah, you win. I give up."

(그래, 네가 이겼어. 항복이야.)

채희의 변화는 나를 즐겁게 했다. 쉬는 날이면 어김없이 나와 미국 남자 사이를 오갔다. 물론 이것은 내 추측에 불과하다. 그녀는 친구나 애인들 가운데서 장차 함께 살아갈 남자를 고르고 있었을지도 모른다. 어쩌면 내가 잡아주기를 기대했을지도 모른다.

괄목할 만한 변화를 느낀 것은 나만이 아니었다. 그녀야말로 자신의 변화를 그 누구보다도 더 즐기고 있었다. 말로는 나 때문에 영어를 배우기 시작했다고 했지만, 내가 아닌 진짜 미국 남자와 친해져 그를 공짜 영어 선생으로 만든 것이다. 나는 그 대가를 의심하지 않을 수 없었다. 그렇지만 한 번도 이런 의심을 얼굴에 드러내지 않았고, 채희는 여전히 나한테 집착하는 듯했다.

"오빠는 우리 둘이 서로 비슷한 데가 있다고 생각하지 않아?"

"오래 같이 있으면 서로 닮아간다는 말도 있잖아."

"아, 그건 내가 우리 엄마한테서 들었던 이야긴데. 부부가 같이 살다 보면 서로 닮아간다고. 그런데 전남편하고 나는 너무 달랐어. 어디 비슷한 게 하나라도 있어야 말이지. 결국 헤어지고 말았잖아. 그래서 내가 생각한 건데, 서로 닮아가는 사람은 인연이고, 닮지 않는 사람은 인연이 아닌 거로 봐도 되겠지?"

"그래 맞아, 서당 개도 3년이면 풍월을 읊는다더니. 네 수준도 일취월장하는구나. 인정해."

채희는 좋아서 한술 더 뜬다.

"어휴, 서당 개가 뭐야? 고상하지 못하게."

그녀는 또 내가 지금까지도 정체를 모르는 그 남자에게 전화한다. 그리고는 자랑하듯이 영어로 말했다.

"The sparrow near a school sings the primer."

"오빠, 이게 뭔 뜻인지 알아?"

"다시 한 번 말해봐. 제대로 못 들었어."

"The sparrow near a school sings the primer."

"야, 제법인데, '학교 근처 참새는 초등학교 1학년 교과서를 따라 한다'는 소리잖아. 미국에는 서당이 없으니 서당 개 대신 학교 근처 참새라고 하는구나. 너 정말 대단해!"

나는 진심으로 채희한테 감탄했다.

그만큼 채희는 많이 바뀌었다. 목표한 돈을 벌자 두부 자르듯 그동안 해왔던 일을 한순간에 깨끗하게 집어치웠다. 옷차림과 화장법도 바뀌었다. 맨해튼에 놀러 다니면서 줄곧 훔쳐보았던 미국 여자들과 비슷해졌다. 완벽하게 미니멀리즘을 실천했다. 맨발에 짧은 바지와 셔츠 하나만 입고, 목에 푸른색 스카프 하나를 두른 채희는 무척 매력적이었다. 키도 큰 데다 이제는 영어까지 제법 잘한다. 웬만한 대화는 물론이고, 때로 미국 사람도 혀를 내두를 만큼 멋진 영어 속담까지 구사한다.

"오늘 딸이랑 영어로 주고받았는데, '엄마, 어떻게 영어 그렇게 잘해?' 하고 깜짝 놀랐어."

채희는 남편과 이혼하고 난 뒤부터 매일 딸 이야기를 입에 담았다. 그녀는 말끝마다 꼭 딸 자랑이다. 그 딸이 중학교를 졸업하고 고등학교에 들어간다, 고등학교를 졸업하면 미국에 데려온다고 했던 것이 엊그제 같은데, 벌써 미국 유학 절차를 밟는 중이었다. 비자 면접에서 딸의 친구 몇은 모두 거절당했지만 채희 딸만은 면접에서 합격했다.

채희는 너무 기뻐 입이 다물어지지 않았다. 온종일 여기저기 자랑하느라 바빴다. 나중엔 영어로 주고받았는데, 그 미국 남자였을 것이다. 어느 날 문득, 그녀의 마음속 서열에서 그가 나를 앞지르고 있다는 느낌을 받기도 했다.

33

나는 이 기분이 질투 때문인 걸 알았다. 하지만 질투 비슷한 감정 때문에 그에 대해 좀 더 알고 싶다거나 알아내기 위해 신경을 곤두세운 적은 한 번도 없었다.

'아서라, 어차피 함께 살 것도 아닌데 질투가 가당키나 하냐.'

이렇게 나 자신에게 여러 번 말했지만, 실제로 겪어보지 않은 사람들은 잘 알지 못한다. 질투는 유익할 때도 적지 않다. 내게 소중한 사람을 빼앗아갈 수도 있는 경쟁자가 나타났을 때 심리적인 경계경보가 자동으로 울리기 때문이다.

그것을 가장 잘 표현한 영화가 《500일의 썸머》[32]다. 서로에게서 공통점을 발견하면서 친밀감을 쌓아갔던 톰과 썸머. 그런데 얼마 지나지 않아 서로 다른 점이 발견된다. 사소한 생활습관에서 가치관까지 상이점이 다양하게 드러나자 이를 극복해낼 수 없다고 믿게 된다. 물론 극복하기 위한 노력을 하지 않았던 건 아니다. 서로 다른 점을 드러날 만한 이야기는 입에 올리지 않기로 했지만, 잠시

---

32 500 Days of Summer, 2009년 개봉한 미국 영화.

갈등은 줄일 수 있을지 몰라도 둘 사이는 점점 멀어져갔다.

처음 이 영화를 보았을 땐 톰은 꽤 괜찮은 남자지만 썸머는 그야말로 몹쓸 년 같아 보였다. 그러나 두세 번 보았더니, 판단이 달라졌다. 시쳇말로 하면 톰이야말로 '재수 땡땡이'가 아닐 수 없다. 톰의 취향을 존중하여 함께 스미스를 좋아해 주는 썸머에 반해, 톰은 링고 스타를 좋아하는 썸머에게 거짓으로라도 좋아한다고 말하지 않는 아주 졸렬한 남자다. 결국 두 사람은 헤어진다. 너무 아쉬워 입맛까지 쩝쩝 다시게 만드는 영화였다. 나는 100% 썸머 편이 되었다.

나와 채희는 비슷한 구석이 없는 건 아니었지만 대체로 많이 달랐다. 채희는 빚 때문에 몸을 팔고 창녀가 되었다가 빚을 다 갚고 나서는 본래 모습으로 회귀하고 있었다면, 나는 늘 그 자리에 있었다. 접점에서 점점 멀어져갔던 톰과 썸머와는 달리, 우리 둘은 매일 가까워지고 있었다.

"마치 어떤 일이든 가능할 것 같은 기분이 드는 게 좋아. 뭐랄까, 이생이 가치 있는 거라는 생각 말이야."

잔뜩 흥에 겨워 내뱉는 톰. 아니, 난 톰을 채희라고 착각했으니, 내게는 채희의 말이었다. 썸머 편인 나 자신은 썸머가 되어 이렇게 고백한 적이 과연 있었나 하는 부끄러움이 들었다.

"있잖아, 신채희, 고백할 게 있는데 사실 난 가볍게 만나는 게 좋아. 진지해지긴 싫어. 가끔 새처럼 하늘을 나는 꿈을 꿔…"

이런 고백도 사실은 배부른 자의 잠꼬대였다.

물에 빠져 지푸라기라도 붙잡고 싶은 심정이었을 채희의 눈에
는 나의 모든 것이 든든한 버팀목처럼 보일 수밖에 없었을 것이다.
썸머의 덧니와 하트 모양의 점까지 예뻐 보이기만 했던 톰처럼 말
이다. 모든 것이 어느 날 갑자기 못생기고 이상하다는 생각을 하게
되는 날이 오고 있었던 것처럼, 점점 씩씩하게 밝아지는 채희 앞에
서 나는 하루가 다르게 초라해져 가는 걸 느끼고 있었다.

그녀가 그동안 해왔던 일들을 깨끗하게 정리했을 때, 우리 사이
는 점점 가까워졌다. 곧 부딪치거나 아니면 스쳐 지나치게 될 판
이었다. 화장과 옷차림이 요란하기 이를 데 없었던 맥시멀리즘의
그녀는 점점 미니멀리즘을 추구하면서 더욱더 다채롭게 변화했
고, 영어도 제법 고급스러운 단어들만을 골라 썼다.

언제부터인가 샹샹도 채희 옷차림을 흉내 내기 시작했다. 나중
에 알게 되었지만, 채희는 나 몰래 샹샹한테 선물 공세를 펼쳤다.
채희라면 쌍불 켜고 달려들던 샹샹이 어느 날 채희와 함께 맨해튼
으로 놀러 갔다가 돌아오더니 위챗에 사진 여러 장을 올렸다. 채
희를 따라 메트로폴리탄미술관을 구경하고 돌아온 모양이었다.
보나 마나 모든 비용을 채희가 냈을 것이다. 샹샹에게 꽤 비싼 바
지와 신발도 사주었다고 한다. 그런 방법으로 채희는 샹샹을 자기
편으로 만들어 버렸다.

샹샹은 채희가 영문 책 읽는 것을 보고 몸이 달았다. 넬리 아르

캉의 《창녀》나 미셸 파스투로의 《블루, 색의 역사》 같은, 그동안 내가 머리맡에 놓아두고 사전까지 뒤져가면서 읽고 또 읽었던 책들이 이제는 채희 손을 거쳐 샹샹의 방에서까지 뒹굴게 되었다. 나중에 샹샹이 페레즈 신부의 성당에 나가기 시작한 것도 공짜로 영어를 배우기 위해서였다.

샹샹은 큰 비밀이나 발견한 것처럼 나한테 소곤거렸다.

"아저씨, 그거 알아? 채희 언니 애인 있어."

"넌 맨날 그 애인이 나라고 하잖느냐."

"아니야. 내가 오해했어요. 영어 배우자고 미국 할아버지를 애인으로 두었다잖아. 나한테도 미국 사람처럼 영어 하고 싶으면 미국 남자랑 연애하라는데, 난 정말 그것만은 못하겠어."

키도 작고 몸집도 자그마한 샹샹은 길을 걷다가 자기 몸의 두 배쯤 되는 웅장한 미국 남자를 만나면 언제나 겁을 내었다.

"글쎄, 채희 언니처럼 키라도 크면 또 모르지. 저렇게 키 큰 미국 남자랑 어떻게 연애해? 난 아마 깔려서 숨 막혀 죽을걸."

이렇게 엉뚱한 소리까지 해댄다. 그냥 어린아이인 줄만 알았던 어제의 샹샹이 아니라는 걸 실감한 것도 바로 이쯤부터였다.

늘 내 뒤를 쫄랑쫄랑 따라다니면서 마치 엄마 대신 아빠를 감시하는 딸처럼 사사건건 끼어들던 샹샹이 변한 것이다. 채희가 놀러 오는 날에는 아예 코빼기도 내밀지 않았다. 그런 샹샹이 때론 더 귀엽고 사랑스러웠다.

성당에서 운영하는 무료 영어교실을 다니던 샹샹은 기중과도 친해졌다. 미사 후 친교 시간마다 루시 가까이에서 얼쩡거리던 기중은 루시가 샹샹을 반갑게 대하는 걸 보고, 루시에게 잘 보이기 위해 샹샹에게 영어 가르치는 일을 거들어주었기 때문이다. 플러싱으로 돌아올 때는 샹샹의 픽업을 도맡다시피 했다.

그러던 어느 날, 기중을 부르는 샹샹의 호칭이 아저씨에서 오빠로 바뀌었다.

"웬일이냐? 김 사장이 자기를 아저씨가 아니라 오빠라고 부르라고 했어?"

나는 은근히 핀잔 투로 따져 물었다.

"아니. 내가 그렇게 불렀는데? 왜?"

샹샹은 왜 그런 걸 다 물어보냐는 표정이었다.

"한국말에서 아저씨와 오빠가 다른 의미거든."

"그건 우리 중국말도 마찬가지잖아."

"그러니까 좋아서 오빠라고 부르고 있다는 말이냐?"

"응."

샹샹도 점점 채희를 닮아가는지 제법 당당하다.

"이런."

"아저씨, 다른 뜻은 절대 없어. 그 찐따거[33]가 아저씨를 형이라고 부른다면서. 아저씨보다 두 살 어리던데? 그래서 내가 먼저 '찐따거라고 부를게요.' 했더니 그러라고 했어."

이후부터 나는 샹샹의 눈치를 볼 일이 더는 없게 되었다.

33 金大哥. 김 씨 오빠라는 뜻.

34

채희가 플러싱에 돌아와 있는 날이었다.

나는 퇴근이 좀 늦어질 것 같으니 기다리지 말고 먼저 저녁을 먹으라고 했다. 그랬더니 대뜸 짜증을 낸다.

"아니, 아침에 미리 약속해놓고 갑자기 왜 바꿔?"

"어떡해, 갑자기 일이 생긴걸."

별로 중요한 일도 아니었다. 아는 사람과 잠깐 만나 커피 한 잔 마실 생각이었다. 평소 같으면 꼬치꼬치 따지고 들었을 채희가 금 방 잠잠해졌다. 좀 있으니 채희가 불쑥 카톡을 보내왔다.

"알았어, 소고기장조림이랑 나물 무쳐서 냉장고에 넣어두었어. 그럼 다음 쉬는 날에 봐."

그리고는 또 한마디 보냈다.

"실은 나도 오늘은 좀 바쁘거든. 저녁에 잠깐 어디 가봐야 할 데 가 있어."

이번에는 내 쪽에서 달아오르기 시작했다.

"밤에 잠깐 갔다 올 데라니?"

"밤이 아니고 저녁."

"저녁이면 밤 아냐?"

"낮은 아니지만 밤도 아니지."

이미 내 몸은 집으로 향하는 지하철에 올라 있었다. 만나기로 한 사람에게는 갑자기 급한 일이 생겼으니 다른 때 보자고 양해를 구했다. 그러잖아도 그동안 채희 입에서 미국 할아버지 어쩌고 하는 이야기가 한두 번 나왔던 게 아니었으나 나는 한 번도 귀담아 듣지 않았다. 하지만 상상에게까지 그 미국 할아버지가 채희 애인 이라는 이야기를 듣자, 겉으로는 대수롭지 않은 척했지만 속은 벌써 한바탕 뒤집어지고 있었다.

하지만 드러내놓고 불만을 표시한 적은 단 한 번도 없었다. 그 런데 둘 사이의 접점이 점점 가까워질 때는 내 마음에서도 시샘이 라는 감정이 점점 고양되기 시작했다. 조절이 안 되면 증오로 발 전할 수 있는 감정이었다. 자존감이 낮은 사람들이 흔히 겪는 감 정이기도 했다.

"아니, 낮에는 뭘 하다가 하필이면 밤이냐?"

이렇게 질문했을 때, 나는 자존감을 다 잃어버린 별 볼 일 없는 아저씨로 전락하고 말았다.

"낮에는 오빠 집 청소했잖아."

"청소는 밤에 할 것이지."

"만나기로 한 사람이 저녁밖에 시간이 없다는 걸 어떡해?"

"이제는 그 노릇 관두기로 했잖아."

나도 모르게 심한 말이 날아간다.

"대체 어떻게 하라고?"

"뭘?"

"하루 열댓 번씩 하다가 갑자기 끊을 수는 없잖아."

"질릴 대로 질렸다면서?"

"질렸지."

"근데 왜 또?"

"그렇다고 아주 싹 닫아걸고 안 할 수는 없잖아."

"깨끗하게 걷어치운다고 선포한 지 며칠이나 지났다고 또냐?"

"곁에 하나 남겨놓은 남자는 나이 들더니 이제는 병신이 됐는지, 바보가 됐는지 통 가까이 오지 못하게 하잖아."

'곁에 하나 남겨놓은 남자'라니, 나는 픽 웃어버렸다.

'이 뺑쟁이 봐라, 곁에 나 하나뿐이라고?' 이렇게 보내려다가 지워버렸다. 한참 생각해보니 그 미국 남자와는 무슨 사이가 아닐 것 같다는 생각이 들었다. 어쩌면 진짜 순수한 친구일지도 모른다는 생각에, 정말 그렇게 멋있는 사람이라면 이런 대화에 끌어들이지 말자는 생각으로 카톡을 다시 보냈다.

"애, 그게 무슨 밥이라고 맨날 먹냐."

"…"

"너도 그동안 과식했다고 그랬잖아."

"하루 한 끼만 먹는 건 정상인데."

"반찬도 해놓았다면서, 그럼 나랑 같이 먹으면 되잖아."

"오늘은 못 온다며?"

이미 플러싱에 도착한 나는 허둥지둥 지하철에서 내려 정신없이 집으로 달려갔다. 아직 내 다락방에 불이 켜져 있는 게 보였다.

'아이고, 이것이 나랑 장난하고 있었구나.'

이렇게 기쁨이 확 몰려드니 슬프도록 외롭고 고독했던 게 언제였던가 싶다. 나는 텅텅거리며 다락방으로 뛰어 올라갔다. 숨이 턱에 닿을 지경이었다.

"누가 못 온댔어. 왔잖아."

나는 소리치면서 문을 밀고 들어갔다.

어디 간다던 채희는 절반은 벌거벗은 채 침대에 드러누워 있다. 얼굴은 귀신 모양이다. 팩을 하고 있었는데, 이날 따라 시커먼 색깔이다.

"아이고, 이런!"

내가 소리를 지르자 채희는 죽겠다고 웃어댔다.

"오빠, 숨넘어가겠다."

"제기랄, 네가 이 밤에 어디 간다고 해서 미팅이고 나발이고 다 집어치우고 정신없이 뛰어왔잖아."

내가 화내건 말건 채희는 행복해한다.

"나 팩 더하고 있어야 하니까, 오빠 혼자 먹어."

그녀는 얼굴에 팩을 한 채로 일어나 밥상을 차려주었다.

"같이 먹자."

"아니야, 난 좀 있다가 전화 오면 나가야 해."

"도대체 누굴 만나는 건데?"

"나한테 오빠 말고 또 누가 있어?"

"그 미국 남자?"

농담 삼아 내뱉었는데, 채희는 뜻밖에도 머리를 끄떡였다.

"응, 맞아."

순간 가슴이 덜컹했다.

"정말이었구나. 진짜 그런 사이였구나."

내가 소스라치도록 놀라자 채희가 차분히 설명했다.

"오빠 말고는 딱 그 남자뿐이었어. 할아버지는 가족과 자식들도 있어. 되게 좋은 분이야. 난 부인인 할머니도 만났어."

"그래서?"

"그동안 할머니랑 두 분이 뉴욕에 와서 살았는데, 얼마 전에 할머니는 돌아가셨어. 할아버지는 자식들이 있는 텍사스로 간대. 가기 전에 플러싱에 들러서 저녁을 함께 먹기로 했어."

채희 말대로라면, 이 할아버지도 나를 알고 있었다. 채희가 시도 때도 없이 전화해서 영어를 몇 마디씩 배울 때마다 나랑 있는 거 아니냐고 물었다고 했다.

"할아버지는 오빠도 같이 와도 좋다고 했어. 그러니까 오빠만 괜찮으면 같이 가자. 내가 그 할아버지 소개해 줄게. 한국말도 되게 잘해."

"아냐. 그냥 같이 갈게. 하지만 소개는 하지 마. 나는 다른 테이블에서 몰래 보고 싶어. 진짜 어떻게 생긴 사람인지 궁금해서 한 번은 꼭 보고 싶었어."

이와 같은 호기심을 스토킹이라고 보는 사람은 없을 것이다. 그래도 내 행위가 "여자 보는 걸 좋아했다"고 말한 인상파 화가 에드가 드가처럼 자기만의 작품 세계에 어떤 새로운 패러다임을 만들기 위한 행위라고 핑계 댈 만한 것은 결코 아니었다.

드가의 그림은 어깨를 반쯤 드러낸 여자가 지친 듯 의자 등받이에 얼굴을 기대고 돌아앉아 있고, 뒤에 한 남자가 서서 말없이 여자를 보고 있다. 두 손은 바지 주머니에 넣고 있다. 주머니에 넣은 손이 무슨 일을 하고 있는지는 아무도 모른다. 사춘기 때, 시도 때도 없이 자꾸 불끈거리며 일어나는 그놈 때문에 당황했던 적이 한두 번이 아니었다. 그럴 때면 어쩔 수 없이 바지 주머니에 손을 넣은 채로 그놈의 각도를 틀어버리지 않으면 안 되었던 기억을 가지고 있기에, 지금 한창 이 여자를 훔쳐보는 그림 속 남자의 모습이 끔찍하지 않을 수 없다.

채희가 만난 할아버지는 인자한 모습의 아주 멋진 미국 신사였다. 나이는 내 두 배에 가까운데도 몸은 나보다 훨씬 더 좋아 보였다. 키도 크고 혈색도 좋았다. 헤어질 때, 채희도 울고 할아버지도 눈가를 훔치는 것을 보았다. 할아버지는 돈을 담은 듯한 두툼한 봉투까지 하나 꺼내 채희에게 주었다. 나는 어안이 벙벙해지지 않을 수 없었다.

불쑥 리타가 떠오르기도 했다. 결혼식장에서 한 노인네와 영혼이 바뀌어버렸던 리타가 자기 혼을 되찾는 이야기를 담은 영화

《키스의 전주곡》말이다. 그러고 보니 이 할아버지도 영화에서 노인 역을 맡았던 시드니 워커를 닮았다. 내게 이 할아버지 이름은 이제 워커가 되었다. 나는 채희와 함께 돌아올 때 《키스의 전주곡》 OST를 들려주었다.

"워커가 그리 좋았어?"

"너무 좋아, 근데 불쌍해."

"뭐가?"

"그렇게 인자했던 할머니가 돌아가셨잖아."

"젊은 아시안 여자들과 함께 사는 미국 노인네들도 꽤 많아. 이제부터 잘된 거 아냐?"

내가 이렇게 이야기하자 채희는 나를 흘겨보았다.

"워커 할아버지는 그런 사람 아니야."

이렇게 한마디 했다가 잠시 후 실토했다.

"실은 말이야, 나도 할아버지를 꾈 생각이 없진 않았어. 할아버지랑 결혼하면 영주권도 빨리 받을 수 있고 얼마나 좋아."

나는 채희를 놀려주었다.

"와, 이제야 슬슬 본색이 나오는구나. 그래서?"

그러자 채희가 화를 냈다.

"그담엔 뭐가 있겠어. 퇴짜 맞고 말았지."

"와, 이건 또 무슨 시추에이션이람? 30대가 80대한테 먼저 들이댔다가 퇴짜 맞았다는 소리잖아."

계속 놀려주자 채희는 울상을 지었다.

"오빠, 그런 게 아니야."

"아니면 뭔데?"

"영주권 좀 빨리 받게 가짜 결혼이라도 해줄 수 있겠느냐고 할 아버지한테 물어봤던 것뿐이야."

"넌 그저 뻥이 술술 나오는구나. 가짜 결혼이라는 게 어디 있어."

"하긴. 결혼하면 진짜가 되는 거긴 하지."

채희는 순순히 인정했다.

"그런데 난민 신청했으니까 영주권은 나올 거잖아. 이번에 코트 가는 게 세 번째라며?"

"요즘은 세 번째도 안 된다잖아."

"그런 사람은 운이 없어서지."

"나만 꼭 운이 좋으란 법이 있어?"

채희는 영주권 소리만 나오면 걱정이 많아졌다. 최근 뉴욕에서는 난민 신청이 비준되는 확률이 굉장히 낮아졌다는 소문이 계속 돌고 있었기 때문이다.

"지금까지는 계속 운이 좋았잖아."

"좋긴 뭐가?"

채희는 한숨까지 쉬면서 말했다.

"난 정말 운이 없다니까."

워커 할아버지한테 영주권 문제로 도움받으려다 거절당하고 이제 영영 헤어지게 되었으니 이런 한탄이 나올 법도 했다.

"왜 김빠지는 소리만 하고 그래. 네 말대로 운이 인생을 좌우한다면 말이야. 너는 내 동생이랑 동창생이었던 것도 좋은 운이었어. 그 운이 아니었다면 어떻게 나랑 만날 수가 있었겠어."

"응, 그것 하나는 빼고."

"한국말 잘하는 워커 할아버지를 만나 영어를 배웠던 것도, 세상에 이보다 더 큰 행운이 또 어디 있겠어."

"응, 그것도 그러네."

"이제 남은 난민 신청도 그래. 국경에서 붙잡혀 바로 추방당하는 사람도 수두룩한데, 너는 난민 신청이 접수돼 뉴욕으로 올 수 있었잖아. 샹샹네 부모를 봐. 그 사람들에 비하면 너는 운이 엄청 좋았던 거야."

"응, 듣고 보니 그러네. 근데 세 번째 코트 가는 날이 코앞인데, 아직도 꼭 된다는 보장이 없잖아."

"넌 꼭 될 거야. 내가 기도할게."

채희 표정이 다시 밝아진다. 입술을 삐죽 내밀며 어리광을 부렸다.

"안 되면 오빠가 책임져야 해. 오빠 때문에 저렇게 좋은 미국 할아버지도 놓쳤겠다. 만약 영주권까지 못 받으면 난 어떡하냐고, 그때는 오빠가 나랑 결혼해 줄 거지?"

이럴 때는 여자에게 넘어가 주는 척하지 않으면 안 된다. 아무리 거짓말할 줄 모르는 남자라도 이런 분위기를 깨뜨리면 그것이야말로 '노 굿'이다. 정인군자가 아니라 바보 멍텅구리다. 그런데도 나는 함부로 대답하지 못했다.

"넌 꼭 돼! 내가 보증할게!"

이렇게 힘주어 말해도 채희는 집요했다.

"오빠, 말 돌리지 마. 결혼해줄 거냐고 물었잖아."

"만약 네 딸만 동의한다면."

나는 가까스로 탈출구를 찾아냈다.

그러자 채희는 금방 풀이 죽었다. 딸의 동의를 얻는 게 진짜 어려운 일이 아닐 수 없었기 때문이다. 왜냐하면 딸은 지금까지 계속 아버지와 살고 있었다. 미국 이민국에 난민 신청을 하면, 난민법에 의해 가족도 신청자 명단에 들게 된다. 때문에 채희의 난민 신청이 비준되면, 지금은 이혼했더라도 이혼 전에 신청서를 냈기 때문에 남편도 난민 가족으로 인정받아 미국으로 올 수 있다. 채희 딸은 아버지도 미국으로 오게 해달라고 졸랐다고 한다. 안 된다고 했더니 자기도 미국으로 오지 않겠다고 고집을 부렸다고 했다.

"엄마랑 이혼했어도 아빠는 여전히 내 아빠잖아. 엄마랑 같이 살지 않더라도 아빠도 미국에 와서 돈 좀 벌게 해주면 안 돼?"

채희는 이혼한 남편이 뒤에서 몰래 딸애를 부추기고 있다고 여겼다.

"용서하고 미국에서 다시 합쳐서 살 수도 있잖아. 남자가 아내 없이 혼자 지내면 바람도 피울 수 있고. 어차피 너도…."

이렇게 말하다가 나는 입을 다물었다. 이건 정말 어마어마하게 큰 실수라는 생각이 갑자기 들어 말을 꺼낸 것을 무척 후회했다. 하지만 채희는 대수롭지 않게 내 말을 받았다.

"오빠 말에도 일리가 없는 건 아니야. 그렇지만."

채희가 단호하게 말했다.

"이건 아니잖아. 내가 몸 판 게 누구 때문인데."

"아니, 그만하자. 내가 잘못 말했어."

내가 황망히 채희 어깨를 다독이며 사과했지만, 채희는 하던 말을 끝까지 했다.

"내가 만약 남자라면 창피해서라도 딸을 앞세워 매달리지 못하겠다. 세상에 아무리 양심이 없어도 그렇지, 마누라가 몸 팔아서 번 돈으로 차 사줬더니, 그 차에 다른 년을 싣고 다니는 게 어디 사람이냐고, 정말 말이 안 되는 거잖아."

여기까지 말하다 속에서 화가 올라오는지 그녀는 다시 울음을 터뜨리며 땅바닥에 털썩 주저앉아 두 손으로 얼굴을 감싸 쥐고 엉엉 소리 내며 울었다. 그녀의 어깨를 잡고 가볍게 흔들려던 나는 전기에라도 감전된 듯 손을 거둬들이고 말았다.

'얘 어깨에 왜 이렇게 살이 하나도 없지? 온통 뼈뿐이잖아.'

그녀의 울음소리는 점점 더 커졌다. 보통 울음이 아니었다. 대성통곡이었다. 20대도 아니고 30대라면, 조금은 고상하게 울 줄도 알아야 하는데 그게 아니었다. 완전 10대 어린아이처럼 엉엉 울어대는 바람에 기겁한 나는 그녀의 어깨를 잡고 흔들었다.

"채희야, 너 이러다가 미쳤다는 소리 듣겠어."

"이미 미쳤잖아."

이럴 때는 어떤 방법을 써서라도 다시 웃게 만들어야 한다.

"미친 걸 아는 거 보니 진짜 미친 건 아니네."

"그건 또 무슨 말이야?"

채희는 뚝 하고 울음을 멈추고 나를 쳐다보았다.

"It's not crazy to know what's going on."

"뭐라고 하는 거야?"

"잇스 낫 크레이지 투 노우 왓스 고잉 온. 네가 말짱하게 정상이라고."

"오빠, 나 좀 업어주면 안 돼?"

"뭐야, 너 정말 미친 거 아냐?"

"방금까지 미치지 않았다며?"

"서른 넘은 여자가 마흔 넘은 남자한테 업히겠다는 소리를 하니까 그러지. 징그럽지도 않아?"

"엉덩이가 아파서 그래. 아까 땅에 털썩 주저앉았더니."

그녀는 한참 엉덩이를 주물럭거렸다.

"아마 시퍼렇게 멍들었을 거야."

35

이렇게 채희는 금방 웃었다 울기를 잘하는 여자였다. 어떻게 묘사하면 그녀를 더욱 잘 표현할 수 있을까, 나는 이 책을 쓰기 시작할 때부터 고민스러웠다. 아서라, 더 보태지도 말고 또 깎아내리지도 말고 그냥 있는 그대로 쓰는 게 좋겠다고 판단하게 된 것은, 드디어 그녀와 나 사이의 접점이 같은 곳에 머물지 않고 서로 스쳐 지나게 되면서부터였다.

그녀를 한마디로 표현하자면, 그 고독하고 외롭던 나날에 내게 시냇물 같은 존재였다. 씩씩거리며 화를 내거나 울고불고 소란스럽다가도 갑자기 조용해지고, 차분히 가라앉은 것 같으면 다시 생난리를 부리는, 그러면서도 밉지 않은 그런 존재였다. 졸졸거리고 흐르는 시냇물이 소리는 작아도 새소리와 바람 소리를 불러일으키는 힘을 가지고 있는 것과 같다고나 해야 할까, 어느 돌 틈 사이로, 나무 밑 덩굴로 스며들면서 빠져나갈 때는 영영 사라져버릴 것 같더니 또 어느 틈에 기어 나와 뒤도 돌아보지 않고 씩씩하게 흘러가는 생명력 말이다.

나는 그녀의 이런 모습에 빠져들기 시작했던 것 같다. 처음에는 '저 애는 정말 씩씩해, 어쩜 저렇게 지칠 줄도 모를까.' 하고 감탄하다가, '웃음도 헤프고, 울음도 헤프니 종잡을 수 있어야 말이지.'로 넘어가다가, 드디어 '아, 웃음이고 울음이고 할 것 없이 내면에는 온통 아픔과 슬픔뿐이구나!'로 결론 내렸다. 이혼한 남편 이야기를 하다가 땅바닥에 털썩 주저앉아 울음을 터뜨릴 때 만져보았던 그녀의 어깨가 너무 앙상하다고 느끼면서 나는 채희에게 반했다.

슬프게도 헤어져야 할 시간이 가까워져 오고 있을 무렵이기도 했다. 루시를 소유할 수 없었던 허탈감이 결국 이민자 신분이었던 나 자신에 대한 모멸감, 슬픔, 분노 같은 감정으로 이어진 듯싶었는데, 채희와 함께 지내면서 나 자신도 조금씩 치유되고 있었다.

채희는 한창 유학 수속 중인 딸이 미국으로 오게 되면 함께 살 집을 마련 중이었다. 처음에는 내가 사는 동네와 비교적 가까운 곳에 집을 얻을 것이라며, 그렇게 되면 나한테도 종종 들를 수 있다고 했다. 그런데 딸이 올 시간이 점점 다가오자 생각이 바뀌고 말았다.

"아니야, 다른 사람이면 몰라도 딸한테만은 들키면 안 돼. 이제 과거와는 깨끗하게 작별할 거야. 다른 일을 시작해야 해."

채희는 거울 앞에 서서 자기 눈을 똑바로 들여다보면서 눈동자를 고정하는 연습을 했다. 나한테 뭐라고 재잘거리면서도 거울 속 자기 눈동자를 응시했다. 딸의 눈에 비치게 될 자기 모습이 어떨지 여간 신경 쓰지 않았다.

"오빠, 내 눈동자가 왔다 갔다 하는 횟수가 아직도 다른 사람보다 많아 보여?"

언젠가 내가 그런 일을 하는 여자들의 눈동자가 좀 이상하다고 한 적이 있었는데 그 말을 잊지 않았다. 둘이 소호 나들이를 했을 때였다.

"난 정말 모르겠는데, 왜 오빠는 내 눈동자를 훔쳐봐?"

"어떤 사람과 만나서 얘기할 때면, 똑바로 그 사람만 쳐다봐. 절대로 옆을 보거나 다른 데로 눈길을 옮기지 마."

"아, 손님을 두고 다른 여자들과 쟁탈전을 벌이다 보니 이렇게 됐나 봐. 하나라도 놓치면 안 되니까."

"뭐, 어차피 이제부터는 다른 일을 하니까 괜찮아. 자연스럽게 회복될 거야."

말로는 이렇게 위로했지만, 한 번 몸에 배어버린 습관이 쉽게 고쳐지지 않는다는 걸 나는 안다. 그래도 아무리 우울한 대화도 천성이 밝은 그녀를 우울하게 하지는 못한다. 금방 빵집 '푸른 리본'을 발견하고는 내 팔을 흔든다.

"오빠, 나 배고파. 빵 사주라."

"여기 빵집이 어디 있어?"

그녀는 손을 들어 한 곳을 가리킨다. 그리고는 부리나케 혼자 달려가 케이크 한 조각을 사 들고 나온다. 딸이 미국에 오면 빵집을 여는 게 꿈이다. 그래서 빵집을 보면 절대로 그냥 지나치지 않는다.

"아이고, 눈썰미 하나는 어찌나 빠른지."

내가 나무람 삼아 칭찬하면 그녀는 언제나처럼 헤헤하고 웃는다. 참으로 미워하기 어려운 여자다.

"뉴욕 빵은 정말 맛있어!"

이렇게 감탄하는 한편, 눈동자는 우리 곁을 스쳐 지나는 꽃미남들을 훔쳐보기에 분주했었다.

"만에 하나라도 사람들이 나를 알아볼까 봐 밤에 그 일을 할 때면 정말 지독하게 치장했어. 가짜 속눈썹도 C컬을 붙였고, 가슴도 이렇게 크게 만들었어, 여기 아래쪽에 띠를 감아 가슴이 튀어나오게 만들었단 말이야."

그녀는 거울 앞에 선 채 크지 않은 가슴 윗부분 라인이 드러나 보이게끔 가슴 밑부분을 꽉 조이는 동작을 해 보였다.

"와, 그러니까 진짜 커 보이긴 하네. 근데 벗고 나면 금방 들통날 거잖아."

채희는 머리를 끄떡였다.

"들통나다 뿐이겠어. 나같이 가슴이 크지 않은 여자는 똑바로 누우면 끝장이야. 가슴이 어디로 사라져버렸는지 꼭지 두 개밖에 남는 게 없어."

"그럴 때는 어떻게 해?"

"퇴짜 맞을 때도 있고, 어떤 때는 내가 앙탈을 부리기도 하고 그러지 뭐."

"뭐라고 하면서 퇴짜 놓는 거야?"

"자기가 찾는 여자는 내가 아니고 다른 여자라는 거야."

"앙탈은 또 어떻게 부리고?"

나는 뭐든 꼬치꼬치 캐묻기 좋아한다.

"아이, 오빠는 별것 다 묻네. 그런 게 그렇게 궁금해?"

채희는 비로소 거울 앞에서 물러나 내 곁으로 온다. 침대에 털썩 앉았다가 지친 듯 몸을 뒤로 뻗는다. 그럴 때 그녀 가슴은 진짜 민둥산이다.

"이렇게 조금만 몸을 돌려 누우면 가슴이 다시 돌아오잖아. 봐 봐. 아니야?"

두 손으로 자기 가슴을 만지면서 말한다.

"나 진짜 마르긴 말랐어. 남들은 모두 미국 오면 살찌고 몸이 난다고 하는데, 난 왜 이렇게 마르는지 모르겠어. 여기 겨드랑이하고 옆구리는 뼈밖에 없어. 브라도 중국에 있을 때는 C컵이었는데, 지금은 A컵도 헐렁해. 적당하게 살찌는 방법은 없을까?"

"살찌는 거 쉬워. 매일 샌드위치하고 햄버거만 먹어봐."

"아이, 그건 안 돼."

채희는 펄쩍 뛴다.

"이상하게 샌드위치하고 햄버거 먹으면 살이 엉덩이하고 배로만 간단 말이야. 그냥 골고루 찌고 싶은데 뭘 먹으면 그렇게 될까?"

우리 둘은 쉬는 날 만나기로 하면, 오후 3시쯤부터는 무엇을 먹을까 하는 이야기만 주고받는다.

"그럼 또 소호 갈까?"

"소호 맛집들은 다 뒤졌잖아."

"그럼 이번에는 트라이베카, 소호 남쪽에 있는 거기…."

"오빠 정신 봐라, 거기도 갔다 왔잖아."

"언제?"

"길에서 어떤 화가 만나서 셋이 함께 커피숍에 갔잖아. 그 작가
가 전 세계에서도 열 손가락 안에 드는 대단한 설치작가라면서?"

"아. 참, 그 사람 만날 때 너랑 같이 갔구나."

"오빠 나 몰래 어떤 애랑 갔다 왔기에 기억을 못 해? 오늘은 나
랑 문화 산책하지 말고 음식 기행이나 좀 하자. 값도 싸고 특별히
맛있고, 뭐 그런 데가 없을까?"

"잠깐 생각해 볼게."

"오늘은 치즈니 빵이니 하는 것 말고 이탈리아 음식이나 한번
맛볼까 봐. 파스타 어때?"

"오, 마침 생각했던 곳이 있어. 나도 아직은 못 가봤어, 처음이니
지도 보고 찾아가는 재미도 있겠다."

채희는 나도 아직은 못 가본 곳이라는 말에 혹했다. 발딱 일어
나더니 부랴부랴 외출 준비를 한다. 이제 맨해튼으로 갈 때는 간
결하게 입고 더 연하게 화장했다.

"오빠가 쓴 뉴욕의 문화명소를 소개하는 글은 많이 읽었지만 음
식에 관해 쓴 글은 한 번도 읽어본 것 같지 않아. 오늘은 음식점

소개 글도 한 번 써봐. 내가 첫 독자가 되어줄게. 그리고 페이스북
에 올리면 그 음식 맛본 소감도 내가 제일 먼저 댓글로 달아줄게."

채희의 요청에 나는 벌써 글을 구상하기 시작했다. 그때 썼던
칼럼이 〈페페로소 투 고의 파스타〉다.

36

〈페페로소 투 고의 파스타 - 뒷골목에서 또 뒷골목으로〉

만약 단 300석짜리 소극장에서 알 파치노가 출연하는 연극을 하는데, 전석 100달러에 학생 할인이나 러시 티켓 하나 없는 판국에 초대권으로 연극을 본 〈뉴욕타임스〉 비평가가 100달러가 아깝지 않다는 리뷰를 쓰며 잴 때, 먹으면 죽는다는 브루클린의 스테이크 집이 일인당 최소 50달러 깨진다는 정보에다가 그나마 몇 달 후까지 손님이 밀려 있다며 예약마저 안 될 때, 이런 도시에 먼저 와서 살고 있는 내가, 어제도 오늘도 그리고 내일도 이 도시를 바라고 수천수만 리의 장정을 거듭하는 내 동포들에게 정말 잘 왔다고 반겨주고 자랑해주고 가이드해줄 만한 어떤 것이 있을지 의문이다.

물론 나도 예외는 아니겠지만 여느 나라 이민자들도 방금 미국에 왔을 때, 그것도 세계의 심장이라는 뉴욕에 왔을 때, 맨해튼 타임스퀘어의 80층에서 100층 사이의 빌딩 숲을 두리번거리며 세계 각국의 음식이 널려 있는 길가 레스토랑의 번뜩이는 네온 광고판에 눈 돌아가는 줄 모른다. 말 그대로 뉴욕은 그냥 천국이다.

상상만 해 보시라! 뉴욕 전역에 2만여 곳의 식당과 매점이 깔려 있어서 미식가들이 찾는 핫도그에서부터 일류 식당까지, 50년 동안 매일 다른 곳에서 각기 다른 음식을 먹을 수 있다는 것은 이생의 또 다른 즐거움이 아닐 수가 없다. 더구나 이민자들의 도시라는 뉴욕의 특성상 이 2만여 식당에서 나오는 음식들이 모두 다를 뿐만 아니라 서로가 서로에게 이국적이고 생소하니 말이다.

그중 많이 알려진 차이나타운의 음식, 리틀이탈리아의 음식 등 동네별로 다양한 요리를 맛보는 것도 좋겠지만, 좀 더 반경을 넓혀 더 이국적이고 생소한 걸 먹는 것도 어렵지 않다. 왜냐하면 자기 나라에서 들여온 자기 민족 고유의 요리를 파는 레스토랑만 있는 것이 아니고, 텍사스-멕시코 요리를 비롯해 쿠바식 중국 요리, 인도식 프랑스 요리 등 있을 법하지 않은 별의별 요리들까지 다 나온다. 여기에 지구의 어느 가시 끝머리쯤에나 위치했음 직한 조선족의 전통음식 연길냉면도 있음을 잠깐 밝히고 넘어간다. 한마디 더 보탠다면 뉴욕의 조선족 식당에는 순대와 모두부, 찰떡, 입쌀밴새 없는 것이 없다.

어느 나라, 어느 도시든 물론 한국이나 중국도 마찬가지로 돈만 많으면 즐겁게 살 수 있겠다. 하지만 뉴욕은 돈 없는 사람도 하루나 이틀쯤 일하여 번 자그마한 돈으로도 어떻게 즐길 수 있는지 눈앞에 바로 펼쳐 보여주니 그게 문제다. 하지만 이런 푸념 자체는 일부에 지나지 않는다. 시간 대부분은 분수에 맞는 한도 안에서 최대한의 즐거움을 뽑아내려는 몸부림과 그 과정을 즐기는 지혜를 배워야 한다. 그것이 내가 터득한 이 글의 부

제목 '뒷골목에서 또 뒷골목'으로다. 다시 말하면 찾아내는 즐거움, 거기서 얻는 상상했던 것보다 훨씬 엄청나게 큰 기쁨과 만날 때의 황홀함이다.

물론 그렇다고 꼭 뒷골목으로만 가라는 것이 아니다. 주머니 사정이 넉넉하지 않더라도 맨해튼 안에서 '먹고' 사는 건 어렵지 않다. 마천루의 숫자만큼이나 10달러 이하의 매우 저렴하고도 맛있는 식당들도 의외로 줄서 있기 때문이다. 갓 구운 빵 냄새로 죽여주는 각종 빵집과 멋진 카페들의 커피 가격은 스타벅스의 반값이며, 뉴욕 스타일 베이글, 또띠야를 파는 무수한 멕시코 요릿집, 한 블록에 하나씩 있는 듯한 중국 레스토랑에 수많은 개인 피자집들이 선두를 차지한다. 게다가 저렴한 가격대를 유지해주는 인도, 타이 요릿집에 심지어는 티베트, 캄보디아, 아프리카 요리점, 발에 챌 정도로 많은 샐러드바를 완비한 델리가게까지 가세하기 때문에 가격 대비 성능비를 생각해도 고를 수 있는 식당은 너무도 많다. 그런데도, 나는 여전히 뉴욕의 진정한 매력을 알려면 '뒷골목에서 또 뒷골목'으로 들어가 볼 것을 주장한다.

단연코 음식도 마찬가지인 것이다.

오늘 내가 손에 지도까지 들고 여기저기 물어가면서 찾아간 이탈리아의 가장 대표적인 음식의 하나인 스파게티와 파스타로 유명한 '페페로소 투 고(Pepe Rosso To Go)'는 단돈 20달러면, 한 끼에 200달러를 내고도 모자랄 것 같은 고급 레스토랑 맛을 뺨칠 수 있는 음식점이다. 세계에서 몇 번째 부자에 속하는 뉴욕 시장 마이클 블룸버그도 어디서 소문을 듣고 이 집 파스타를 먹기 위해 보좌관 하나만 데리고 몰래 와서, 그것도 직접 줄을 서서 한 그릇 사 먹었다는 음식집인데, 이 근처의 한 유명 예술가의 스튜디오에서 일했던 대만 총통 마영구의 큰딸 마유중도 아버지가 아직 대만 총통에 선출되기 전에 집이 이 근처인 듯 작은 자전거를 타고 와서 자주 파스타를 사 먹었다고 이 집 젊은 웨이터가 소개하고 있었다. 그만큼이나 대단하다는 소리겠다.

'페페로소 투 고' 과연 이 집의 스파게티와 파스타는 어떤 맛일까? 나는 가끔 파스타를 먹고 싶지만 웬만한 이탈리아 레스토랑에는 아직까지 들어가 본 경험이 없었다. 멋모르고 한번 가보았던 사람이 하는 말을 들었는데, 웨이터가 와서 와인은 뭐 먹겠느냐, 전채 요리는 뭘 먹겠느냐고 자꾸 물어오는데, 만약 체면 때문에 이것저것 다 거절할 수 없어 두루뭉술하게 아무렇게나 고개를 끄덕였다가는 나갈 때 2, 300달러는 쉽게 깨진다고 했다. 하지만 뉴욕의 뒷골목에서 또 뒷골목으로 들어와 찾아낸 이 좁디좁은 음식집은 좋았다.

몇백억 달러를 쌓아놓고 사는 부자 시장이 소문 듣고 찾아와 줄까지 서가며 먹었다는 음식을 아무라도 찾아오면 단돈 20달러로 배부르게 먹을 수 있다는 것이 흐뭇하지 않을 수 없다. 거기다가 분위기 또한 이만저만하지 않다. 크기는 참새 방앗간처럼 쪼끄마해서 테이블 서너 개에 의자 일고여덟 개가 고작인데, 주변에 있는 '원스 어폰 어 타르트(Once Upon a Tart)' 같은 초미니 타르트 가게에도 찾아오는 손님들은 거의가 전 세계에서 열 손가락 안에 드는 그런 대단한 예술가들이라는 것이다.

세계적인 명성에 어울리게 음식도 정말 맛있었다. 서 있기도 좁아 보이는 내부 공간과 자그마한 테이블 몇 개가 고작인 이 작은 음식점의 벽에 써놓은 파스타 종류만도 무슨 '줄 처진 반쪽 펜(mezze penne rigate)'이니 '작은 폭풍우(tempestine)' '천사의 머리카락(capelli d'angelo)' '테이프 리본(fettucce)' '작은 놀라움(sorpresine)'처럼 듣기에도 아름다운 시 같은 이름을 단 수백 가지가 있었다. 그렇다고 시처럼 읊으며 감상하며 먹을 수는 없었다. 직접 매대로 가서 주문하고 미리 돈을 내야 한다. 그러고 나서 음식이 나올 때까지 잠깐 서서 기다리다 보면 파스타와 함께 먹는 빵조각은 종이 냅킨에 싸서 거의 던지다시피 뿌려지는데, 이 집 단골들은 옆 테이블에서 주인이 던지는 빵을 야구공 받듯 받아내고 있었다.

그것을 보다가 하마터면 '어' 하고 비명을 지를 뻔했다. 그 빵조각이 내 얼굴로 날아들지 않을까 놀랐기 때문이다. 지금은 물가가 올라서 원래 5~10달러 수준의 파스타가 오늘 먹을 때보니 세금까지 붙어 14달러였다. 자리가 아주 좁기 때문에 빨리 먹고 나와줘야 하는 분위기에다 합석은 기본. 수많은 배달맨들이 이 집에서 식사 때우는 걸 보면 이건 완전히 짜장면 후루룩 비벼 먹듯 눈 깜짝할 사이에 사라지지 않으면 안 되었다. 나는 고향에서 연길냉면 먹듯이 파스타 담은 그릇을 아주 왼손에 받쳐 들고 오른손에는 아직도 익숙지 않은 미국 갈퀴를 부지런히 휘둘러댔다….

37

나는 처음 메트로폴리탄미술관에서 이 조각상을 보며 눈앞이 아찔했던 기억을 가지고 있다.

두 다리를 활짝 벌리고 양손은 넓적다리에 올려둔 채 거대한 삼각형 버자이너를 보여주는 〈딜루카이〉는 여자의 소음순 위에 있는 돌기까지도 실제 색깔처럼 새빨갛게 만들어놓았다. 루시와 함께 왔을 때, 그녀는 이 조각상이 악마를 퇴치하기 위한 것이라고 설명해주었다. 조각상이 드러낸 여자 성기를 영어로 어떻게 부르는지 몰라 사전까지 뒤져가면서 이 방면의 지식을 한 보따리 축적해둔 때도 그즈음이었다.

그러나 요즘같이 오럴과 펠라치오가 공존하는 세상에서 딜루카이가 악마를 퇴치한다는 주장에 나는 동의하지 않는다. 퇴치는 고사하고 거꾸로 유혹하여 자기 음부에 대고 얼굴을 비비게 만드는 세상이 되어버렸기 때문이다. 섹스 상담가 버네사 마린은 '입은 금세 지치니 손가락을 사용하라'고 권고하지만, 그동안 내가 보아왔던 야동들은 전부 입이 손을 대체하고 있다. 이미 현실에서는 손도 입도 아닌 혀가 모든 작업을 진행하는 경우가 흔하다.

징그러울 정도로 활짝 펼쳐 보인 딜루카이의 성기에 비해 릴리스의 자세 자체는 굉장히 흥미롭다. 물론 뒤로 돌아가서 엉덩이부터 먼저 들여다본다면 징그럽기는 매한가지일지 모르겠지만, 릴리스의 매력은 앞에서 보이는 예쁜 젖가슴과 옆으로 보이는 푸른 눈이다. 살아 있는 사람이 아닐까 싶을 정도로 형형한 그의 눈빛을 받으며 엉덩이를 살짝 든 나체를 마주하면, 민망함을 넘어 두려움이 들어 한두 발짝 물러서게 된다.

'그래, 나는 원한과 분노에 찬 글을 써서 남의 눈에 날 것이 아니라, 바로 나 스스로의 마음속에 숨어 있는 그 무서움이 무엇인지에 대해서 고민했어야 했어. 그랬더라면 이렇게 낯선 미국 땅에서 망명자로 살아가게 되는 일은 없었을 것이다. 그리고 훨씬 더 수준 높은 글을 썼을지도 모른다.'

나는 나도 모르는 사이에 땅이 꺼지도록 깊은 한숨을 내쉬고 만다.

릴리스의 당장 움직이기라도 할 것 같은 역동적인 자세와 당당함은 어딘가 채희를 떠올리게 한다

"너 릴리스 별명이 뭔지 알아?"

"갑자기 릴리스는 왜? 릴리스한테 별명도 있어? 이브가 생기기 전에 아담이 먼저 좋아했던 여자라면서?"

"아담은 릴리스가 너무나 독립적이고 주장이 강해서 도저히 함께 살 수 없었나 봐. 그래서 신에게 부탁하여 이브를 만들어 달라

245

고 했대. 자기 말을 고분고분 잘 듣고 완전히 순종하는 여자 말이야. 그랬더니 신은 그럼 갈비뼈를 하나 내놓으라고, 그걸로 만들어주겠다고 했단다. 그러면 언제나 너의 갈비뼈가 있던 자리로 기어들게 될 거라고 하면서 말이야. 그렇게 이브가 탄생하고, 고독하게 혼자 남게 된 릴리스는 '밤의 괴물' '밤의 마녀'로 불리게 됐다지 뭐야."

나는 루시에게서 얻어들었던 이야기를 해주었다. 듣고 나더니 채희가 문득 내 얼굴을 쳐다보며 말했다.

"내가 괴물이고 마녀라는 소리는 아니겠지? 난 오빠 말 되게 잘 듣는데, 왜 나랑은 살 수 없어?"

"네 딸은 고사하고 너까지도 먹여 살릴 능력이 없는데, 너는 이렇게 무능력한 내가 어디가 좋다고?"

"그러게 말이야. 왜 그런지 나도 모르겠어."

채희는 장난스럽게 맞장구까지 쳤다. 나는 진심으로 채희에게 말했다.

"누구한테도 종속되려 하지 않는 진짜 괴물은 릴리스나 네가 아닌 바로 나야. 그러니까 너는 나를 버려야 해. 진심으로 하는 말인데, 너한테는 나보다 워커 할아버지 같은 남자가 필요해."

내가 채희를 배우자로 등록한다면 그녀의 신분은 바로 시민권자의 배우자로 바뀌게 되니 굳이 코트로 나갈 일이 없어진다. 그렇지만 나 같은 망명객보다는 미국 땅에 뿌리내리고 대대로 살아온 워커 할아버지의 조건이 훨씬 더 우월하고 좋은 것도 사실이다. 모르긴 해도 채희 역시 워커 할아버지를 붙잡지 못하고 그냥 놓친 일을 은근히 후회하고 있었을 것이다.

"변호사가 그러는데 이번 코트가 마지막 코트라고 했어. 이 코트에서 통과하지 못하고 오빠도 도와주지 않으면 난 진짜 끝장이야."

"걱정하지 마. 너는 꼭 통과할 수 있어."

"나 위로하는 마음은 잘 알겠는데, 이번 코트에서도 실패하면 이제 더는 기회가 없어. 그냥 추방당할 수도 있어."

채희는 아침나절부터 '추방'이라는 말을 계속 입에 올리고 있었다. 그만큼이나 긴장했다. 나도 난민 신청이 반드시 통과될 거라고 위로는 했지만, 점점 자신이 없어지고 있었다. 더구나 최근 들어 갑작스럽게 난민 허용 기준이 엄청나게 강화되고 난민 수용 쿼터도 대폭 감소되었다는 기사가 자주 나왔기 때문이다.

채희가 낯선 미국 땅에서 누구보다 자신을 따뜻하게 대해준 워커 할아버지에게 위안을 느끼는 건 당연했다.

"그 할아버지라면 아직도 나를 도와줄지 몰라. 내 비밀 무기였거든. 텍사스로 돌아간 뒤에도 연락이 왔어. 아들 내외가 사는 댈러스 쪽에 집을 얻었다고 나보고 놀러 오라고도 했어. 난 딸이 오게 돼서 갈 수 없으니 할아버지한테 놀러 오라고 했어. 그랬더니 오겠다며, 딸한테 자기 안부를 전해달라고 했어. 좋은 분이야. 나이가 일흔 정도였으면 할아버지한테 시집가 버렸을 거야. 여든은 정말 너무 많아. 할아버지 자식들도 내가 너무 젊어서 안 된다고 했대. 그때 텍사스로 가지 말라고 붙잡고 보내지 말 걸 그랬어. 내가 신분이 없어서 할아버지 도움이 필요하다고 했더니 진짜로 나를 도와주려고 했단 말이야."

그녀는 워커 할아버지를 붙잡지 않고 놓아 버렸던 것도 다 나 때문이었다고 나무라기도 했다. 그러면서 코트 나갈 때 증인이 필요하다는 변호사의 말을 전하며 나한테 매달렸다.

"오빠가 증인 서 줘."

나는 어찌하면 좋을지 몰라 여러 날 망설였다.

미국 코트에서 가짜 증언을 하는 건 여간 무서운 일이 아니었다. 나중에라도 발각되면 법적인 책임을 면치 못하기 때문이다. 내가 코트에 나가 증언해야 할 내용은 그녀가 미국에 들어온 뒤에도 정말 열심히 교회에 다녔다고 확인해주는 것이었다.

"목사한테 증인 서 달라고 하는 게 더 낫잖아."

"목사는 거짓 증인은 안 서요."

"그럼 기자는 서도 되냐?"

"기자는 원래부터 거짓말쟁이잖아."

나는 두 손 들고 말았다. 증인이 되겠다고 약속하고 변호사와도 몇 번 만났다. 뉴욕 이민 변호사들 가운데에서 꽤 이름 있는, 반은 브로커 비슷한 변호사였다. 주로 난민 신청을 전담했는데, 성공률이 높기로 소문이 자자했다. 변호사는 채희의 서류를 그럴듯하게 꾸며주었다. 그만큼 비용도 다른 변호사들에 비해 훨씬 비쌌다.

변호사와 채희의 거짓말 모의에 동참하게 된 나는 일단 채희의 난민 신청 내용을 자세하게 알고 있어야 했다. 아이를 하나 더 낳아 계획생육법을 위반한 것 외에도 부모와 함께 가정교회[34]에 다니다가 공안기관에 몇 번 체포돼 고초를 겪었다고 되어 있었다. 물론 거짓말이었다. 탈출하던 과정도 극적으로 쓰여 있었다. 중국에서 홍콩으로, 홍콩에서 태국으로, 태국에서 미얀마로, 미얀마에서 멕시코로 자그마치 10여 나라를 떠돌다가 미국으로 밀입국하는 도중 붙잡힌 거로 되어 있었다.

"이건 뭐, 홍군의 2만 5,000리 장정도 뺨치고 가겠구나."

"2만 5,000리가 뭐야. 250만 리도 더 되잖아. 멕시코에서 미국 국경을 넘을 때는 말도 마. 브로커 등에 업혀 강을 건넜는데, 물살이 너무 세서 둘 다 넘어졌어. 죽고 싶지 않아서 그 브로커 옷을 꽉 거머쥐고 놓지 않았는데, 글쎄 그게 팬티였던 거야. 팬티가 홀라당 벗겨지고 알몸뚱이가 되어서 나를 건져냈어."

밀입국할 때 이야기는 끝이 없었다.

"저런, 그럼 그놈 거 다 봤겠구나."

"뭐 보기만 했겠어. 멕시코 앤데, 나쁜 새끼야. 그 새끼는 거기서 강만 건너게 해주는 일을 맡았는데, 열몇 살밖에 안 된 쪼끄만 놈이었어. 그런데 나 때문에 팬티까지 벗겨졌다면서 나랑 하자고 하잖아."

"그래서?"

"안 하면 다음 지점까지 데려다주지 않겠대."

"그래서?"

---

34 중국 정부에서 허가하지 않는 비밀교회.

"그래서는 뭐야. 그냥 주고 말았지."

그녀는 한숨을 내쉬었다.

"남편 말고 다른 남자랑 해본 게 그때가 처음이었어. 글쎄, 시작이 무섭지, 한 번 하고 나니까 두 번째부터는 별로 겁도 안나. 나중에는 완전 중독된 것처럼 쉽게 헤어나지 못하겠더라고. 오빠가 도와주지 않았으면 다시 지금 모양으로 돌아오지 못했을지도 몰라."

채희는 진심으로 나한테 고마워했다.

"그동안 정말 고마웠어. 진짜야. 오빠랑 같이 살 인연은 아닐지 몰라도 평생 오빠를 잊지 않을 거야. 딸애가 온 다음에는 자주 만나지 못하겠지만, 계속 오빠 가까이 있을 거야. 절대 오빠를 '밤의 괴물'로 두지는 않을 거야."

이렇게 채희는 나를 릴리스 취급했다. 어쩌면 진짜로 이브한테 아담을 빼앗기고 혼자 거리를 방황하는 고독한 릴리스로 굴러떨어질 날이 점점 코앞까지 다가오고 있음을 미리 암시라도 해주었던 건 아닐까.

38

"채희가 좋은 증인을 구했군요."

"제가 될까요?"

"당신은 신분이 작가에다가 기자라 판사가 믿어줄 겁니다. 그런데 채희와 말을 잘 맞추셔야 합니다. 말이 엇나가면 판이 다 깨지고 맙니다."

증인이 되겠다며 변호사와 만나러 갔을 때 그가 한 이야기다. 나는 거짓 증인을 처음 서보는지라 무척 긴장했다.

"채희가 교회 다닌다는 것만 증명하면 되는 것 아닙니까?"

"미국 판사가 어디 바봅니까? 빙빙 돌려서 여러 가지를 물을 겁니다. 언제 어디서 어떻게 만났냐? 저번 주에도 봤냐? 교회 주소는 어디냐? 어떻게 가냐? 이렇게 물으면 둘의 대답이 비슷해야 합니다. 여러 번 연습해서 반드시 말을 맞춰야 합니다. 잊지 마세요. 내가 보니 채희는 좀 어리숙한 데가 있어요. 갑자기 뭘 물어보면 대답하는 게 지극히나 지극히 얼떨떨합니다."

변호사는 '지극히'라는 말을 반복해 가면서 강조했다.

"그럼 어떻게 합니까?"

"하느님한테 맡겨야지요."

변호사는 어깨를 으쓱해 보였다.

"하느님을 믿지도 않으면서 믿는다고 하는 사람을 하느님이 도와줄까요."

"혹시 아나요. 현장에서 잘 대응하면 될 수도 있어요."

플러싱으로 돌아오면서 변호사에게 받은 내 몫의 거짓말을 암기했다. 집에 도착하니 채희가 뭔가 한 상 가득 차려놓았는데, 미국에 먼저 온 내가 구경도 못 해본 빵들이었다. 어떤 빵은 미국 경찰 팔뚝만큼이나 실하고 기다랗게 구워져 있었다.

"오빠, 같이 빵 먹자."

"오늘은 내가 좋아하는 청국장을 끓여 준다더니?"

"미안, 낮에 돌아다니다가 나도 늦게 들어왔어. 하는 수 없어서 이 빵들을 사 왔어. 되게 맛있는 빵이야. 이 큰 것, 빨랫방망이처럼 생긴 빵은 메밀가루로 만든 건데, 썬 다음 올리브오일 발라서 조금 구워 계란하고 같이 먹으면 완전 죽여주거든."

내가 탐탁지 않아 하자 그녀는 새빨간 입술을 삐죽 내밀면서 양미간을 잔뜩 찌푸린 채 계속 투덜거렸다.

"오빠는 플러싱 촌구석에서 오리지널 미국 빵 맛도 모르고 살았잖아."

"내가 10년째 맨해튼으로 출퇴근하고 있는데, 너보다 빵 맛을 모를까."

"그럼 이게 무슨 빵이에요?"

"내가 이름까지 알게 뭐냐."

"맨해튼 매그놀리아베이커리에서 사 온 레드 벨벳이라는 케이크야."

그녀는 한바탕 자랑을 늘어놓았다.

"우리말로 목련빵집인 거지.《섹스 앤 더 시티》에서 뉴욕 꽃미남들이 줄 서서 기다렸다가 사 먹는 빵이란 말이야. 오빠한테 이 케이크 맛보게 하려고 거기까지 다녀온 거라고."

장황한 설명이 사뭇 안쓰럽다. 가끔 임기응변으로 거짓말을 해대긴 하지만 빵 가지고는 하지 않는다. 매그놀리아베이커리는 정말로 플러싱에 없다. 그렇다면 정말 먹어보지 않을 수 없잖은가. 내가 아주 열심히 케이크 한 조각을 다 먹는 사이, 그녀는 푸념 조로 이야기를 늘어놓는다.

"나쁜 자식. 내가 뭐가 얼떨떨한데. 그것도 지극히나 지극히."

내가 변호사가 해준 말을 전했더니 단단히 화난 모양이다.

"난 바보가 아니라고."

"그래, 나도 알아. 바보면 어떻게 지금처럼 영어도 배워냈겠어."

"그치, 내가 바보는 절대 아니라는 거 인정하지?"

그녀는 그 '지극히나 지극히'라는, 얼마쯤 과장하며 전했던 표현에 상처 입은 듯했다. 가짜 서류나 만드는 주제에 엄청나게 잘난 척하면서 수수료도 너무 많이 받아 챙긴다고 흉봤다.

"내가 어떻게 따지고 들겠어. 그냥 바보인 척 달라는 대로 다 주고 말았던 거지."

나는 채희가 너무 상심하는 걸 보고 위로했다.

"벤저민 프랭클린이 남긴 유명한 명언이 있어. 'He is a fool that cannot conceal his wisdom. 자신의 영악함을 감출 수 없는 자는 바보'라고 했어. 그런데 너는 감추고 있잖아. 코트에 나가서도 잘 난 척하지 말고 판사님 앞에서 가능하면 눈물을 보여 봐. 넌 꼭 성공할 거야."

드디어 채희가 세 번째로 코트에 가는 날이다.

그즈음 딸의 미국 유학비자가 나왔다는 소식이 왔다. 역시 여자는 슬퍼도 울지만, 기뻐도 운다. 어디 여자뿐이랴, '기쁜데 왜 울어?' 하고 한마디 던지면 대답은 간단하고 명료하다. '너무 행복해서'이다. 그런데 내가 살펴보니 눈만 울지 입은 별로 울지 않는다. 입가에는 웃음이 잔뜩 어려 있는데 눈물방울은 떨어져 내리니 참으로 신기하다.

아침 일찍 지하철로 42가까지 간 우리는 뉴저지 뉴어크로 가는 배를 타려고 부두로 갔다.

그녀는 혹시라도 늦을까 봐 걸음을 재촉해 나를 앞지른다. 키가 커서 굽 없는 신발을 신어도 되는데 미국 여자들보다 조금이라도 더 커 보이려고 뒤축이 높은 신을 신고 빨리 걸으니 엉덩이가 쉴새 없이 춤춘다. 불과 지난 몇 년 동안 폭삭 늙어버린 나는 주인만큼이나 고된 삶을 견디다 뒤축이 푹 꺼진 낡은 구두를 신고 어깨에는 무거운 노트북 가방을 메고 있었다. 그녀의 구두 소리가 때론 앞에서 때론 뒤에서 쉴 새 없이 딸깍거리며 나를 재촉한다.

채희가 갑자기 나를 보며 물었다.

"오빠, 기자증은 가지고 왔어?"

"기자증은 왜?"

"판사가 보자고 할지 모르잖아."

"기자증 없다고 내가 기자인 걸 모르겠니. 구글 들어가서 이름만 검색해도 다 나오는 세상이야. 그러니까 너무 걱정 마라. 너 꼭 영주권 받게 될 거야."

"글쎄. 그럴 것 같기도 해. 요즘은 되게 운이 좋아요."

"뭘 보고?"

"내가 이 일을 영영 그만두기로 한 마지막 날에 말야, 2,000달러를 올렸어. 지금까지 하루에 그렇게 많이 받기는 진짜 처음이었어."

"그래서 운이 좋다는 거니?"

"응."

"그렇게 돈 많이 벌면 영주권 같은 거 해서 뭐해? 그냥 눈 질끈 감고 돈이나 벌어서 중국 돌아가면 되잖아."

"처음에는 그럴까도 생각했어. 그런데 점점 아니잖아. 딸도 오게 됐고, 지금은 미국에서 살고 싶어."

"미국이 뭐가 그리 좋아서?"

"그럼 오빠는 미국이 싫어?"

"난 진짜 별로야."

"오빠 같은 기자는 중국에서라면 이미 쫓겨났거나 감옥 갔을 거야. 여기가 미국이니까 다행이지."

채희는 내가 중국에서 쫓겨나다시피 한 사실을 모른다. 미국이 좋아서 온 줄 안다.

부둣가에서 뱃고동 소리가 울렸다. 집은 뉴저지에 있고 일하러 뉴욕으로 가는 사람들과 집은 뉴욕에 있으면서 뉴저지로 출근하는 사람들로 부두가 분주하다.

이날 코트에 나온 채희의 담당 판사는 꽤 연세가 들어 보이는 할머니였다. 할머니 판사는 별로 말이 없었다. 그냥 묵묵히 앉아서 검사가 쉴 새 없이 채희에게 질문하고, 잔뜩 겁을 집어먹은 채희가 꺽꺽거리면서 앞뒤 말을 제대로 맞추지 못하는 것을 지켜보고 있었다. 이쯤 되자 판세는 기울어져 버렸다.

"판사님, 저는 질의를 모두 마쳤습니다. 제 결론은 신채희 씨가 자신의 조국 중국에서 종교 문제로 핍박받았다는 것은 사실이 아니라고 판단됩니다."

할머니 판사도 동감한다는 듯 머리를 끄떡였다.

"신채희 씨. 밀입국할 때 경과를 좀 들려주실 수 있습니까?"

"네."

할머니 판사는 서류철을 덮고 두 손을 깍지 낀 채로 잠잠히 채희 이야기를 들었다. 강을 건널 때 브로커와 함께 하마터면 물에 빠져 죽을 뻔했던 대목에서는 순간적으로 "오, 마이 갓!" 하고 혼잣말을 했다. 곁에서 판결을 기다리던 검사도 이야기에 빠졌다.

"결국 브로커한테도 당하고 말았어요…."

여기까지 이야기했을 때 판사 할머니가 먼저 울어버렸다. 할머니 판사는 갑자기 일어나더니 채희 앞으로 다가와 막 울음이 터진 그녀의 얼굴에 흘러내린 눈물을 닦아주며 어깨까지 두드려주었다. 그러고는 자기 자리로 돌아가 검사에게 한마디 했다.

"당신은 지금도 신채희 씨의 진술이 거짓말이라고 봅니까?"

"이미 제 판단을 말씀드렸습니다."

"그 판단을 받아들이지 않겠습니다. 나는 신채희 씨의 모든 진술이 사실이라고 믿습니다. 때문에 신채희 씨의 난민 신청을 승인하겠습니다."

할머니 판사는 덮었던 서류철을 다시 열고 몇 자 적었다.

"신채희 씨, 당신은 미국에서 성실히 납세하고 하느님도 잘 믿으면서 열심히 살아가야 합니다. 앞으로 아메리카의 훌륭한 시민이 되시길 바랍니다."

상상치 못했던 대반전이었다.

변호사의 설명대로라면, 자신이 걸었던 실낱같은 희망, 바로 채희의 현장 대응이 먹힌 것이었다. 그러나 따지고 보면 할머니 판사를 울린 건 채희가 브로커에게 당했던 대목이었다. 결코 꾸며낸 이야기가 아닌 팩트 그 자체였다. 같은 여자로서 할머니 판사도 너무 마음이 아팠기 때문이었다.

"아, 판사를 무서워했는데, 어떻게 이리도 자애로운 할머니 판사를 만났는지 모르겠어. 하느님이 도와주신 것이 틀림없어."

"정말 운이 좋았습니다."

변호사도 축하해주었고 나도 축하했다.

"하느님도 스스로 돕는 자를 돕는다고 하잖아."

"아냐. 이렇게 말하는 게 더 좋겠어. God bless the people who suffer from this condition.[35] 오늘 그 고통을 깨끗하게 끝내주었어."

채희는 속담까지 고쳐가며 행복에 겨워 어쩔 줄 몰라 했다.

미국에서는 판사의 판결 하나면 모든 것이 오케이다. 검사도 코트에서 퇴장하면서 채희에게 다가와 악수를 청하며 말했다.

"신채희 씨. 오늘 판사님을 잘 만난 거예요. 축하합니다."

채희는 판사가 사인해준 난민 인정 서류를 두 손에 들고 눈물을 뚝뚝 떨구었다.

"난 판사님 말씀대로 성실하게 납세하면서 행복하게 잘 살 거야. 5년 뒤에는 시민권도 신청하겠어."

35 하느님은 고통 중에 있는 자를 돕는다.

39

채희가 폐차장 쥐동네를 떠나는 날은 그녀의 딸이 미국에 도착하는 날이기도 했다. 나한테 보관해두었던 물건들은 이미 다 옮겼다. 오후에 기중이 상상의 부탁으로 직접 차를 몰고 케네디공항으로 마중 나갔다. 기중의 옆자리에는 상상이 앉았다.

"자기 혼자 온다고 하지만 어쩐지 느낌이 수상해."

채희 딸은 유학 비자를 받았으나 채희의 난민 신청이 비준되면서 아버지와 함께 아예 이민 절차를 밟았다. 그러다 보니 미국에 들어오는 날이 훨씬 더 늦어졌다. 채희는 이 일로 여러 차례 딸과 얼굴을 붉히기도 했다. 딸은 엄마한테 아버지를 용서해주라고 계속 사정하는 모양이었다.

채희는 어찌나 화가 났던지 핸드폰을 바닥에 내동댕이치면서 나한테 푸념을 늘어놓기도 했다.

딸을 데리러 공항에 가는 날 아침, 채희는 출근하는 나를 보러 왔다.

"오늘 저녁부터는 더는 못 보겠지?"

"오빠만 보고 싶다고 하면 난 언제든 달려올 거야."

채희는 약속이라도 하듯이, 아니면 큰 선심이라도 쓰듯 정색하고 내 두 눈을 바라보았다.

'내가 설사 '밤의 괴물' 릴리스가 되는 한이 있더라도, 이제부터 딸과 함께 행복하게 보낼 너를 다시 내 곁으로 부르진 않겠어.'

"왜 말이 없어?"

"I'm just burnt out."

(기운 빠져서….)

그러자 채희는 나를 부둥켜안았다.

"I love you, Liu. Don't hate me."

(사랑해. 날 미워하지 마.)

"Yes, me too. I'm not going to hate you, either."

(응. 나도. 너 미워하지 않을게.)

나는 그녀를 다독여주고는 부랴부랴 지하철역으로 내려갔다. 42번가 타임스퀘어에 도착해 환승하러 1호선 터미널로 이동하면서 그녀에게 메시지를 보냈다.

"진심으로 행복하기…."

나는 채희를 철저하게 잊어버리기로 결심했다.

그동안 채희가 난민으로 비준받고 딸까지 데리고 온 것을 지켜보았던 샹샹은 시민권자였던 기중을 이용해 '시민권자의 배우자'가 되려던 계획을 바꾸었다.

"찐따거가 마음씨도 곱고 다 좋은데, 바람둥이인 건 싫어. 친하게 지내는 여자가 너무 많아. 나는 여자로 취급하지도 않고."

"외박까지 했으면서?"

"외박? 나를 건드리지도 않는걸. 그날 채희 언니 딸이 오는 날, 함께 공항에 나가 픽업해주고는 돌아와서 바에 갔어요. 새벽녘까지 술 마시고 호텔 가려고 했는데, 바에서 아는 여자를 만났지 뭐야. 그 여자가 찐따거한테 행패까지 부리면서 난리였어."

상상도 기중의 생활 패턴을 알게 됐다. 나이 마흔 넘도록 장가들 생각은 하지 않고 애인만 한 달이 멀다 하게 바꿔대고 있었다. 그러니 진짜로 같이 살 여자도 아닌 상상의 신분세탁을 위해 결혼해줄 리가 만무했다.

"그러고도 기도는 또 얼마나 잘하는지 알아?"

상상은 나와 함께 있을 때면 서슴없이 기중 흉을 보았다.

"한 번은 내가 물어봤어. 좋은 여자 하나 선택해서 사귀면 되지 자꾸 바꾸냐고. 그러면 상처 입은 여자들이 얼마나 원망하겠느냐고. 그러면서 도대체 성당에서는 무슨 기도 드리냐고 물었더니 뭐라는 줄 알아?"

"뭐라던?"

"기가 막혀서 말도 안 나와. 지금 매달리는 여자 빨리 떨어지고 더 좋은 여자들을 만날 수 있게 해달라고 기도한대."

이렇게까지 말하던 상상이 불쑥 이사 간다고 선포했다. 나는 상상이 기중과는 헤어지기로 단단히 마음먹은 줄 알고 이런 비밀까지 하나 누설했었다.

"실은 찐따거가 성당에 다니기 시작한 건 루시를 보고 욕심났기 때문이었단다."

그랬더니 샹샹 쪽에서 오히려 더 많은 내용이 흘러나왔다.

"찐따거가 금발 언니를 욕심낸 건 비밀도 아니야. 아저씨가 그 언니랑 헤어지고 성당에 나오지 않자 찐따거는 3개월 내로 그 언니를 자기 여자로 만든다면서 별렀어. 나중에 그 언니 남편이 병원에 입원했을 때 제일 많이 도네이션했던 사람도 바로 찐따거였는데."

샹샹은 기중이 작품에 대해서는 전혀 알지도 못하면서 그레고리의 〈좀비〉를 고가로 사서는 집으로 가져가지도 않고 성당 지하 창고에 그대로 내버려 두었다는 이야기도 들려주었다.

그렇게 여자를 위하는 일이라면 물불 가리지 않고 돈을 흥청망청 써대던 기중이었다. 결국 돈은 바닥났고, 신분 때문에 시민권자와 결혼해야 할 처지에 놓인 샹샹과 가짜로 결혼해주면서 그동안 그녀가 모은 돈을 챙겼다.

나중에 조한나에게 좀 더 자세히 듣게 되었는데, 그레고리는 흉막염으로 몇 번 병원에 드나들다가 폐암 말기 진단을 받았다. 내가 '창살에 걸린 처녀귀신'이라고 이름 붙인 작품 〈좀비〉 외에도 몇 작품이 꽤 비싼 가격에 팔렸으나, 같은 계열로 10여 개 더 만든 작품들은 모두 팔리지 않았다. 작품 일부는 갤러리에서 보관 중이었고 일부는 페레즈 신부의 도움으로 성당 지하 창고에 보관되어

있었다. 그레고리와 루시 부부는 생활고 때문에 5번가 스튜디오
도 내놓고 다른 데로 이사가 버렸다고 한다.

나는 조한나에게 물어보았다.

"그런데 갤러리들은 왜 팔리지도 않는 작품을 작가 본인한테 돌
려주지 않고 계속 가지고 있어요?"

"그건 미스터 리우가 잘 몰라서 하는 소리예요. 갤러리에서는
작품을 직접 가져다가 자기 돈으로 프레임을 씌워 전시장에 내놓
기도 해요. 그런데 정작 작품이 팔리지 않을 때 그 프레임을 벗기
고 돌려줄 수는 없잖아요. 그러니 프레임값 대신 작품 한두 점을
잡아두기도 해요."

조한나는 그레고리가 자기한테도 제대로 내지 못한 액자값이
한두 개가 아니라면서 하소연했다. 내가 이미 그의 가게에서 하던
파트타임을 그만둔 뒤에 있었던 일이었다.

"사장님이 액자 값을 못 받은 건 좀 뜻밖인데요?"

"어떡하겠어요. 작품이 금방 팔릴 거라면서, 돈을 받으면 바로 내
겠다고 사정하는걸. 다른 사람이었으면 어림없겠지만 그레고리한
테는 어쩔 수가 없었어요. 그의 아내가 공원에서 그림 그려 쥐꼬리
만큼 번 돈을 모아 와서 먼저 내고 가져갔어요. 그런데 후에는 영
영 소식이 없더라고요. 알고 보니 그레고리가 폐암 말기 확진을 받
고는 항암 치료도 거부하고 캐나다로 이사가 버렸다잖아요."

40

루시뿐만 아니라 그레고리의 페이스북도 닫혀버린 지 오래된 상태였다. 보통 미국 사람들은, 특히 소셜 미디어를 좋아하는 젊은 세대는 설사 말기 암 환자일지라도 자신의 투병 생활과 관련한 사진과 글들을 페이스북에 올려 지인들과 공유한다. 뉴욕에서 그들 부부의 첫 번째 가는 친구를 꼽으라면 페레즈 신부라고 해야 옳을 것이다. 폐암 말기 확진까지 받았으면 신부와 성당 교우들의 도움이 더 필요할 것이었다.

'굳이 캐나다로 돌아갈 것 없이 뉴욕주 안에도 얼마든지 환경이 좋은 곳을 찾을 수 있었을 텐데. 더구나 폐암 말기라면 길어봐야 3개월에서 6개월 정도 생존 가능하다던데. 지금쯤 다시 뉴욕에 돌아와 있지 않을까?'

나는 루시를 떠올릴 때마다 이렇게 되뇌곤 했다. 나중에는 상상과 함께 델란시 성당에서 신부들에게 제공한다는 숙소로 찾아가 보기도 했다.

상상은 의아해했다.

"그 언니 남편이 죽고 나면, 아저씨 진짜 그 언니랑 결혼할 거야?"

"글쎄."

"아저씨가 그랬잖아. 그 언니가 캐나다에 있을 때는 초등학교 미술 선생을 했지만, 뉴욕에 와서는 남편 뒷바라지하고 공원에서 초상화나 그렸다고. 그러니 다시 뉴욕으로 돌아오겠어? 그냥 캐나다에서 선생하고 지낼지 누가 알아."

샹샹은 자기 생각을 조리 있게 설명했다. 내가 듣기에도 일리가 있었다.

"만약 그 언니가 계속 아저씨를 마음속에 품고 있었다면 진작 연락했을 거잖아. 폐암 말기 환자들은 보통 6개월을 못 넘긴다며. 그런데 벌써 2년도 더 넘었을 텐데, 지금까지 아저씨한테 연락하지 않는 거 봐요. 어쩌면 아저씨라는 존재를 이미 잊어버렸을지도 몰라. 그러니까 아저씨도 이제 깨끗하게 잊어버리는 것이 좋을 것 같아."

나를 이렇게 설득하기까지 했다. 나는 샹샹에게 약속했다.

"샹샹, 네 말이 맞아. 아저씨가 정말 바보였어. 약속하마. 이제부턴 루시도, 채희도 깨끗하게 다 지우고 너하고만 친하게 지낼게."

샹샹은 기뻐서 어찌할 줄 몰라했다.

나중에 샹샹의 고백에 따르면, 루시와 채희까지 다 사라지고 났을 때 샹샹도 찐따거와 헤어지고 나와 함께 살 결심을 했다고 한다.

샹샹이 나를 기만했다고 생각하지는 않는다. 어쩌면 샹샹이 스스로를 기만했을 것이다. 상상이 떠난 뒤 꽤 오랜 시간이 지나고 야 루시의 푸른 눈과 금발을 이상화하여 내 주위 여자들에게 내 멋대로 투사해 왔음을 깨달았다. 나아가 육체의 쾌락과 정신의 평 강이 주는 즐거움 사이에서 마음을 정하지 못하고 있었다. 그러다 보니 정신이 내 육신을 완벽하게 지배한다는 느낌이 들 때조차도 정작 정신으로 해결할 수 없는 결핍, 다시 말해 육체에서 정신화 하지 못한 것에 대한 목마름으로 방황하고 있었던 것이었다. 루 시와 채희까지 떠나보내고 나서 항상 머리맡에 두었던《창녀》같 은 책들을 치워버렸다. 대신 간밤에는 자정까지 칼릴 지브란의 《예언자》를 읽다가 잠들었다. 《예언자》에서는 추억에 대해 전혀 상반된 두 가지 논조를 견지한다. "추억은 일종의 만남이다."라고 하면서, 한편으로는 "희망의 길에서 발에 걸리는 돌멩이다."라고.

나는 이에 대해 '과거와의 만남을 경계하라'는 것 아닐까 하고 나름대로 해석해보기도 했다. 칼릴 지브란은 미국 이민자로, 인생 의 대부분을 뉴욕에서 보냈다. 마흔여덟의 한창나이에 간 경변과 폐결핵으로 사망했다. 《예언자》는 그의 대표작으로, 얼마나 사랑 받았는지 20세기의 성서라고도 불린다는데, 나는 40대에 접어들 어서야 비로소 읽고 있었다.

어제의 추억과 오늘의 현실 사이에서 오가며 방황하는 삶은 한 없이 고단하고 궁핍했다. 온종일 이 책을 곱씹고 또 곱씹으며 읽 어 내려갔다.

"나뭇잎 한 장이 노랗게 말라버렸다면, 나무 전체가 알면서도 조용히 입을 다물었기 때문입니다. 죄인이 잘못을 저질렀다면, 그대들 모두에게 숨겨진 의지가 있었기 때문입니다."

지브란은 죄를 이런 식으로 표현했다. 개인의 잘못보다는 사회 전체의 잘못을 지적한다. 나는 구절을 읽으면 이렇게 아전인수격으로 리메이크해 보았다.

"루시와 채희라는 나뭇잎 두 장이 노랗게 말라갈 때, 사회 전체가 알면서도 조용히 입을 다물었다. 만약 내가 죄인이라면, 나 같은 모든 남자에게 숨겨진 의지가 있었기 때문이 아니었겠나."

한 100년쯤 지나 나처럼 이렇게 자기 합리화를 꾀하는 독자가 나올 줄 대비라도 했는지, 지브란은 또 이렇게 말을 던진다.

"이봐요, 리우. 당신은 먼저 당신 자신이 베풀 수 있는 자격이 있는지, 그리고 베풂을 행하는 도구가 될 수 있는지 되돌아보시오."

남을 도울 때 그 도움의 진정한 목적이 과연 무엇이었는지 되새기게 만드는 나 자신의 독백이기도 했다. 사실 그들을 도와주었다고 대놓고 말하기에는 미미한 도움들이었다. 게다가 그 도움으로 그들과의 은밀한 쾌락을 예감하거나 기대하기까지 하지 않았던가.

결국 상상이 이사 간다고 몇 번이나 나한테 암시해올 때 말리거나 붙잡지 않았던 것은 나 자신에게 쉴 새 없이 권고하고 있었기 때문이다.

'나는 정말 이 아이만큼은 진심으로 도와주어야 한다.'

칼릴 지브란의 말대로, 언젠가는 추억으로 되돌아가 어김없이 만나게 될 이 모든 이야기가 결코 내 앞길을 가로막는 돌멩이가 되게 해서는 안 되기 때문이었다. 생트뵈브의 말을 빈다면, 추억도 식물 같은 데가 있어서, 추억도 식물도 싱싱할 때 심어두지 않으면 뿌리를 박지 못하니, 우리 싱싱한 젊음 속에 싱싱한 일들을 남겨놓지 않으면 안 되는 것처럼 말이다.

41

그로부터 한 달쯤 지났을 때 샹샹이 불쑥 위챗에 올라왔다. 곧 영주권이 나온다며 만나자고 했다. 기중의 도움으로 시민권자 배우자 케이스로 영주권을 신청하고 얼마 전에는 이민국에 가서 면담까지 하고 돌아왔다고 한다. 자랑하고 싶은 이야기가 많은 모양이었다. 나는 바쁘니 나중에 다시 연락하마고 위챗에서 나왔다.

바로 다음 날 저녁 퇴근길에 샹샹과 부딪히고 말았다. 내가 평소 들르는 집 근처 마켓에서 나를 기다리고 있던 것이 틀림없었다. 하는 수 없이 샹샹이 이끄는 대로 마켓 안에 있는 커피매장으로 갔다.

"아저씨, 찐따거가 뒤에서 아저씨를 뭐라고 하는 줄 알아?"

"뜬금없이, 왜?"

"아저씨가 지금도 혼자 지내는 걸 보고 남자 구실 못하는 병신은 아닐까 의심까지 해."

"아이고 애야, 이제는 아저씨한테 못 하는 소리가 없구나."

나는 샹샹이 갖다 준 커피를 받아 앞에 놓고는 말했다.

"내가 병신이 아닌 건 네가 잘 알잖아."

"어머머, 그걸 내가 어떻게 알아요? 아저씨랑 잔 적이 있었나?"

"너 상상 맞아? 내가 알고 있는 상상?"

"아저씨, 나도 이제는 어리지 않아요. 아저씨는 내 나이가 올해 얼만지도 다 잊어버렸지?"

"그게 나이랑 무슨 상관이냐, 어린 여자가 함부로 아저씨한테 자기랑 자본 적 있냐고 하다니."

그러자 상상도 지지 않았다.

"에이, 아저씨가 그 금발 언니도 좋아했고 채희 언니하고도 다 락방에서 뒹굴었던 거 나 말고 또 누가 더 잘 알겠어."

"그러니까 말이야. 너의 찐따거가 의심할 때 바로 네가 아저씨를 증명해줘야 하는 거잖아."

"당연히 증명했지. 근데 가만 생각해보면 지금도 의심스러운 게 하나 있거든."

상상은 나를 빤히 쳐다본다.

"또 뭐가?"

"근데 아저씨는 진짜 왜 사랑을 안 해?"

"내가 하는지 안 하는지 네가 어떻게 알아?"

"내 말은 그런 사랑 말고."

한참 어떻게 설명해야 할지 뜸을 들였다.

"그냥 여자랑 섹스만 하는 건 사랑이 아니잖아."

상상은 나름대로 원초적인 욕망에 의한 성행위와는 다른 의미의 사랑을 이야기하고 싶어 했다. 그동안 내가 자기를 챙겨주고 아껴주고 걱정해주었던 것도 샹샹이 말하고 싶어 하는 사랑은 아니었다. 이미 기중과 1년 가까이 동거하고 있었지만, 자신은 절대로 그와는 사랑하는 게 아니라고 확신한다고 말했다. 샹샹은 과연 무슨 사랑을 말하고 싶었던 것일까.

그러잖아도 아침에 출근할 때 2층 복도에서 주인할머니와 만났다. 샹샹이 떠난 베이스먼트에 이미 다른 사람이 세를 들었고, 2층에도 새 사람이 들어온다고 한다. 루시가 들어 있던 방이다. 한 아가씨가 보고 갔는데 무척 마음에 들어 한다면서, 그 아가씨한테 하우스가 좀 낡긴 했지만 3층 다락방에는 신문에 매주 사진이 나오는 유명한 기자도 벌써 몇 해째 다른 데로 이사 가지 않고 계속 여기서 살고 있다고 은근 자랑했다고 한다. 그러면서 그 아가씨도 신문에서 본 적 있다면서 자기한테 소개해줬으면 하는 속내를 비쳤다고 했다.

'아, 그래요? 그럼 소개해주세요. 한 번 만나보죠, 뭐.' 하고 전 같았으면 대뜸 반겼을 터인데, 이제는 누구를 소개해준다는 소리만 들어도 기분까지 언짢아졌다. 나는 주인할머니한테 손사래를 쳤다.

"제발, 다시는 누구 소개해준다는 말 같은 거 꺼내지 마세요."

그러고는 텅텅거리며 다락방으로 올라가는데 등 뒤에서 이런 소리가 들려온다.

"어이쿠, 여자 귀한 줄 모르고 배부른 홍정만 해대다 제풀에 놓

271

쳐버리고서는."

'이런, 제기랄. 이젠 할머니까지 나를 놀려요?' 하고 꽥 소리치려다가 말았다. 나는 돌아서서 일부러 주인할머니를 향해 한바탕 재채기를 해댔다.

"아유, 이 알레르기를 어떡하면 좋아?"

콧물까지 거침없이 줄줄 흘러내리자 나는 그냥 손으로 훌쩍 닦아서는 계단 손잡이에 쓱 문질러 버렸다. 할머니가 놀리는 말에 잔뜩 화가 났던 나는 이런 식으로 분풀이했다.

"어이쿠, 메스꺼워, 우리 중국 사람들 지저분한 짱꼴라라고 놀릴 때는 언제고."

할머니는 비명을 지르면서 2층 출입문을 쾅 하고 소리 나게 닫아버렸다. 나는 주인할머니 들으라고 계속 재채기를 해댔다.

42

상상은 영주권이 생기자 바로 기중과 이혼했다. 기중이 집에서 나간 뒤 혼자 지내기에는 방세가 너무 비싸다며 나한테 절반을 내고 같이 지내자고 했다.

"영주권도 나왔겠다, 이제는 빨리 아버지, 엄마 초청해 와야 하잖아. 그 방에 남을 넣어도 어차피 금방 내보내야 할 텐데?"

그러자 상상은 울상을 했다.

"영주권자는 시민권자와 달리 부모를 초청하는 데 시간이 엄청 걸린대. 초청해도 확실하게 비자가 나온다는 보장도 없고. 그때까지 어떻게 이 많은 집세를 혼자 감당하겠어."

"그랬다가 생각 외로 부모님이 빨리 오면 어떻게 할 거야? 세든 사람은 내쫓을 거야?"

"아니, 아저씨가 들어오면 엄마 아빠가 와도 계속 같이 살 거야."

상상은 아양도 떨고 칭얼거리기도 한다. 1년 전의 그 순둥이가 아니었다.

무슨 일이 있으면 명령이라도 하듯 나를 호출하기도 한다. 한번은 늦은 밤에도 나를 불렀다. 달려갔더니 혼자서 낑낑대며 비닐 주머니에 담긴 물건들을 아파트 지하로 끌고 내려가고 있었다. 기중과 살 때 사용했던 물건들이었다.

"다 쓸 만한 새것들이구나. 왜 버리려고 그래?"

"기분 나쁘단 말이야. 몽땅 바꿀 거야."

"버리지 말고 날 줘."

내가 비닐 주머니 속에서 이것저것 뒤져내자 샹샹은 몸서릴 치면서 새된 소리를 냈다.

"안 된다니까. 아저씨는 더 안 돼."

"아니, 밖에 내놓아도 워낙 새것이라 금방 남들이 가져갈 거야."

"글쎄, 남들이 가져가도 아저씨는 안 돼."

샹샹이 나를 부른 건 침대까지도 버리기 위해서였다. 침대뿐만 아니라 매트리스, 침대보도 모두 새것이었는데, 모조리 내던져버릴 심산이었다.

샹샹이 들려준 이야기에 따르면, 기중이 애인을 데리고 집에 들어오는 날엔 자신은 벽장 안에 들어가 숨어 있었다고 한다. 침대까지 버리는 이유는 바로 그것이었다. 그러나 너무 새 침대라 그대로 버리기에는 정말 아까워 주인할머니에게 연락했다. 그러자 사람 둘을 데리고 와서 침대와 매트리스까지 모두 가져가 버렸다.

"이제는 리우 선생만 여기에 이사 들어오면 딱이겠소."

주인할머니는 실눈을 뜨고 나를 샹샹한테 갖다 붙였다. 샹샹이 곁에서 듣는 걸 알고 나는 정색하며 할머니한테 대답했다.

"아니, 이 애랑 그렇게 할 거면 처음 미국에 왔을 때 벌써 데리고 살았지요. 지금까지 내버려 뒀겠어요?"

주인할머니가 돌아가자 샹샹은 소리 내어 울었다.

"아저씬 왜 나를 여자로 안 봐?"

"여자가 아닌 걸 아니라고 하지, 뭐 어떡하겠냐?"

"내가 왜 여자가 아닌데."

"내 눈에 통 여자로 보여야 말이지."

"그런 거 아니잖아. 내가 찐따거랑 1년이나 같이 살았다고 더러운 여자라고 그러는 거잖아."

"하늘에 맹세코, 그런 건 절대 아니야."

"그럼 뭔데?"

"네 말대로라면 채희 언니는 몸 팔던 여자였어. 내가 언제 그런 거로 사람 평가하고 그러더냐?"

"그러니까."

샹샹은 안타까운 듯 발까지 굴러댔다.

"난 이래 봬도 어렸을 때는 집에서 '화둬'[36]처럼 자랐어요. 온 동네 사람이 모두 나를 예쁘다고 했단 말이야.

"그래그래, 너 화둬 맞아."

나는 샹샹을 가까스로 달래서 울음을 그치게 했다.

"화둬면 뭐해. 아저씨한테는 그런 일 하던 여자는 여자가 맞고 나는 여자가 아니라면서. 남자들은 왜 모두 그래요? 그러잖아도

36 花朵. 꽃봉오리의 중국말.

얼마 전 우리 가게에 왔던 어떤 손님이 그랬어. 여기 뉴욕에는 혼자 사는 남자들이 그런 여자들한테 퍼넣고 있는 돈만 해도 엄청나다고. 그러니까 그런 여자들만 살판 난 거잖아?"

상상 말대로 뉴욕의 성 산업 규모는 실로 엄청나다. 골목마다 사창가요, 한 아파트 단지에 최소한 수십 명씩 그 일을 하는 여자들이 살고 있다. 얼마 전 뉴욕에서 발행된 몇몇 중국계 신문에서는 뉴욕시 전체도 아니고 퀸즈 지역 중국인 사회의 매매춘 성 산업 규모가 연간 1억 달러에 달한다는 기사를 내보내기도 했다. 여기에 한인 사회를 비롯한 전 뉴욕시 전체를 대상으로 하면 그 규모는 상상을 초월할 것이다.

이야기가 이상하게 뻗어가자 상상은 울음을 멈췄다. 그러나 눈물은 계속 볼을 타고 흘러내렸다. 언제부터인지 나는 상상의 눈물이 무서웠다. '시민권자 배우자' 케이스를 선택할 때도 구제할 수 없었던 나의 처지와 무능 때문에 그녀 앞에선 항상 죄인이 된 기분이 들었다.

"채희 언니도 할 수 없이 그렇게 돈을 벌기는 했지. 하지만 얼마나 힘들었어. 다른 좋은 일자리가 있으면 그렇게 했겠어요? 도대체 우리가 미국에 왜 왔는지 모르겠어."

"아이고, 그런 나쁜 년 이름은 제발 입에 담지 좀 마라."

나는 상상의 관심을 딴 데로 돌리고, 채희와도 관계없다는 걸 강조하려고 다소 과장되게 말했다.

"누구? 채희 언니? 채희 언니가 나쁜 년이야?"

샹샹은 놀라며 울음을 멈췄다.

나는 이틀 전 채희가 플러싱도서관 근처에 새로 오픈한 빵집에 우연히 들렀다가 당했던 봉변 이야기를 해주었다. 빵집 이름도 '채희병점'이었다. 중국 사람이 하던 빵집을 인수한 것이었는데, 채희가 직접 제빵사들과 함께 베이스먼트에서 빵을 구웠다. 어디를 뜯어보아도 엄마를 그대로 빼닮은 채희 딸이 키운터를 지키고 있었다.

후에 다른 사람을 통하여 얻어들었는데, 모녀 사이가 상당한 긴장 상태였다. 채희의 전남편도 미국에 들어와 있기 때문이었다. 전남편은 채희 집에는 발을 들여놓을 수 없었다. 처음에는 셋방도 구하지 못한 데다가 돈까지 떨어져 공원 벤치에서 10여 일 지낸 적도 있었다고 한다. 그러다 보니 목욕도 못 하고 옷도 갈아입지 못 하고 거리를 떠돌다가 채희가 없는 틈을 타서 몰래 딸을 찾아갔다고 한다.

"아빠, 불쌍해서 어떡해."

딸은 엉엉 울음을 터뜨리고 말았다. 채희의 전남편은 부리나케 목욕하고 주방에서 딸이 끓여주는 라면을 대충 얻어먹고 나오다가 장을 보고 귀가하던 채희와 빌딩 로비에서 부딪치고 말았다.

"내가 없을 때 집에 기어들어 왔다가는 경찰을 부를 거야!"

채희가 눈살이 꼿꼿하게 독살을 부렸다고 한다. 딸이 자기 몰래 전남편과 연락하고 지내는 걸 알게 된 채희는 딸에 대해서도 마음을 놓을 수 없었다. 카운터를 지키는 딸을 의심했다. 저녁에 매출을 계산할 때 조금이라도 돈이 모자라거나 계산이 틀리면 바로 아버지한테 빼돌리지 않았는지 의심하면서 꼬치꼬치 따지고 들었다고 한다.

"와, 그 언니 그렇게 무섭고 사나운 줄 몰랐어요."

상상도 놀라 혀까지 내밀었다.

"말도 마라. 장사하더니 완전히 딴사람이 되고 말았어. 인정사정없더구나. 길에서 화장실을 못 찾은 어떤 노인이 급한 나머지 빵집에 들어갔는데, 눈에 쌍불을 켜고 내쫓더구나."

채희는 빵집 화장실에다 비밀번호를 사용하는 디지털 도어록을 설치했다. 영수증에 그 비밀번호가 찍혀 나왔다. 나는 우연히 빵집에 들렀다가 영수증에 찍혀 나온 화장실 비밀번호가 너무 작아 잘 보이지 않기에 카운터에 가서 번호를 알려달라고 했다. 채희 딸은 두말없이 메모지 한 장을 뜯어 숫자 몇 개를 적어주었다. 그 메모지를 받아 화장실 쪽으로 걸어가는데 뒤에서 채희가 불쑥 나타나 딸에게 욕설을 퍼붓는 것이 아니겠는가.

"넌 화장실 번호를 아무한테나 다 알려 주냐?"

"저 손님은 아까 밀크티를 마셨어요. 영수증을 잃어버린 걸 어떡해요."

채희 딸은 기어들어 가는 소리로 대답했다. 나는 채희 목소리를 금방 알아들었지만 그녀가 무안해할까 봐 낯선 사람인 척할 수밖에 없었다. 화장실에서 나왔을 때도 한참이나 바깥 동정에 귀를 기울이면서 채희 목소리가 안 들릴 때까지 기다렸다.

'아이고, 채희가 많이 힘든지 독해졌구나.'

나는 뒤도 돌아보지 않고 부랴부랴 빵집에서 나와 버렸다. 그런데 채희 딸이 따라 나오며 말을 걸어왔다.

"아저씨, 혹시 신문사에 다니는 리우 아저씨 맞으세요?"

"네가 그걸 어떻게 아니?"

"전에 엄마한테 들은 적 있어요. 아저씨 페이스북에 들어가 사진도 보았고요. 아저씨가 도와주셔서 엄마가 영주권도 받을 수 있었다고 하던데요. 엄마가 미국에서 믿을 수 있는 유일한 사람은 아저씨 한 사람뿐이라고 했거든요. 제가 가서 엄마를 불러올게요."

채희 딸이 나를 붙잡으려는 바람에 나는 기겁했다.

"애, 제발, 나를 봤단 얘기 하지 말거라."

나는 허둥지둥 도망치다시피 자리를 뜨고 말았다.

이 일을 샹샹한테 들려주었더니 나를 놀린다.

"아니, 왜 도망쳤어? 그 언니 딸도 아저씨 이야기 들은 거고, 금방 알아보기까지 했잖아. 같이 있을 때는 나는 거들떠보지도 않고 그렇게 죽자 살자 하더니."

나는 손가락으로 샹샹의 이마를 한 대 튕겼다.

"녀석이 말버릇하고는. 죽자 살자 했다니?"

"그 언니하고 있을 때 너무 힘을 많이 빼서 계단에서 넘어져 뒹굴기까지 했잖아요."

내 모든 추한 비밀이 샹샹의 머릿속에 고스란히 담겨 있었다.

그러나 내가 계단에서 굴렀던 것은 채희와 상관없는 일이었다.

"너도 깜빡할 때가 있구나."

"응? 뭐가?"

"계단에서 굴렀던 거, 그게 어디 채희 언니 때문이었더냐?"

"아, 그러니까 그건 금발 언니가 와 있었을 때였구나."

샹샹은 머리를 끄떡이면서 한마디 더 했다.

"아저씨가 진짜 죽자 살자 했던 여자는 그 금발 언니였지."

나도 인정한다는 듯 머리를 끄떡였다.

"참, 아저씨는 지금도 그 언니 그렇게 보고 싶어?"

샹샹이 불쑥 묻는다.

43

그로부터 며칠 뒤였다.

취재 차 뉴욕 업스테이트에 와 있던 나는 한창 단풍이 익는 10월의 캐츠킬산에 흠뻑 빠졌다. 얼마 전까지만 해도 신록으로 무성하던 나뭇잎들이 이제는 시뻘겋게 익어버렸다. 돌을 던지면 출렁소리라도 날 듯한 파란 하늘까지도 단풍 빛에 온통 물들어버린 듯했다.

수잔에게서 갑작스럽게 리빙스턴 매너에 와 있다는 연락이 왔다. 내가 취재하고 있었던 울스터 카운티의 킹스턴과 리빙스턴 매너는 그리 멀지 않다. 캐츠킬산맥 여기저기에 흩어져 제각기 매력을 발산하는 작고도 평화로운 마을 가운데 가장 유명한 마을이 킹스턴과 리빙스턴 매너였다.

240여 년 전 뉴욕주의 첫 번째 주도가 되었던 킹스턴의 매력은 길가에 즐비한 빅토리아풍의 주택과 작은 상점들, 카페들, 그리고 갤러리들에서 발한다. 17, 8세기 네덜란드 식민지였다가 18~19세기에는 교통과 상업 중심지로 발전했고 오늘날에는 제조업과 관광이 도시의 중심 산업이 되었다. 거리 곳곳에 도시의 역사를 보여주는 건물이 많아, 20세기 산업의 흥망성쇠라는 다양한 역사의 굴곡을 그대로 느낄 수 있다. 어쩌면 킹스턴은 도시 전체가 갤러리라 해도 과언이 아니다.

거리와 골목들에 유달리 팜투테이블[37] 레스토랑이 많았다. 플러싱에 거주하는 한인 등산객들이 이곳을 다녀가면서 한글 레스토랑 간판을 보았다고 해서 취재 나온 것이었다. 대구로 만든 피시 앤 칩스로 유명한 레스토랑으로 한국인이 주인이었다. 나는 그를 취재하기 위해 3시간이나 운전해서 갔지만, 사전에 약속하지 않고 찾아간 바람에 만나지는 못했다. 그가 뉴욕으로 볼일 보러 갔다며 이틀 동안 레스토랑에 나오지 않을 거라고 카운터를 지키던 미국 여인이 알려준다.

미국 해양박물관 근처에 있는 이 레스토랑은 그 명성을 자랑하듯 한쪽 벽면에 이곳을 다녀간 유명인들의 사진이 다닥다닥 붙어 있었다. 앤서니 보데인처럼 유명한 셰프 겸 방송인 얼굴은 알 만한데 낯선 아시아계 얼굴들도 꽤 있었다.

"혹시 이 사람들도 유명한 사람들인가요?"

미국 여인에게 물었더니, 이렇게 되묻는다.

"당신, 중국인인가요? 아니면 한국인인가요?"

나는 어느 쪽으로 대답하면 좋을지 몰라 잠깐 망설였다. 틀림없

---

37 farm-to-table, 농장의 채소를 그대로 식탁으로 가져온다는 뜻으로, 뉴욕의 한 레스토랑에서 시작했다.

이 이 사진 속 인물들도 중국인과 한국인 가운데 어느 한쪽이기에 이렇게 물었을 것이다.

나는 사진에서 가까스로 낯익은 얼굴을 발견했다. 뉴욕에서 활동하는 한국인 설치작가 강익중이었다. 차이나타운에 있는 그의 펜트하우스에서 그를 취재한 적이 있었기 때문이다.

"뭐, 중국인이라 해도 되고 한국인이라 해도 됩니다."

내 대답에 그는 어리둥절해 했다.

"두 나라 국적을 다 가지고 있나 봐요."

"아니요, 한쪽은 패스포트를, 다른 쪽은 피를 가지고 있습니다."

"호호, 지극히 보헤미안답네요."

나는 강익중 이름을 영어 스펠링으로 한 자모씩 뜯어 읽으며 물었다.

"이 사람 혹시 한국인 아티스트 아이 케이 중 캉(Ik Joong Kang)인가요?"

"네. 미스터 캉은 한국인 맞아요."

그는 비교적 젊은 50대 중반의 강익중보다 훨씬 나이 들어 보이는 얼굴 하나를 가리켰다.

"이 사람이 누군지 아십니까?"

"잘 모르겠는데요."

"이분은 캉보다 훨씬 더 유명한 포 김입니다. 뉴욕에 사는 한국 사람이라면 다 알아요."

나는 한 번도 본 적 없는 데다 포 김도 처음 듣는 이름이었다.

알고 보니, 뉴욕에서 100세 가까이 살다 몇 해 전에 세상을 뜬 김보현 화백이었다. 그에 대해서는 수잔이 꽤 많은 이야기를 들려주었다. 그는 캐츠킬산에 별장까지 마련해 두고 주말이면 빨간색 스포츠카를 몰고 와서 며칠씩 지냈다고 한다.

'그래, 나도 언젠가는 별장까지는 몰라도 자그마한 통나무집 한 채쯤이야 마련할 수도 있잖은가.'

이런 생각을 하면서 킹스턴에서 리빙스턴 매너까지 차를 달렸다. 수잔이 리빙스턴 매너에 온 것은 그동안 폐암으로 사망한 줄 알았던 그레고리가 갑자기 연락해 왔기 때문이라는 것이다.

"그레고리가 글쎄 다시 작품을 만들겠다고 연락했어요. 정말 이런 기적이 어디 있겠어요. 그때 폐암 말기였다는데, 지금은 다 나았대요. 항암 치료는 일절 하지 않고 공기 좋은 곳에서 막스 거슨 박사의 치료법[38]으로 폐암을 이겨냈대요."

나는 놀라지 않을 수 없었다.

"그때 성당 사람들한테서 그레고리와 루시가 캐나다로 이사 갔다는 소릴 들었는데, 어떻게 리빙스턴 매너에서 살고 있었대요?"

"그러게 말이에요. 하여튼 리우도 와서 같이 만나볼 거죠?"

"네, 갈게요."

내가 정신없이 리빙스턴 매너로 차를 몰아갔던 것은 루시와 만나기 위해서였다. 내비게이션에 리빙스턴 매너까지 40여 분 남았다는 표시가 나타났을 때, 길가에 '스완 레이크'라는 표지판이 보

---

38 암을 이기는 식이요법으로 유명하다.

였다. 곧이어 내비게이션 중앙에 백조 모양의 호수 그림이 떴다. 나는 이 호수에 들르고도 싶었으나 루시를 보고 싶어 지체할 수 없었다. 수잔이 보내준 주소는 리빙스턴 매너에서 가장 유명한 브란덴부르크베이커리였다.

나는 갑자기 이런 의심이 들었다.

'루시가 과연 지금까지도 그레고리와 함께 살고 있을까? 이 몇 해 동안 그를 떠나지 않고 곁에 있었단 말인가?'

나는 막스 거슨 박사의 치료법이라는 것이 방사선 항암치료보다도 더 혹독하고 힘들다는 이야기를 들었던 적이 있었다. 그는 이 치료법대로 하다가 포기했다고 했다.

"하루에 다섯 번씩 커피 관장을 어떻게 해요? 그건 정말이지 항암 치료보다 더 어렵지, 결코 쉽지 않아요. 그리고 하루에 녹즙 열세 잔도 그래요. 며칠 마셨더니 팔과 다리에서 이상한 버섯 같은 게 솟아나기도 했어요. 아서라, 이렇게 살 바에는 차라리 죽고 말겠다면서 관뒀던 거예요."

루시의 지금 모습이 어떨지 상상되지 않았다. 나는 루시가 그레고리와 헤어진 다음 건강한 남자를 만나 결혼도 하고 지금쯤 아이도 하나 낳아 잘살고 있을 거라고 상상했기 때문이다.

'지금 그레고리와 함께 있는 여자가 루시 맞을까, 그렇다면 예전처럼 나를 좋아할까?'

나는 베이커리로 바로 들어가지 않고 좀 떨어진 주차장에 차를 세우고는 베이커리와 길 하나 사이에 있는 모건 아웃도어즈라는 관광 상품 가게 앞에서 베이커리 쪽을 한참 흘끔거렸다. 앞에는 담장이나 가림막이 없어서 몸을 숨기기가 쉽지 않았다. 나는 베이커리 쪽으로 더 가까이 갈 방법이 없을까 고민했다. 그때 마침 베이커리에서 한 여자가 나왔다. 처음엔 바로 알아보지 못했지만, 자세히 보니 루시였다. 나는 조용히 그 뒤를 따랐다.

루시는 메인 스트리트로 조금 내려가더니 마켓 앞에 세워놓은 밴에 올랐다. 나는 수잔에게 조금 늦어진다는 메시지를 보내고는 뛰어가다시피 차로 돌아가 루시의 밴을 따라갔다. 한참 뒤에 바로 스완 레이크로 접어드는 길목이 나타났다. 밴이 화살표 쪽으로 굽어들자 나도 바짝 따라붙었다. 10여 분쯤 달렸을 때 길가에 '김가네 장어구이'라고 쓴 나무 팻말이 나타났다. 팻말에 그려진 화살표 방향으로 가니 십자가가 달린 큰 건물 하나가 눈에 들어왔다.

한국인이 운영하는 산장이었다. 산장 뒤로 스완 레이크가 펼쳐져 있었다. 산장 바로 앞 목조 건물에는 스완모텔이라는 간판이 걸려 있었는데, 그 뒤쪽 숲속 도로로 루시의 밴이 사라져버렸다. 나는 그곳에 일단 차를 주차했다. 숲 너머는 바로 호수였다. 숲속으로 나 있는 작은 도로를 따라 얼마 들어가지 않았는데, 루시의 밴이 보였다. 루시는 버블 포장지로 꽁꽁 싼 액자 비슷한 것을 힘겹게 밴 쪽으로 옮기고 있었다.

나는 이 심정을 뭐라고 표현할 방법이 없었다. 루시가 다시 밴에 오른 뒤 나는 주변을 더 살펴보려고 숲으로 조금 더 걸어 들어갔다. 숲 사이로 푸른 호수가 안겨 왔다. 호수 주변 곳곳에는 낚시용 좌대들이 설치돼 있었다. 작은 공터 건너편에는 목조주택이 있었다. 식민지 시절에 유행했던 넓은 베란다가 딸린 1.5층짜리 주택이었다. 낡은 집이었으나 지붕이 완만했고, 처마 모양이 독특하고 기품 있었다.

'이런 곳에서 살고 있었구나. 뉴욕주 업스테이트에서 첫 번째로 치는 휴양지이긴 하지….'

그때 나무에 매달려 있는 감시 카메라를 발견했다. 나는 침착하게 방향을 돌려 호수 쪽으로 한참 걸어갔다. 낚시터에 도착해서는 호수를 구경하는 척하다가 바로 돌아설 생각이었다. 하지만 놀랍게도 그곳에도 카메라가 있었다. 나는 후회막급이었다.

'내 모습이 이 카메라에 다 잡혔겠어.'

하는 수 없이 낚시터에서 '김가네 장어구이'라는 나무 팻말이 있는 곳으로 와 화살표를 따라 산장 쪽으로 걸어갔다. 카메라 주인 눈에 산장에 놀러 온 여행객처럼 보이게 하기 위해서였다.

식은땀까지 흘렀다. 언젠가 루시에게 들은 이야기가 떠올랐기 때문이다. 그레고리가 그녀의 핸드백은 물론이고 신발 깔창 속에까지 도청기를 숨겨 두었다고 했었다. 물론 뉴욕에 올 때 진심으로 참회하는 마음으로 모두 다 없앴다고 했지만, 이렇게 여전히 집 주변 곳곳에 카메라를 설치해둔 것을 보니 섬뜩한 느낌이었다.

나는 장어구이 팻말이 있는 모텔로 들어갔다. 1층은 엄청나게 큰 식당이었다. 여러 사람이 주인인 듯한 부부가 직접 구워주는 장어에 술을 마시고 있었다. 주인도 한인이었고 손님들도 대부분

한인이었다. 주방 쪽으로 다가가 어정쩡하게 서 있는데, 한 남자가 다가오면서 반가워했다.

"이 사람아, 자네 리우 기자 아닌가? 날 모르겠나?"

여기서 기중의 형을 만나게 될 줄은 정말 생각지도 못했다.

"아니, 형님이 어떻게 여기에 와 계십니까?"

"기중이가 말을 안 했나 보네. 뉴욕에서 산골로 들어와서 산 지가 벌써 여러 해 되었어."

원래 부동산 회사를 운영했던 기중의 형은 이 방면 정보를 많이 알고 있었다. 한 외국인이 이 모텔을 내놓자 인수하여 아예 거처까지 이곳으로 옮겨 부부가 함께 운영하고 있다고 했다. 그는 미국에 이민 오기 전부터 호숫가에 산장을 짓고 낚시로 세월을 보내는 게 마지막 로망이었다고 한다. 드디어 그 꿈을 이룬 후 얼마 전까지만 해도 이곳을 방문하는 손님들에게 아침 식사를 제공하고 프라이드치킨을 팔았다고 한다. 그러다가 최근 들어 한국인 여행객들이 늘어나자 직접 낚시로 잡은 메기매운탕과 전문 장어잡이에게 공급받은 장어구이까지 하게 되었다는 것이다.

내가 동생인 기중을 못 본 지 한참 되었다고 말하자 그는 불쑥 화를 냈다.

"나는 벌써 몇 해째 소식까지 다 끊고 지내네. 100만 달러나 들여서 정비소를 차려줬더니 몇 해 사이에 다 말아먹고 말았네. 장가들 생각은 하지 않고 여자들 뒤꽁무니만 따라다니며 세월을 보내는 한심한 놈일세."

나는 어떻게 기중의 역성을 들어주면 좋을지 몰랐다.

"형님, 여자 좋아하는 사람들은 대부분 마음이 착하답니다."

"착하기는 개뿔, 바보인 게지."

구운 장어에 소주가 몇 잔 오가자 그가 물었다.

"그나저나, 리우 기자는 왜 아직도 혼자인가? 전에 금발 미인이 랑 다녔던 기억이 나는데. 한 번은 나한테 소개하지 않았던가?"

그러나 그 금발 미인이 모텔 맞은편 숲속 주택에 사는 여자라는 사실을 그는 모르고 있었다.

"저야 중국에 아내와 아이까지 멀쩡하게 있잖습니까."

내 대답에 그가 혀를 찼다.

"벌써 헤어져 지낸 지 몇 해쩬가. 10년도 더 되었잖은가. 자네는 망명 작가라 아내는 따라올 수 없었다면서. 이제는 서로 현실을 직시해야 할 때가 아니겠나. 길지 않은 인생일세. 좋은 세월 다 가고 있는데, 언제까지 이렇게 혼자서 늙어갈 셈인가?"

나는 솔직하게 고백했다.

"형님 말씀이 맞습니다. 그래서 요즘은 여러 생각이 듭니다."

"어디 마음에 둔 여자라도 있긴 한가? 있다면 한번 데리고 놀러 오게. 내가 무료로 재워주고 먹여주고 할 테니까. 정말 아무 걱정 말고 놀러 와서 있고 싶을 때까지 있어도 되네."

나는 이때다 싶어 슬쩍 물었다.

"아까 이쪽으로 올 때 맞은편 숲속에 나무로 지은 집을 하나 보 았습니다. 사람이 사는 것 같지는 않던데, 좀 낡긴 했지만 베란다며 지붕이며 아주 예쁘더군요. 혹시 팔자고 내놓은 집입니까? 나도 그런 나무집 한 채 사서 형님처럼 살면 정말 좋겠습니다."

"아쉽게도 그 집은 지금 사람이 살고 있네."

그의 입에서 드디어 그레고리 이야기가 흘러나왔다.

"내가 여기 오기 전부터 그 사람이 살고 있었어. 남편은 하반신이 통째로 없어. 우투리인 셈이지. 휠체어를 타고 다니지만 계단도 오르내리는 휠체어야. 그 남편이 발명한 거라고 하더구먼. 부부가 사는데, 매일 낚시하러 나가네. 나도 한두 번 인사를 건넸지만 워낙 괴벽스러워서 친해지지 않더라고. 그 사람 아내는 착해 보이고 인사도 잘하는데 둘 다 건강이 좋지 않은가 봐. 밤에 가끔 그 집으로 앰뷸런스가 오곤 한다네…."

그가 갑자기 생각난 듯 물었다.

"그런데 자넨 그쪽에 집이 있는 걸 어떻게 알았나?"

"호수 쪽으로 통할 것 같아서 들어가 보았는데 낚시터가 있었어요. 그래서 좀 돌아보았습니다. 곳곳에 카메라가 있더군요."

내가 대답하자 그가 혀를 찼다.

"마침 집에 사람이 없었나 보구먼. 수상한 사람이 근처에 오면 그 남자가 금방 나타난다네. 휠체어에 앉아 못 하는 일이 없어."

나는 카메라가 무척 신경 쓰였다.

"그러면 그 집 카메라에 제 모습이 다 잡혔을까요?"

"아, 그야 당연하겠지."

이 산장에도 곳곳에 카메라가 설치되어 있었다. 주인이 집에 있다면 감시용이겠지만, 외출 중이라면 틀림없이 녹화되고 있었을 것이다. 나는 한마디로 좌불안석이었다. 소주 한 병이 다 비워질 때쯤 나는 서둘러 일어섰다. 괜히 여기서 시간을 끌다가 집으로 돌아오는 그레고리와 루시 눈에 띌 수도 있다는 생각에 도저히 마음 편하게 앉아 있을 수 없었다. 마침 수잔이 일을 다 보았다는 메시지가 왔다.

"형님, 그럼 다음에 또 뵙겠습니다."

"다음에 올 때는 혼자 오지 말고 여자친구도 데리고 와서 며칠 놀다 가게."

44

나는 산장에서 나온 뒤 부리나케 리빙스턴 매너로 되돌아왔다. 원래 주차했던 자리에 차를 두고 뒤쪽으로 에돌아 메인 스트리트 쪽으로 갔다. 처음 왔을 때 본 모건 아웃도어즈 매장 뒷마당이 베이커리 주차장과 이어져 있었다. 나는 매장 뒷문으로 들어가 앞문으로 나왔다. 왼쪽 캐츠킬공원 가장자리에도 수풀이 우거져 있었고 그쪽에서 물소리가 들려왔다.

'여기에도 강이 있나?'

나는 잠깐 수풀 쪽으로 걸어 들어갔다. 오솔길이 나오고 입구에는 윌로우엠오크강 팻말이 있었다.

"미스터 리우."

뒤에서 나를 부르는 소리가 들렸다. 뒤를 돌아보았으나 아무도 보이지 않았다.

"이상하네. 분명 루시 목소리였는데? 환청이었나?"

두리번거리다 발걸음을 옮기려는데, 루시가 갑자기 코앞에 불쑥 나타났다.

"날 따라와요."

루시가 내 손을 잡고 근처 수풀 속 텐트로 이끌었다. 텐트는 오 랫동안 사람 손을 타지 않은 듯했다. 수풀 바깥은 캣츠킬 플라이 낚시터로 향하는 길로 이어져 있었다. 나는 루시가 그레고리와 함 께 집으로 돌아가지 않고 베이커리 부근에서 나를 기다렸음을 알 수 있었다. 텐트 곁에 다다르자 우리는 부둥켜안았다.

그러나 니는 루시를 밀쳐낼 수밖에 없었다. 키스 도중 그녀가 혀를 물었기 때문이다. 어찌나 세게 물었는지 너무 아파서 입을 벌린 채로 루시에게 물었다

"이건 정말 꿈이 아니겠지?"

"꿈이 아니에요. 진짜라고요."

우리는 다시 부둥켜안고 키스했다. 오른손으로 그녀의 머리를 천천히 쓰다듬었다. 대충 묶여 있던 머리가 풀어지며 어깨로 흘러 내렸다.

"이 머리카락, 다시는 만져보지 못할 줄 알았는데."

몇 번 머리를 쓰다듬다가 이번에는 그녀의 얼굴과 여전히 상큼 한 들창코를 살짝 만져보기도 했다.

"루시, 당신은 여전히 이렇게나 아름답군요."

"리우, 내가 슬퍼할까 봐 반대로 말하는 거 아니에요?"

"아니에요."

루시는 고개를 저었다.

"진짜로 하나도 변하지 않은 사람은 바로 당신이에요. 어떻게

지금도 우리가 처음 만났을 때 그대로예요?"

나는 대답하지 않았다. 겉으로는 그대로일지 모르나 이미 노안으로 작은 글자들이 잘 보이지 않았고 식사도 예전보다 많이 줄었다. 나이에 비해 너무 일찍 노화가 시작된 건 나만의 비밀이었다.

"루시, 나에 대해선 묻지 말아줘요. 지금은 당신에 대해서 궁금한 게 너무 많아요. 당장은 우리가 여기서 얼마 동안 같이 있을 수 있는지 말해 봐요. 나는 그동안 쌓아온 당신에 대한 그리움을 풀고 싶어요."

내가 재촉하자 루시는 알겠다는 듯이 머리를 끄떡였다.

나는 그녀의 셔츠 단추 두 개를 풀고 가슴에 얼굴을 묻었다. 노브라였기에 탱탱하게 부푼 유두가 내 입속으로 들어왔다.

"잠깐만, 자국 내면 안 돼요."

루시는 몸을 틀며 뒤로 한 발짝 물러서더니, 텐트 쪽으로 눈짓했다. 열려 있는 텐트 안에는 신문지 몇 장이 펼쳐져 있었다. 루시가 미리 준비해둔 듯했다. 텐트로 들어가자 루시는 신발을 벗고 그 위에 셔츠를 벗어 포개놓았다. 바지를 벗을 때는 조금 허둥거리기까지 했다. 청바지를 내리는 순간 희고 긴 다리가 드러났다. 탄탄한 넓적다리는 예전 그대로였다. 멀리에서 보았을 때처럼 그렇게 마르지는 않음을 알 수 있었다. 청바지도 신문지 위에 두고 팬티도 내리려 할 때 나는 그녀를 저지했다.

"이건 내가 할게."

왼손으로 그녀의 등을 받치고 오른손을 팬티 속으로 밀어 넣었다. 그녀의 손도 내 벨트를 풀고 바지를 벗겼다. 나는 가슴에 얼굴을 비비면서 중얼거렸다.

"꿈이라면 정말 깨지 말았으면 좋겠어."

한국말로 혼잣말을 했다.

"Me too, Liu."

(나도요, 리우.)

그녀는 마치 한국말을 알아듣는 듯 내꾸하면서 내 앞에 무릎을 꿇었다. 수년 전 그녀와 20여 일을 함께 보냈지만 이런 적은 없었다. 팔을 뒤로 돌려 수갑을 찬 듯 꼿꼿하게 서서 그녀가 하는 대로 맡겨두기에는 그녀의 혀가 너무 자극적이었다. 불과 1분도 안 되는 사이에 나는 견디지 못하고 비명을 질렀다. 갑자기 그녀가 자기 몸 위로 나를 잡아당겼다.

완벽하게 하나로 합체된 우리는 상대의 몸이 마치 내 몸인 양 가슴과 가슴을, 음부와 치골을 부딪치면서 상대를 애무했다. 곧 한껏 부풀어 오른 내가 그녀의 엉덩이 사이에 꽉 들어찬 느낌을 받았을 때 더는 주체할 수 없는 절정의 순간을 향해 치닫게 되었다.

"리우, 시간이 많지 않지만 그래도 천천히 해줘요."

"알겠어요."

나는 몸을 조금씩 움직이면서 정신을 바짝 차렸다. 이럴 때 제어하지 못하면 낭패가 아닐 수 없다. 살짝 다른 생각을 해야 한다.

"아까 집에 갔다 왔지요?"

"봤으면서 왜 부르지 않았어요? 그때 나도 당신 보았어요. 따라

와서 부를 거라고 은근히 기다렸는데, 그러지 않더군요."

"솔직히 그땐 당신 모습이 변한 듯해 헷갈렸어요. 내가 상상했던 모습은 훨씬 더 수척한 상태였어요. 그런데 어떻게 이렇게 여전히 아름답고 매력적이죠. 몸매는 하나도 변하지 않고 예전 그대로예요. 가슴이랑 옆구리랑 다리랑 다 어떻게 그대로일 수가 있나요. 다리는 오히려 그때보다 더 예뻐요."

나는 머리를 돌려 포개져 있는 우리 다리를 보았다. 옆구리와 아랫배도 하나처럼 달라붙어 있었다. 어디에도 틈이 없었다.

"전에 당신이 썼던 에세이가 떠오르는군요. '아직은 분출구를 잃어버린 채인 나와 내가 사랑하는 남자와의 밀착되어 포개짐…' 이라고 했던 구절."

"아, '빛을 건축하다' 말이군요"

이야기를 주고받는 사이 당장 사정할 듯했던 느낌이 슬그머니 사라졌다. 우리 둘은 빈틈없이 포개진 상태에서 틈을 찾는 일에 몰두했다. 분출구는 이미 정확하게 포획되어 있었다. 정말 오래도록 계속하고 싶었다. 그냥 이렇게 아예 죽어버려도 좋았다.

루시가 신음을 내면서도 침착하게 말을 이어갔다.

"아까 나도 당신이 나를 피해 숨어버리기에 못 본 척했던 거예요. 하지만 더는 참을 수 없었어요. 당신은 곧 가야 하잖아요. 당신을 본 순간 짐작했어요. 수잔이 만나는 사람이 그레고리라서 그랬던 거죠? 그래 놓고는 그레고리의 감시 카메라에 잡히는 건 또 뭐예요. 내가 집에 들어가 카메라 자동녹화를 꺼버렸으니 망정이지,

그레고리가 당신이 우리 집 근처까지 왔다 간 걸 알면 내가 또 힘들 뻔했어요"

나는 해명하고 싶었지만 관두었다. 곧 사정할 듯해 슬그머니 자세를 바꾸려 했다. 눈치 빠른 그녀가 내 어깨에 자기 다리가 올려 엉덩이를 들면서 더 깊이 삽입하도록 도와줬다. 내 자세는 알파벳 C모양이 되었다. 이대로 몸 전체가 그녀의 몸속으로 빨려 들어가는 듯하자 미치도록 사정하기 시작했다.

루시가 후닥닥 나를 밀쳐냈다.

"임신하면 안 돼요."

루시는 내 곁에 쪼그리고 앉아 이미 들어간 듯싶은 정액을 털어냈다.

옷을 입는데 전화가 울렸다.

"아니, 지금 어디 계세요? 왜 이렇게 늦어요?"

수잔이었다. 나는 지금 돌아가는 길이라고 둘러댔다.

그제야 루시도 부랴부랴 옷을 입기 시작했다. 바지를 입고 나서 셔츠를 입으려다 나를 돌아보았다. 그때 그녀 가슴에 있는 키스 흔적이 눈에 들어왔다. 나는 불안하게 그녀를 쳐다보았다.

"조심했는데도 이렇게 흔적이 생겼네요. 괜찮겠어요?"

루시는 가슴을 살펴보더니 그 정도는 괜찮다며 셔츠를 입었다.

"하여튼 가슴 깨무는 습관은 여전하군요."

"아니, 오늘은 하마터면 내 혀가 잘릴 뻔했잖아요."

그랬더니 루시가 다가와 나를 안았다.

"이제 빨리 가야 해요. 한 번만 더 안아주세요."

루시가 갑자기 내 셔츠 단추를 풀었다.

"당신 가슴에는 자국이 생겨도 볼 사람 없잖아요. 우리 다시 만날 때까지 징표 하나 남겨 놓을게요."

그녀는 내 가슴에 얼굴을 묻고 꽉 깨물었다. 헉 소리가 날 만큼 아팠다.

"안 아파요?"

"아프지만, 당신을 이 가슴에 기억하고 싶어요."

그랬더니 이번엔 다른 곳을 웃으며 빨았다. 그녀는 부끄러운 듯 속삭였지만 또박또박 말했다.

"I know I take it too far, but this is the most fun I've had in years."

(너무 나간 것 알아요. 하지만 오늘만큼은 최고로 좋았어요.)

다시 내 가슴에 얼굴을 비비고, 여기저기 혀로 가볍게 스쳤다. 엄청나게 자극적이었다.

"대단해요. 어디서 이런 걸 배웠어요?"

"다 당신에게서 배운 거잖아요."

루시가 내 몸에서 떨어져 셔츠 단추를 잠가주고 있을 때 또 핸드폰이 울렸다.

이번에는 루시 핸드폰이었다. 그레고리였다. 그가 한참 무슨 말인가를 하자 루시는 얼굴색이 어두워져서 담담하게 금방 가겠다고 했다.

우리는 부랴부랴 숲속에서 나왔다. 헤어지면서 내가 물었다.

"가슴 자국이 사라지기 전에 다시 만날 수 있겠죠?"

"내가 연락할게요. 핸드폰은 믿을 수 없으니 페이스북으로 할게
요."

"페이스북 없앴잖아요?"

"새로 만들게요."

45

나는 루시와의 약속을 굳게 믿었다. 이제 다시 만나면 절대 놓아주지 않을 것이다. 그러려면 일단 다락방보다는 더 나은 곳으로 옮겨야 했다. 차도 한 대 마련해야겠다고 생각했다. 포 김 화백이 살아 있을 때 주말마다 캐츠킬로 몰고 다녔다는 빨간색 스포츠카가 떠올랐다. 석양이 비낀 캐츠킬 숲속, 붉게 물든 스완 레이크 위로 백조들이 평온하게 떠다니고, 불덩이 같은 새빨간 스포츠카가 석양 속을 달릴 것이다. 스피커에서는 두말할 것도 메리 홉킨의 〈도즈 워 더 데이즈〉가 울려 나올 것이다.

그런 날들이 있었지 친구야
우린 영원할 것이라 여겼어
…

내 곁에는 사랑하는 아름다운 여인이 앉아 있다.
당연히 그 여자가 루시였으면 좋겠다. 내 어깨에 머리를 기댄 그녀의 머리카락이 바람에 날려 내 얼굴을 간지럽힌다. 윌로우엠 오크 강기슭 숲에 있던 낡아 빠진 텐트도 새것으로 바꾸고, 그 앞 풀밭에는 내가 누워 있고 곁의 참나무에 매단 해먹에서는 그녀가 책을 읽으면서 발을 까불고 있다. 그녀가 읽는 책이 내가 쓴 책이 라면 또 얼마나 행복할까. 안데르센이 무릎에 책을 올려놓고 오리에게 이야기를 들려주는 조각상처럼 말이다. 그 이야기가 바로 《미운 오리 새끼》 아닌가.

'그래, 결코 불가능한 얘기가 아니다.'

어느 날 내가 책을 쓴다면, 그동안 우리가 주고받았던 대화들을 조금도 가공하지 않고 그대로 재현할 것이다. 그리하여 책 속의 '나'와 '루시'가 현실 속의 나와 루시로 오버랩되는 순간을 경험할 것이다.

'반드시 그렇게 만들자. 루시, 제발 그때까지 무사하게 이 세상 에, 내가 닿을 수 있는 곳에 살아 있어만 주길….'

뉴욕의 화려한 가을이 가고 음습한 겨울이 올 즈음, 나는 마침내 다락방을 떠날 준비를 했다. 10년 넘게 살아왔던 이 방을 떠나는 것은 내 인생에서 엄청나게 큰 변화가 일어나고 있음을 말해준다. 가장 큰 변화는 내 신분 상승이었다. 아이러니하게도 내가 10여 년 넘게 몸담았던 신문사의 갑작스러운 폐간으로 인한 것이었다.

이 신문사를 후원하던 사람이 사망하자, 가장 강력한 후계자였던 수잔의 남편이 다른 형제들과의 경쟁에서 밀리면서 신문사는 창간

40여 년 만에 폐간했다. 하루아침에 실업자가 된 100여 명이나 되는 직원들은 변호사를 고용해 사주를 고발했고, 법정 공방을 벌이던 사주는 갑자기 피를 토하고 쓰러져 앰뷸런스에 실려 갔다. 병원에서 한동안 입원 치료를 받고 위험한 고비를 넘긴 듯했지만, 병원에서 결국 나오지 못하고 호스피스 병동으로 옮겨지고 말았다.

나는 사주를 병문안했다. 그는 코에 산소호흡기를 달고 헐떡거리면서도 나를 걱정했다.

"리우 선생은 이제 어떻게 할 거요?"

"어디 가서 굶어 죽기야 하겠습니까. 저는 중국에 있을 때도 힘든 일 해왔던 사람 아닙니까."

"하긴, 리우 선생은 액자 만드는 기술이 있으니 갤러리나 액자 가게 같은 데서 일해도 되지. 하지만 글재간이 너무 아까워. 수잔이 남편한테 부탁해 리우 선생만은 꼭 다른 신문사에 취직시키겠다고 하니 기다리다 보면 좋은 소식이 있을게요."

그러나 이때는 수잔에게도 위기가 닥쳐왔다. 남편이 후계경쟁에서 밀리자 다른 이복형제가 다른 영문 일간지 주식까지 모조리 빼앗으려 했기 때문이다. 신문 폐간에 이어 건물도 채권자들의 손에 넘어가다 보니 1층에 있었던 갤러리도 소호 쪽으로 옮기게 되었다.

수잔은 내 도움으로 갤러리에 액자가게를 열었다. 전에는 기자가 본직이고 액자가게가 파트타임 일자리였다면, 이번엔 액자가게가 본직이고 수잔의 남편이 주주였던 영문 일간지에서 프리랜서 일을 했다. 다행히 글을 쓰면 원고료를 꼬박꼬박 잘 챙겨주었다. 그런데 글을 정말 잘 쓰지 않으면 안 되었다. 글을 탈고하면 수잔이 직접 검토하고 스펠링 하나라도 틀릴세라 꼼꼼하게 교정까지 봐주었다.

46

얼마 뒤에 나는 평생 꿈꿔온 새 직장에 취직했다. 수잔 부부 덕
분에 프리랜서를 끝내고 정식 직원으로 특별채용된 것이다. 퓰리
처상까지 받았던 이 일간지도 경영상 문제로 편집국 인력을 절반
넘게 해고하던 때였다. 다행히도 내가 영, 중, 한, 일 네 나라 말을
할 수 있고, 책도 여러 권 낸 경력이 크게 한몫한 것이다. 또한 도
미 이후 발표한 영문 칼럼 중 'Throw Trash Politics into the Trash
Can(쓰레기 정치는 쓰레기통에서 하라)'나 'The Angel and the Beast in
Me(내 안의 천사와 야수)' 같은 글이 기자로서 내 자질을 뒷받침해주
었다.

어쩌면 혁명을 꿈꾸고, 혁명을 선동하였던 사람들이 바로 인간의 이 야
수성에다가 기름을 뿌리고 불을 지폈던 것 아닐까요. 그러기 위해서 무엇
보다 먼저 인간 안에 억제되고 감금된 이 야수성을 인간 밖으로 석방시켜
놓는 데 필요했던 철학이 바로 유물주의였던 것 같아요. 유물주의는 하느
님도 믿지 않고, 귀신도 믿지 않습니다. 그러니 천당도, 지옥도 다 믿지 않

을 것이고, 좋은 일을 많이 하면 죽은 뒤에 하늘로 가고, 나쁜 일을 많이 하면 죽은 뒤에 지옥으로 간다는 희망이나 걱정 같은 것도 필요 없잖아요. 착한 일을 많이 하면 착한 보답이 오고 악한 일을 많이 하면 악한 응보가 따른다는 말도 믿을 필요 없고요. 그러나 우리 중화민족의 문화는 그런 것이 아니었습니다. 인간 안의 천사성보다 야수성과 더 친한 유물주의와 달리, 야수성을 억제하도록 하나의 사회적 도덕 규범을 만들었습니다. 그리하여 하느님을 믿는 사람은 물론 믿지 않는 사람들도 이 규범 안에서 자신의 야수성을 꽁꽁 감추고 숨기게 됩니다. 이제부터 내 신앙생활은 이 야수성과의 싸움입니다.

-'내 안의 천사와 야수' 부분

위의 글은 내 아이덴티티에 대한 선언문이나 다를 게 없었는데, 신문에 발표된 뒤 일부 구절은 중국인 난민 신청자들이 코트에서 공산국가를 배신한 이유를 질문받았을 때 필수 답변처럼 인용되기도 했다. 재미있는 것은 내가 코트에 섰을 때, 판사도 나를 '코리안 차이니스 아메리칸' 즉 한국계 중국계 미국인이라고 불렀다. 내 아이덴티티가 세 가지나 된 것이다. 이 영문 일간지에 취직할 때도 남들보다 한두 개 더 가졌던 아이덴티티 자체가 한몫한 것이라고 수잔이 나중에 알려주었다.

비록 '특채' 딱지를 달고 취직했지만, 여느 기자나 막 입사했을 때 겪는 허다한 평가 과정을 하나씩 치렀다. 수십 편의 다양한 기사를 작성해서 제출해야 했고, 마지막 시험이라 할 수 있는 특집 기사를 준비할 때였다. 사회적으로 이슈가 될 만하고 나아가 독자들이 공감하고 감동할 만한 인물을 찾아내 기사화하는 미션이었다. 이때도 수잔이 직접 나서서 도와주었다.

처음에 수잔은 그레고리를 인터뷰할 인물로 제안했다. 인물 캐릭터는 사실 너무 훌륭했다. 20대에 미대생 신분으로 2차 걸프전에 참전했고, 지뢰로 하반신을 통째로 잃어버리고도 재기해 작가가 된 그레고리. 이후 충격적인 폐암 말기 선언을 받고도 병마와 싸워 이겨낸 사연을 기사화한다면 더할 나위 없이 좋을 것 같았다. 그러나 유감스럽게도 더는 그레고리와 연락할 방법이 없었다. 나중에는 스완 레이크의 산장에서 지내는 기중의 형에게도 물어보았다.

"아, 하반신 없는 남자 말인가."

그는 내가 숲속 목조가옥에 관심 가졌던 일을 기억했다. 그 집에 살던 부부가 이미 다른 데로 이사했고 지금은 다른 사람이 들어왔다고 했다.

'그 사이에 캐나다로 돌아가 버렸나.'

나는 대뜸 밴쿠버의 트라우트호수를 떠올렸다. 그날 캐츠킬 숲속의 낡은 텐트 안에서 루시가 내 가슴에 남겨놓은 정표는 이미 사라진 지 오래였다. 그 자국이 사라지기 전에 반드시 연락하겠다고 다짐했던 루시를 생각하면 여전히 눈앞이 먹먹하고 마음이 서글펐다.

그런데 수잔의 옛 친구가 불쑥 뉴욕에 나타났다. 내 친구이기도 한 도로시와 남편 로버트였다. 이들은 아들과 딸이 모두 결혼해 출가하자 고향 체코로 돌아가 프라하에 정착했다. 이들은 자신들이 운영했던 첼시 남단 9번가 액자가게 근처에 왔다가 우연히 미술계 지인을 만나 수잔이 새로 이사한 소호의 갤러리까지 찾아온 것이다.

"건물주한테 가게 자리를 빼앗겼을 때, 미스터 리우가 기사를 써서 여기저기 알렸던 일을 우리 부부는 지금도 잊지 않고 있지요."

이 부부가 체코로 돌아가 버린 것도 바로 그 때문이었다. 계약이 끝나자 건물주는 재계약해주지 않고 부부를 내쫓은 뒤에는 그 자리에 자기가 직접 액자가게를 열었던 것이다. 그러나 그 가게도 얼마 가지 못하고 문을 닫았다.

"그때 7만 달러에 팔린 드로잉 있잖아요. 〈카즈믹 움〉. 그 작가 아내와 딸은 모두 잘살고 있나요?"

도로시는 그때 일을 지금도 잊지 않고 생생하게 기억하고 있었다. 그 말에 깜짝 놀란 것은 바로 수잔이었다.

"이봐요, 리우, 어쩌면 루시 모녀를 찾을 수 있을지도 몰라요."

수잔은 리빙스턴 매너에 살던 그레고리와 연락이 끊기자 여기저기 수소문 중이었다. 그런데 도로시가 그 이야기를 꺼내자 갑자기 루시 엄마 에리카가 떠오른 것이었다.

"나한테 에리카의 주소와 핸드폰 번호가 있어요."

"10년도 훨씬 더 넘었는데, 설마 그때 주소에 살고 있을까요?"

"핸드폰 번호는 바뀌었을지 몰라도 집 주소는 잘 바뀌지 않아요. 그때 에리카가 할렘 메인스템가 어디에서 생선가게를 한다고 들었어요. 인보이스에 적어두었던 주소가 어디 있을 거예요. 찾아볼게요."

미국에서 갤러리와 액자가게를 운영하는 사람들은 고객과의 거래 내용이 쓰인 인보이스를 소중하게 보관한다. 나중에 가게를 남에게 양도하거나 팔 때 이 인보이스가 가게의 크레딧을 보여주는 최고의 증빙자료가 되기 때문이다.

수잔은 13년 전 인보이스를 찾아냈다. 놀랍게도 주소는 물론이고, 생선가게 전화번호와 에리카 본인의 핸드폰 번호까지 아직 사용 중이었다. 수잔은 에리카에게 전화해 루시에 대해 이것저것 물었다.

"에리카, 저 기억하세요? 남편분 드로잉 판 돈을 대학에 다니던 따님에게 보내라고 해서 제가 그렇게 했잖아요. 혹시 따님과 연락하고 계시나요?"

에리카의 대답이 심상찮았다.

"그게 남편 드로잉이었다고? 아들이 그린 건데. 배추 그린 걸 당신네가 거꾸로 걸어놓고 보지라고 거짓말해서 팔아먹은 거잖아. 난 다 알아. 그러니까 나 속일 생각하지 마. 나쁜 사람들!"

수잔은 입이 딱 벌어지고 말았다. '오 마이 갓'을 연발하다가 하마터면 손에 든 핸드폰까지 떨어뜨릴 뻔했다. 곁에서 그 말을 들은 나도 하마터면 폭소를 터뜨릴 뻔했다.

며칠 뒤 우리는 직접 에리카를 방문했다. 생선가게는 옛 간판 그대로였다. 새로 가게를 사들인 젊은 부부는 남미에서 온 이민자들이었다. 이들에게서 흥미로운 이야기를 얻어들을 수 있었다.

"가게를 팔면서 에리카는 몇 가지 조건을 내놓았어요. 간판과 가게 전화를 바꾸면 안 된다고요. 또 자신이 매일 가게에 나와 앉아 있게 해달라고 했어요. 가게가 있던 건물이 에리카 소유여서 허락할 수밖에 없었지요. 알고 보니 이 가게에서 남편을 잃어버렸대요. 남편과 말다툼하다가 기분 상한 남편이 뒤도 안 돌아보고 나가버린 뒤로 지금까지 돌아오지 않고 있대요. 그런데 에리카 말로는 그가 아직 살아 있나 봐요. 노인이 된 남편이 가끔 이 가게 앞에 와서는 몰래 안을 들여다본대요."

믿기 어려운 말이었다. 물론 EJ 화백이 실은 죽지 않고 맨해튼 어느 거리에서 홈리스로 지내며 가끔은 길가에서 그림도 그린다는 소문이 한때 코리아타운 사람들 입에 오르내렸던 적이 있었다.

"혹시 에리카가 치매라서 착각하는 거 아네요?"

"그럴 리가요! 에리카만 본 게 아니고 내 아내도 직접 봤답니다. 어떤 노인이 유리창 안을 들여다보면서 씽긋거리고 웃다가 에리카와 눈길이 딱 마주쳤대요. 에리카가 'EJ! EJ!' 하고 소리치면서 쫓아나갔어요. 하지만 노인은 이미 사라져 버렸고요. 에리카가 며칠 동안이나 맨발 바람으로 울고 소리치면서 주변 할렘가를 샅샅이 뒤지고 다녔지만 끝내 만나지 못했어요."

우리가 이런 이야기를 주고받을 때 머리가 새하얗게 흰 에리카가 가게로 들어왔다. 가게 주인 부부는 에리카와 농담을 주고받았다.

"할머니, 오늘은 아들 만났어요?"

"그 고약한 놈이 며칠 전 잡힐 뻔한 뒤로는 코빼기도 내비치지 않아. 아마 한 며칠은 어디 숨어서 꼼짝하지 않을 거야."

"어떻게 잡힐 뻔했는데요?"

내가 넌지시 물었다.

"누가 메인스템가에 있는 나눔의 집에 가보라고 했어요. 거기서 아시안 얼굴의 홈리스 영감태기를 본 사람이 있다고 말이에요. 그래서 새벽부터 그 앞에서 지켰지요. 아니나 다를까, 이놈의 영감쟁이가 뒷짐 지고 나오다가 나한테 딱 걸리지 않았겠어요. '아이고, 영감, 내가 잘못했어요. 그 뒤통수 한 대 맞은 일 가지고 나한테 20년이나 보복한단 말이오.' 하고 소리치면서 뒤를 쫓았는데, 뒷짐 진 채로 휘청휘청하고 계속 도망갑디다. 우리 영감은 거리에서 노숙하며 지내다 보니 비쩍 말랐어요. 그래서 뚱뚱한 나보다는 훨씬 잘 뛰더라고요. 내가 따라잡을 수 없었어요. 아이고, 원통해라. 당신들도 다 한국인이잖아요. 어디 한번 말 좀 해봐요. 한국인들은 원래 이렇게들 지독한가요?"

에리카가 울음을 터뜨리고 말았다. 그의 정신이 정상으로 돌아와 있었다. 이때다 싶어 나는 슬쩍 루시 이름을 꺼냈다.

"할머니한테 따님이 있지 않았어요? 루시 말이에요. 왜 루시한테 부탁해서 아버지를 찾아보라고 하지 않으세요?"

에리카는 한참 나를 쳐다보았다.

"루시라니? 루시가 누군가?"

거꾸로 나한테 물었다.

"루시는 할머니 딸이잖아요."

"내 딸이라고?"

에리카는 루시 이름을 기억하지 못했다. 가게 주인 부부와 작별 인사를 나누고 나오는데 뒤에서 에리카가 중얼거리고 있었다.

"진짜 이상한 사람들이네. 루시가 누군데 내 딸이라고 하는 거야?"

나는 다시 돌아서서 한참 에리카를 바라보았다.

47

그 이후로 에리카를 만나지 못했다. 루시와도 오랫동안 연락이 닿지 않은 채 지내다가 우연한 기회에 나눔의 집에서 사무직 파트타임을 하는 한국인 유학생을 만났다. 그에게 혹시 에리카를 아는지 물었다.

"그 할머니 알츠하이머 진단을 받았지만, 지금도 매일 생선가게에서 남편 기다려요."

"그 남편을 본 적이 있나요? 한때 유명했던 화가잖아요."

"그럼요. 겨울에는 종종 우리 '나눔의 집'에 놀러 오세요."

그는 나눔의 집 대표에게서 들은 이야기라며 몇 가지 전해주었다. 한 번은 대표가 직접 EJ에게 아내가 알츠하이머를 앓고 있으니 이제 집으로 돌아가는 게 어떻겠느냐고 물었더니, EJ 대답이 인상적이었다고 한다.

"내가 지금 돌아가면 에리카는 금방 죽어버릴 거요."

아내는 온 힘을 다해 자기를 기다리는 덕택에 아프지도, 죽지도 않고 살아 있다는 것이다.

"아니, 알츠하이머까지 왔는데 아프지 않다니요."

"다른 때는 헛소리하고 돌아다녀도 생선가게에서만큼은 정신이 똘똘하다오. 종종 근처에 가서 아내를 몰래 보고 온다오."

EJ는 지금도 에리카와의 인연을 이어가는 중인 것이다.

EJ와 에리카 부부는 인간 심리의 복잡다단한 갈등을 몸소 실험하는 것은 아닐까. 분노를 표출하는 건 쉽지만, 분노를 내면에 가두어놓고 다스리기란 아주 어려운 일이다. 때론 그 분노가 굶주린 사자처럼 주인을 집어삼키기도 하니, 이 두 사람은 자신의 분노와 혈투를 벌이면서도 서로를 위하는 마음은 잃지 않고 있는 셈이다.

'세월이 그 분노를 사라지게 할 수는 없을까?'

어쩌면 죽음만이 그것을 사라지게 할지도 모를 일이다.

48

이듬해 11월이 되자 한 차례 중간선거가 실시되었다. 나는 우연한 기회에 뉴욕주 상원의원 후보로 나선 변호사 앨렌의 캠프에 합류하게 되었다. 앨렌은 뉴욕 중국 총영사관에서 조직한 모임에 참가했다가 반중국 단체들에 엄청난 큰 반발을 샀다. 특히 파룬궁 관련 단체들은 매일 피켓을 들고 낙선운동을 벌였다. 위기를 느낀 앨렌은 한 중국인 커뮤니티 관계자의 소개로 나에게 연락해왔다. 나는 적극적으로 그를 돕는 칼럼을 써서 중국계 및 한국계 지역 매체들에 실었다.

그로부터 약 3개월이 지난 어느 날, 나는 미 국무장관이 직접 서명한 서한 한 통을 받게 되었다.

Your wife and child are now granted residence in the United States.

- United States Secretary of State Rex Wayne Tillerson

(당신 아내와 아이의 미국 이민을 허락합니다. -미 국무장관 렉스 웨인 틸러슨)

나는 이 서한을 아내에게 보내주었다. 그러나 중국에서 다른 남자와 살고 있던 아내는 어쩔 줄 몰라 했다. 나와 이혼하면서 연금 상태에서 해제된 아내는 인생의 허무함을, 세월의 무정함을 탓하기에 앞서 지금 함께 사는 남편과 아들 걱정을 더 많이 했다.

"새 남편도 좋은 사람인데, 어떻게 또 헤어져?"

한편으로는 나에 대한 칭찬도 아끼지 않았다.

아내에게는 위로 오빠 하나와 언니 둘이 있다. 막 결혼했을 때만 해도 장인을 비롯한 일가친척 모두 막냇사위인 나를 곱지 않은 시선으로 바라보았다. 사사건건 정부와 척지고 지냈던 탓에 종종 유치장을 들락거렸던 나를, 사위 중 가장 먼저 이혼하게 될 놈이라고 뒷말을 해댔다. 정작 지난 10여 년 동안 위로 큰사위와 둘째 사위가 모두 바람나서 이혼했지만, 나만은 미국에서 혼자 살면서도 이혼하지 않았다. 그동안 꼬박꼬박 아이와 아내 생활비를 보내주자 처가에서도 이젠 다르게 보았다.

"이 사람아, 이제 우리 딸을 놓아주게. 이게 벌써 몇 해째인가? 10년도 넘었네. 인생에 10년이 몇 개나 더 있나? 새파랗게 어린 내 딸을 청상과부로 만들 수는 없잖은가. 그러니 자네도 미국에서 좋은 여자를 만나게."

아내와 헤어져 지낸 지 꼭 14년이 되었을 때의 일이었다. 이후 아내는 재가했다. 장인은 지금까지도 나만을 유일한 사위로 인정한다. 어느덧 열여섯 살이 된 아들은 한창 사춘기라 말썽도 많이 피웠다. 공부는 나중이고 매일 연애질하며 돌아다닌다고 했다.

"그냥 아들만 데려가면 안 돼? 데려가서 사람 좀 만들어줬으면 좋겠어. 그럼 나도 자기한테 진심으로 고마워할 거야."

나는 아내한테 채희 이야기를 들려주었다. 그런데 아내도 어디서 얻어들었는지 이미 알고 있었다. 미국에서 몸 팔아 보내준 돈으로 젊은 여자와 바람이 났다가 발각되어 이혼까지 당한 채희 남편 이야기는 중국에서도 알 만한 사람들은 다 아는 모양이었다. 이럴 때는 정말 세상이 좁다는 생각을 하게 된다. 그러니 내 이야기라고 세상 밖으로 드러나지 말라는 법이 없다. 가뜩이나 안티가 많은 나를 두고 허다하게 많은 염문이 꼬리에 꼬리를 물고 인터넷상에서 떠돌아다녔다. 이미 미국 여자와 결혼해 혼혈아를 보았다는 둥, 딸같이 어린 중국 여자와 살림을 차리고 아이를 낳았다는 둥, 너무 식상하다 못해 이제는 내 관심조차 끌지 못할 정도였다.

나는 아내한테 진짜 화를 냈다.

"아니, 10년 넘게 홀아비로 지낸 것도 모자라서, 이번에는 아들놈까지 혼자 데리고 살란 말이야?"

"그럼 어떻게 해? 나더러 또 이혼하라고?"

"이혼할 것 없이 지금 남편까지 미국에 데리고 와. 함께 돈 벌어서 자기가 아들놈 뒷바라지해."

그러자 아내도 드디어 정색하고 나왔다.

"그래, 알았어. 나중에 한 입으로 두말하기 없기다."

이후 나는 루시와 샹샹 중 누구를 선택하지 않으면 안 될 처지에 놓였다. 한편으로 아들놈의 이민 절차가 너무 갑작스럽고도 신속하게 진행되어 우선 부자가 함께 살 새집도 마련해야 했다. 샹샹의 아파트로 이사하지 않아도 될 이유가 생긴 셈이었다. 물론 샹샹도 영주권을 받은 지 1년이 넘자 아버지와 어머니를 초청했다. 그러나 밀입국하다 붙잡혔던 경력 때문에 그들은 추방된 시점으로부터 10년 이내에는 미국에 올 수 없었다. 샹샹은 밤새 울었다.

그동안 샹샹이 나를 기다리면서 비워두었던 방도 결국 내놓았다. 혼자서 더는 집세를 감당할 수 없었기 때문이다. 그 방에 들어온 여자는 30대 중후반으로 베이징 출신 화가였다. 이름이 가오징징이었는데, 샹샹은 그녀를 가오제제[39]라고 불렀다.

가오제제는 일하러 나가지 않고 집에서 빈둥거리며 놀았다. 방에 이젤을 세워두었지만, 그 위에는 그리다 만 그림 하나가 얹혀 있을 뿐이었다. 그냥 화가 흉내를 내고 사는 여자인지도 모른다. 저녁에는 엄마처럼 밥상까지 차려놓고 샹샹을 기다려주기도 한다고 했다. 샹샹이 고맙고 미안해하면 가오제제는 무척 살갑게 대해 주었다.

"숟가락 하나만 더 얹어놓으면 되는데, 뭘 그래."

그러다 보니 서로 주고받는 말이 많아졌고, 샹샹은 내 이야기도 그 여자에게 들려주었던 모양이다.

"샹샹아, 그럼 리우 아저씨는 끝내 이사 오지 않겠네?"

그 여자는 내가 샹샹의 아파트로 이사 오지 않는 것을 내심 반기면서도 울고 있는 샹샹이 걱정되어 물었다. 그랬더니 샹샹은 더

---

39 高姐姐, 고 씨 언니라는 뜻.

욱더 슬프게 울어버리고 말았다.

"아저씨 아들이 곧 미국에 온대요. 근데 난 이게 뭐예요. 우리 아버지와 엄마는 아직도 6, 7년은 더 있어야 미국에 들어올 수 있다잖아요. 그땐 난 서른 살이나 된단 말이에요."

"샹샹아, 6, 7년이 뭐가 길어. 네가 그러지 않았니. 리우 아저씨는 두 살 때 헤어진 아들과 14년 만에 만난다고. 그래도 언제나 웃고 떠들면서 잘 지낸다며."

"그건 그래요. 아저씨와 아들이 와서 나랑 이 집에서 함께 살면 얼마나 좋아요. 내가 저 방 쓰고 아저씨와 아들은 이 거실에서 살면 되는데. 난 집 청소와 빨래까지 다 해줄 수 있는데. 아저씨는 죽으라고 나를 싫다잖아요."

샹샹은 계속 울음을 멈추지 않았다고 한다.

샹샹의 아파트 부근에서 가오제제를 만났을 때, 이 여자가 나를 불러 세우고 이런 이야기를 들려주었다. 나는 샹샹이 측은해 이사 갈 아파트를 보러 가는 날, 샹샹도 데리고 갔다. 계약을 마치고 키를 받게 되자 샹샹은 청소해주겠다면서 나한테 키를 달라고 했다. 내가 없을 때 와서 청소하겠다는 그녀의 말을 거절할 수가 없었다.

그러고 보니 이사하게 될 스프링 스트리트의 이탈리아 동네는 차이나타운과 지하철로 한두 정거장 거리였다. 카날 스트리트를 사이에 두고 차이나타운과 이탈리아타운이 갈라지는데, 일명 리틀 이탈리아라고 불렸다.

수십 년 전에는 이 거리를 사이에 두고 중국인 갱단과 이탈리아인 갱단이 매일 총격전을 벌였다고 한다. 이탈리아인 갱단보다 훨씬 수가 많았던 중국인 갱단은 열다섯도 안 된 아이들에게까지 권총을 쥐여주고 쉴 새 없이 스프링 스트리트 쪽으로 들여보냈다고 한다. 경찰한테 잡혀도 모두 미성년자들이라 사법처리하기가 여간 어렵지 않았다. 중국인 갱단은 이 점을 노린 것이었다. 결국 이탈리아인 갱단이 두 손을 들었고 두 갱단은 카날 스트리트를 사이에 두고 정전협정까지 맺었다고 한다. 이후 이 두 거리는 뉴욕의 명물이 되었다.

차이나타운을 방문하는 중국인 관광객들에게 이 이탈리아 동네는 관광코스다. 카날 스트리트에서 스프링 스트리트로 들어오면 맛있기로 소문난 치즈케이크가게가 하나 있다. 샹샹은 이 가게 케이크를 좋아했다. 맨해튼에만 오면 반드시 이 케이크가게에서 한 조각을 먹은 다음 한 조각을 더 사 들고 플러싱으로 돌아왔다. 내가 이 근처 아파트에서 살게 된다는 걸 알게 되었을 때 샹샹은 너무 좋아 난리였다.

"쉬는 날에는 아저씨 집에 가서 놀아도 되지?"

"오, 그럼."

"아저씨 없을 때 가서 청소도 해주고 빨래도 해줄게."

샹샹은 청소를 핑계로 아파트 키를 달라더니 나중에는 부동산 계약서도 한 장 카피해달라고 했다. 계약서를 작성할 때 보증인 두 명이 필요해 거기에 샹샹 이름과 핸드폰 번호도 적어넣었기 때문이었다.

"남의 집 계약서 가지고 뭘 하려고?"

"키까지 줬으면서 왜 남의 집이야. 이 계약서를 확실하게 보여 줘야 앞으로 이 아파트 경비원이 두말없이 나를 들여놓을 거 아니 겠어."

그럴듯하게 둘러댔다.

드디어 이삿날을 하루 앞두고 퇴근길에 마켓에 들러 책을 담을 빈 박스 여러 개를 구해 다락방으로 돌아왔다. 셋방 광고를 낸 지 여러 날이 되어, 주인할머니는 내가 없을 때도 벌써 여러 사람을 데리고 와서 방을 구경시켰던 모양이었다.

"어휴, 리우 선생같이 좋은 사람이 들어와야 하는데."

주인할머니는 진심으로 서운해하는 게 틀림없었다. 나는 2층 주방에 내려가 식기들을 박스에 담으면서 주인할머니와 이야기 를 주고받았다. 좀 있다가 주인할아버지가 들어와서 술 한잔하자 고 청했다. 할머니는 부리나케 삼겹살에 셀러리 볶음요리 한 접시 를 만들어 내놓았다.

"상상한테 들었는데 리우 선생 아들이 온다면서요?"

"네."

"아내는 기다리지 못하고 재가했다면서?"

"네."

"지금 남편과 다시 헤어지고 아들과 함께 미국에 오면 안 되겠 던가?"

"새 남편도 함께 오게 하면 오겠다고 하더군요."

"하하."

할아버지는 천장을 쳐다보면서 웃었다. 그동안 주인할머니가 잔소리할 때마다 언제나 내 편이었던 할아버지가 불쑥 이런 말을 던진다.

"샹샹, 걔가 좋은 앨세."

나도 동감이라는 듯 머리를 끄떡였다.

"그렇게 좋은 애를 남 줘버렸을 때 아깝지 않았소?"

할머니가 이렇게 한마디 하다가 할아버지한테 핀잔을 들었다.

"아니, 누가 누굴 줬다고 그래? 걔가 물건인가? 신분 때문에 스스로 시민권자한테 가서 1년 살다 돌아온 거잖아."

"차라리 그때 리우 선생이 결혼해 줬더라면 얼마나 좋았겠소."

할머니는 내가 샹샹을 붙잡지 않은 것이 못내 아쉬운 모양이었다.

"나이 차이도 적당해야지, 어떻게 딸 같은 아이와 결혼합니까?"

이렇게 말했지만, 솔직하게 고백하자면 최근에는 많이 흔들리던 중이었다. 할아버지와 밤 늦게까지 술을 마셨다. 이삿짐을 싸다 말고 술에 취해버린 나는 계단에서 뒹굴 뻔했다. 할머니가 나를 다락방까지 부축해주었다. 나는 방으로 돌아온 뒤에 샹샹에게 위챗을 보냈다.

"지금 어디야?"

"왜?"

"방금 주인할아버지랑 술 한잔했는데, 갑자기 네가 보고 싶네."

"내일 보면 되잖아."

"나와서 술 한잔 같이 할래?"

"어머, 웬일이래? 아저씨가 나한테 술을 다 마시자 하고."

"플러싱에서의 마지막 밤이잖아."

"내일 이사하는데 이삿짐은 다 쌌어?"

상상은 이날 따라 이상하게 나오려 하지 않았다.

"이삿짐은 걱정 말고 빨리 와, 안 오면 집으로 쳐들어갈 거야."

금방 입귀가 머리까지 올라가 붙은 이모티콘이 날아온다. '그 래, 쳐들어와 봐, 그럼 나야 좋지.' 이런 뜻이다.

나는 문자 보내다 전화를 걸었다.

"진짜 안 올 거야? 오늘은 정말 너랑 같이 있고 싶어."

"오늘은 너무 늦었어. 아저씨."

상상은 나를 달래기까지 했다.

"내일은 아저씨랑 같이 있을게. 모레도 같이 있을게. 아니, 아저 씨만 허락하면 그냥 아저씨랑 같이 있을게. 그러니까 오늘은 일찍 자요."

"수상하네. 내가 한마디 하면 바람처럼 달려 나올 줄 알았는데."

"방에서 가오제제가 자고 있단 말이야."

"좋아, 죽으라고 안 나오겠다니, 그럼 내가 쳐들어가야지."

나는 핸드폰을 닫고는 한참 씩씩거리다가 그만 침대 위에 고꾸 라지고 말았다. 아, 그리고 그냥 자버렸더라면 얼마나 좋았을까.

귀신에게라도 홀린 것처럼 다시 기어 일어난 나는 어느새 밖에 나와 있었다. 나도 모르는 사이에 샹샹이 사는 아파트 쪽으로 휘청거리며 걸어갔다. 아파트 정문 앞에는 화단과 분수대가 있다. 평소에는 물이 나오지 않던 분수대가 그날따라 물을 내뿜고 있었다. 나는 그 분수대 물을 받아 얼굴을 씻었다. 몸에서 술 냄새가 너무 심하다고 샹샹이 나를 놀리면 어쩌나 조금 걱정되기도 했다.

'겨우 술기운을 빌어 나를 찾아왔어?'

이렇게 물으면 어떻게 대답할 것인가 생각도 했다.

'그래, 맑은 정신을 가지고는 도저히 너랑 할 수가 없어서.'

이렇게 대답한다면 샹샹에게 너무한 거 아닌가 해서 다시 이렇게 바꾼다.

'이 고약한 계집애야, 너의 파괴 공작으로 내가 얼마나 오랫동안 혼자서 굶고 지냈는지 몰라.'

차라리 이렇게 질러버리면 샹샹이 이렇게 대답할지 모른다.

'미안해, 아저씨. 왜 진작 나한테 말하지 않았어. 그럼 빨리 들어

와서 나랑 해요.'

아파트 분수대에 서서 손을 물에 담그고 혼자서 말도 안 되는 생각을 하고 있었다. 마침 바깥으로 나오는 남자가 하나 있어서 나는 그 틈에 로비로 들어갔다. 그때 나는 그 남자를 로비까지 바래다주고 돌아서던 한 중국 여자와 눈길이 마주쳤다.

"아니, 샹샹 아저씨 아닌가요?"

가오제제였다. 나는 얼떨결에 인사를 건넸다.

"샹샹 보러오셨나 봐요. 근데 어떡해요. 샹샹은 오늘 오지 않는다고 하던데. 가게 언니가 생일인데, 집이 맨해튼이래요. 거기서 자고 내일 바로 일하러 나간다던데요."

"그래요, 맨해튼 어디에 있다는 말은 하지 않던가요?"

"거기 어디라더라? 차이나타운에서 그렇게 멀지 않은데, 걔 말로는 세계에서 제일 맛있는 케이크가게라고 하던데요."

나는 깜짝 놀랐다.

'아, 스프링 스트리트에 갔구나.'

"난 걔 보러 온 게 아니에요. 다른 일이 좀 있어서."

나는 샹샹의 룸메이트한테 얼버무렸다. 그랬더니 이 여자가 말했다.

"혹시 아저씨가 뭐 하러 오셨는지 제가 짐작해 볼까요?"

"네. 짐작해보세요."

"6A에 볼일 보러 오신 것 맞죠?"

여자가 불쑥 넘겨짚는다.

샹샹네는 5A이니 6A는 바로 위층이다. 언젠가 샹샹한테서 이 빌딩에는 혼자서 방을 렌트해 살고 있는 젊은 여자가 적지 않다는 말을 들었다. 그들 대부분은 자기 집에서 몸을 팔고 있었다. 물론 대놓고 몸 판다고는 하지 않는다. 아담하고 안온한 방에서 마사지 해준다는 광고를 신문에 내고 남자들을 끌어들이는 것이었다. 특히 중국 신문사들은 광고비를 받고 엄청난 지면을 할애해 이런 광고들을 실어주고 있었다. 샹샹의 룸메이트도 몸 파는 여자라는 확신이 들었다. 낮에 샹샹이 네일가게로 일하러 나가면 이 여자는 빈집을 혼자 차지하고 남자들을 끌어들일 것이었다.

'어이쿠, 원래는 이렇게 된 판이구나.'

나는 머리를 끄떡이고 말았다. 아닌 게 아니라 가오제제가 나한테 작업을 걸어오기 시작했다.

"그러지 말고 아저씨, 올라가서 좀 앉았다 가세요."

"샹샹도 없는데…."

"샹샹 집이잖아요. 제가 차 한 잔 대접할게요. 샹샹한테는 비밀로 할게요. 실은 샹샹이 아저씨 이야기를 많이 했어요. 신문사에 다니고 책도 쓰는 작가이시라면서요? 실은 저도 책을 한 권 써서 출간까지 했거든요. 올라오시면 제가 보여 드릴게요."

나는 귀신에게라도 홀린 듯 따라 올라가고 말았다. 몸도 팔고 책도 썼다는 여자, 내가 평소 숭배해 마지않았던 넬리 아르캉의 모습이 아니었던가. 이 여자가 내 앞에 내놓은 책의 저자 약력을 읽어보니 중국에서는 꽤 이름 있는 빠링허우[40] 여류작가였다. 뉴욕에서 발행하는 한 월간지에 연재한 글을 모아서 낸 단행본이었다. 소설가이면서 그림도 그리고 있었다.

그런데 그녀의 더 중요한 직업은 창녀였다. 중국판 넬리 아르캉인 셈이다. 그녀의 남편은 중국의 웬만한 사람들은 모두 아는 유명 시인으로, 그녀보다 20세 연상이다. 둘 사이에는 아이가 있었는데, 아이가 갓 한 살을 넘겼을 때 그녀는 이혼해주지 않는 남편과 1년쯤 별거하다가 도망이라도 치듯이 미국으로 와 버렸다. 그녀는 나와 조금 익숙해지자 바로 자기 직업을 공개했다.

"나 몸 팔아 먹고살아요. 그러니 애인이니 친구니 하는 시시껄렁한 수작질은 삼가세요. 하고 싶으면 돈 내고 해요. 돈 내고 하는 섹스와 공짜 섹스는 차이가 있어요. 공짜는 잠시 돈이 안 드는 것 같아도 결국에는 돈 내고 하는 섹스보다 훨씬 비용이 더 들어요. 그러니 '돈 내고 하는 섹스가 공짜로 하는 섹스보다 사실상 더 저렴하고 합리적이라는 사실'[41]을 잊지 마세요."

한마디로 자기와 알고 지내는 모든 남자에게 절대로 자기를 공짜로 넘볼 생각은 하지 말라고, 언제라도 생각 있으면 돈을 가지고 찾아오라는 거다. 그렇지만 그녀와 한 번 살을 섞고 나면 대부분 애인이 되고 친구가 된다. 보통 창녀가 아니다 보니 그녀와의 성적 쾌락은 돈으로 시작하는 것 같아도 금방 그녀만의 마법에 빠

---

40 80後. 중국에서 1980년대에 태어난 세대를 가리키는 말.

41 브렌든 베헌(Brendan Behan)의 성에 관한 명언.

져버린다. 그 마법은 정말 무섭다. 시몬 드 보부아르가 그러지 않았던가. 성의 마법은 '완전한 포기'를 요구한다. 그때 만약 남자의 말과 행동이 그녀의 예상과 달리 냉담하다면, 마법은 곧 깨지고 만다. 그 마법을 깨뜨리지 않는 남자를 만나면 서 푼어치 몸값을 받고 열 푼어치의 밥값과 커피값을 자기가 홀러덩 다 안아버렸다. 그녀 처지에서 보면 혹 떼려다가 혹 붙인 격이다. 곧 마흔인 가오징징은 지금도 이 노릇을 계속하고 있다. 이미 몸값은 저렴해질 대로 저렴해졌다.

"근데 공짜로 하는 것과 돈 내고 하는 것에 차이가 있나요?"

나는 넌지시 물어보았다.

"돈 내고 하는 섹스는 무의미한 경험이다. 하지만 무의미한 경험이란 때론 굉장히 좋은 것이다. 이런 말도 있잖아요."

우디 앨런의 말이다.

"그 굉장히 좋은 게 도대체 얼마나 어떻게 좋다는 건가요?"

"비유해 말씀드리자면."

그녀는 또 누구의 견해를 들어 설명한다. 만약 섹스를 '결투'라고 치자. 남자가 돈 내고 섹스할 때, 남자는 전투함을 탄 상태고 여자는 빵 뚫린 뗏목을 탄 상태라고 한다. 그러나 공짜면 상황은 역전된다. 뗏목을 탄 남자는 손에 노도 삿대도 없이 갈팡질팡하다가 물속에 곤두박질하기 십상이라는 것이다.

좀 더 알기 쉽게 설명해달라고 했다.

"아, 콘돔 끼고 안 끼고 차이잖아요."

50

그날 새벽에 나는 다음과 같은 글을 페이스북에 올렸다.

제목은 'Heh, Who Cares?'[42] 쓰다 쓰다 아니 살다 살다 이런 글은 정말 처음 써보았다. 처음에는 샹샹이 들어와 읽어 볼까 봐 영어로 써서 올렸다가 다시 생각이 바뀌었다.

'그래, 나는 이런 방법으로라도 샹샹을 떼어버려야 한다.'

영어로 올린 뒤에 다시 중국어로도 올렸다. 여기엔 한국 독자를 위해 한국어로 소개한다. 앞부분과 마감 부분이다.

"자기는 미국에 와서 여자는 내가 처음이야?"

이렇게 묻는 여자에게, "그럼, 처음이고말고." 하고 능청스럽게 대답해 버렸던 적이 있었다.

"나도 미국에 와서 남자로는 자기가 처음이야."

이렇게 능청을 떨어오는 여자에게, "그러니까 우린 둘 다 처음이네." 하고 또 능청스럽게 머리를 끄떡여주었고, 자정 무렵까지 떨어지려고 하지

---

42 중국어 제목 '嘿不就是那么回事儿嘛', 한국어 제목 '젠장, 그게 그런 거지 뭐'

않는 여자를 밀어내고는 지금 허둥지둥 셋방으로 돌아오고 있는 길이다.

내 글이 언제부터 이렇게 저급해졌는지 모르겠다. 그냥 간단히 저급하거나 용속하다는 말로 넘길 일이 아니었다. 아무래도 애인과 창녀의 차이점에 대해 간단하게 콘돔을 끼고 안 끼고의 차이라고 싱겁게 내뱉어버리는 가오징징의 그 칙살맞은 말투에 감염되어 버린 것이 틀림없다. 유명인들의 그럴듯한 명언들과 허다한 이론들을 다 걷어내고 보면, 결국 섹스의 맛이란 음부의 질감 하나로 모조리 귀결되고 만다는 것을 나는 가오징징에게서 직접 체험했다. 그리고 이것은 바로 그 체험을 쓴 글이었다.

그래, 오늘 밤에는 그냥 이만하자. 내일의 여자에게 '오르가슴'이라는 최고의 선물을 바치려면 지금 잠시라도 빨리 눈을 좀 붙여야겠다, 젠장, 지금은 쾌감이고 질감이고 그게 다 무슨 소용 있나!

이 글은 이런 식으로 끝을 맺었다.

51

글을 올리고 난 지 얼마 안 되었을 때였다.

"You are lucky, even if it doesn't seem like it now."

(지금 당장은 막막하겠지만, 그래도 당신은 운이 좋아요.)

기다리기라도 했다는 듯 이런 댓글이 불쑥 달렸다. 댓글 단 사람은 엘마였다. 곧장 그 이름을 따라 그의 페이스북으로 건너가 보았다. 임시로 만든 페이스북 같았다. 아무런 게시물도 없었고, '함께 아는 친구'도 텅텅 비어 있었다. 어쩌면 나한테 댓글 달려고 임시로 만든 페이스북일 수도 있다는 생각이 들었다.

페이스북 주인의 사진도 있었다. 사람 얼굴이 아니라 인형 얼굴이었다. 푸른색이었는데, 입술은 새빨갛고 두 눈에는 슬픔이 어려 있었다. 페이스북 커버 사진은 한쪽 귀퉁이가 떨어진 옛날 토치카처럼 보이기도 했다. 사진의 색상은 대체로 어두웠다.

'무슨 페이스북이 이 모양이람?'

나는 여기저기 클릭하다가 앨범 속에서 가까스로 사진 한 장을 찾아냈다. 바다처럼 망망히 펼쳐진 호수 위에 백조 한 마리가 외롭게 떠 있는 사진이었다.

'아! 스완 레이크다!'

나는 금방 리빙스턴 매너의 그 호수를 알아보았다.

'루시! 드디어 당신이 나타났구려!'

나는 즉시 메시지를 보냈다.

청설: 당신이 루시인 거 알아요.

엘마: 죄송해요, 지금은 이름을 엘마로 바꿨어요. 그러니 당신도 엘마라고 불러주면 좋겠어요.

청설: 아, 좋아요, 그럼 엘마라고 부르죠.

엘마: 얼마 전, 할렘에 있는 우리 엄마 가게에 갔다면서요? 당신이 리빙스턴 매너에 다녀간 후 저도 며칠 안 되어 그곳을 떠났어요. 그레고리 병이 갑자기 위중해졌거든요. 결국 호스피스 병동으로 옮겼는데, 세상을 뜨고 말았어요. 장례를 치르고 나서 할렘에 가서 한동안 지냈어요. 최근에도 한 번 더 갔다 왔는데, 그러잖아도 신문사에서 한 남자가 왔다 갔다고 하더라고요.

청설: 네. 그때 당신 엄마가 당신 이름을 기억하지 못하더군요. 얼마나 안타깝던지. 근데 성은 뭐예요? 아버지의 성 E를 따르기로 했나요?

엘마: 아니요, 그냥 엘마라고 부르면 돼요. 전 이름 루시도 성을 남에게 말해본 적이 없어요.

청설: 지금 어디 살아요? 우린 언제쯤 다시 만날 건가요?

엘마: 이제부터는 종종 만날 수 있을 거예요. 우린 한 동네서 살게 될 거
니까요.

청설: 네? 스프링 스트리트인가요?

엘마: 네. 주소를 알려 드릴게요….

52

올해 크리스마스이브에는 눈이 내릴 것이라는 기상예보가 나왔다. 몇 해 만에 화이트 크리스마스가 될 거라고 TV와 신문은 수선을 떨었다. 첫눈답지 않게 어마어마하게 많은 눈이 오리라고 한다. 연말연시가 다가오면 뉴욕은 축제 분위기다. 여기저기 명소에서 이색적인 행사와 이벤트가 줄을 잇는다. 그중 가장 인기 있는 장소 중 하나는 대형 크리스마스트리가 설치된 록펠러센터다. 추위에도 불구하고 관광객들과 뉴욕 시민들이 크리스마스와 연말연시를 즐기기 위해 많이 찾는다.

올해 나는 그냥 스프링 스트리트에서 보내기로 했다. 이탈리아 동네에서 새로운 삶을 시작한 지 어느덧 몇 달을 보낸 상상은 쉬는 날만 되면 온종일 주방에서 이탈리아 음식을 궁리하고 있다. 파스타에 모차렐라 치즈를 얹고 젤라토 아이스크림으로 마무리한다. 파스타는 제법 현지 맛이 난다. 며칠 전부터는 피자를 만든다고 난리다. 이곳엔 이탈리아인들이 차린 네일가게도 적지 않은데, 차이나타운과 가깝다 보니 영어와 중국어를 할 줄 아는 상상은 쉽게 취직할 수 있었다.

이사하기 며칠 전에 청소해준다며 키를 가져갔던 샹샹이 나보다 먼저 이사해 들어왔다. 그러자 샹샹이 원래 살던 아파트는 가오징징 차지가 되고 말았다. 가오징징은 샹샹과 함께 지낼 땐 몸 파는 일이 여간 불편하지 않았다고 한다. 샹샹이 출근하여 집에 없을 때만 남자들을 끌어들였지만, 지금은 낮과 밤을 구분하지 않아도 된 것이다. 신문에 가오징징이 낸 광고를 보니 오후 2시부터 다음 날 아침 6시까지 서비스할 뿐만 아니라 20대부터 30대, 40대의 중국에서 방금 들어온 여자들이 있었다.

가오징징은 거실에 임시로 벽을 세워 방을 여러 개 만들었다. 방마다 아가씨들이 있었다. 가오징징은 합법적인 신분을 갖고 있지 않아 아파트는 여전히 샹샹의 이름으로 돼 있었다. 샹샹은 집세를 받으러 매달 한 번씩 플러싱에 다녀왔다. 가오징징이 원래 집세보다 훨씬 더 많이 냈기 때문에 샹샹은 그 집세에서 매달 1,000달러 가까이 차익을 남겼다.

"에구, 집을 아주 사창가로 만들었잖아. 언젠가는 사고 날라."

내가 여러 번 주의를 주었지만 샹샹은 돈 모으는 재미에 들은 척도 안 했다. 어느 때는 채희처럼 자기도 가게를 하나 차릴 거라고 난리다. 이탈리아 동네에서 피자 만드는 기술을 배워서 플러싱에 피자집을 열겠다는 것이다. 벌써 몇 번이나 직접 밀가루를 반죽해서 피자를 구웠지만, 그냥 중국집 전병과 다를 게 없었다.

나는 퇴근길에 샹샹에게 빨리 나오라고 재촉했다.

"이번 크리스마스에는 직접 만든 피자를 맛보게 하려 했는데 또 실패야. 반죽에 구멍이 뽕뽕 났는데도 왜 발효가 제대로 안 된 것처럼 딱딱한지 모르겠어."

"그만하고 어서 나오거라. 몇 해 만에 찾아오는 화이트 크리스마스라는데, 집구석에서 보낼 거니. 내가 봐둔 이탈리안 레스토랑이 있다. 집에서 멀지 않아. 거기 가서 얇게 저민 소고기빵을 먹어 보자. 그 소고기는 어느 나라 고긴지 입에만 들어가면 아주 사르르 녹아 없어진다고 하더구나."

나는 샹샹의 호기심을 잔뜩 돋워놓았다.

"어머, 진짜? 무슨 그런 빵이 다 있어? 소고기가 어떻게 얼음처럼 녹는대?"

"그러니까 먹어 보자는 거지."

"알았어, 그럼 소고기빵을 먹고 돌아올 때, 에일린스[43]에도 들러 케이크도 먹고 커피도 마시자."

샹샹은 춤추듯 달려 나왔다.

키가 작은 건 어쩔 수 없지만 이제 샹샹도 예전의 샹샹이 아니다. 예전에는 좀 가무잡잡했는데, 지금은 눈에 띄게 피부가 밝아졌다. 여자는 열여덟 번 변한다는 말이 옳다. 스무 살을 훨씬 넘긴 지금의 샹샹은 오가는 남자들의 눈길을 제법 끌었다. 어제의 채희가 미니멀리즘을 추구했다면, 오늘의 샹샹은 맥시멀리즘이다.

---

43 Eileen's Cheese Cake는 맨해튼 소호와 가까운 스프링 스트리트 근처 클리블랜드 플레이스에 있다.

3,000달러짜리 핸드백에 600달러짜리 지갑을 가지고 다닌다. 귀걸이는 당연하고 팔찌까지 끼고 다닌다. 그리고는 가끔 손가락을 내밀면서 나한테 칭얼대기도 했다.

"난 언제쯤 반지가 생기려나?"

나는 함부로 샹샹의 손을 잡지 못하지만 유독 그 손가락만은 만져보기 좋아한다. 자그마하지만 토실토실하게 살이 오른 그 손가락은 정말 정겹다. 함께 돌아다닐 때 팔짱을 끼려는 그녀를 떼어놓으며 나는 유독 손가락 하나만 잡고 걷는다.

"손가락만 잡고 다니다가 손가락 빠지면 어떡할 거야?"

샹샹이 손잡아 달라고 보챌 때면 다른 손가락으로 바꿔 주기도 한다.

"그래, 그럼 이번에는 이쪽 손가락."

나중에는 샹샹이 내 손가락을 덥석 잡고 걷는다.

"뭐, 그리 나쁘지는 않네."

내가 능청을 떨면 그때야 샹샹은 내 손을 탁 친다. 이렇게 손가락을 잡고 걷는 재미 때문에 우리는 겨울에도 장갑을 가지고 다니지 않는다. 손이 시리면 그녀는 한 손은 자기 호주머니에, 다른 손은 내 주머니에 넣고 걷는다.

우리 둘은 스프링 스트리트 129번지를 바라보고 걸었다.

얼마 전에 루시와 메시지를 주고받을 때 받아두었던 주소로 찾아갔다. 가보니 그곳은 레스토랑이었다. 주인은 마리아라는 프랑스 할머니였는데, 자리에 없어 흑인 웨이터에게 물었다.

"여기 이 동네에 혹시 엘마라는 여자가 살고 있지 않습니까?"

"엘마요?"

웨이터는 마치 외계인이라도 대하듯 나를 쳐다보았다.

"엘마라고 했나요?"

다시 확인이라도 하듯이 한 번 더 물었다.

'내가 주소를 잘못 알고 왔나? 번지를 헷갈렸을까? 분명 129번지라고 했던 것 같은데.'

나는 핸드폰으로 루시의 페이스북을 열고 인형 사진을 보여주면서 웨이터에게 물었다.

"네. 엘마라고 했던 것 같은데."

그러자 웨이터는 머리를 끄떡였다.

"네, 맞습니다. 엘마 샌즈입니다. 우리 레스토랑 지하에 살아요."

"네? 지하라니요?"

내가 깜짝 놀라니 웨이터가 설명했다.

"자세한 건 사장님에게 다시 물어보십시오. 우리 레스토랑 지하에 200년 전에 사용하던 옛날 우물이 있습니다. 엘마 샌즈는 그 우물에 사는 유령이랍니다. 저희는 한 번도 본 적이 없지만 사장님은 여러 번 보았다고 합디다. 이 페이스북 사진도 화가들이 소문 듣고 찾아와서 그린 것입니다."

지하로 내려가 볼 수 없는지 물었더니 웨이터는 머리를 흔들었다. 자기한테는 열쇠가 없다고 했다.

샹샹은 내 이야길 듣고 나서 처음에는 믿으려고 하지 않았다.

"아저씨는 이야기를 참 잘 꾸며내. 아저씨 말대로라면 그 금발 언니가 귀신이 돼 남의 집 지하실에서 살고 있단 말이잖아?"

"얘, 내가 거짓말한 건지 네 눈으로 직접 읽어봐."

나는 루시와 주고받았던 메시지를 샹샹에게 보여주었다. 샹샹은 페이스북에 올라 있는 사진을 보고 나서도 믿기지 않아 했다. 하지만 얼굴에는 두려워하는 기색이 역력했다.

"아이, 크리스마스이브에 이게 뭐야? 무섭잖아."

"난 궁금증을 꼭 풀어보고 싶어. 의문이 생기면 못 참는 사람인 거 너도 잘 알잖아."

"그랬다가 정말 귀신이라도 불쑥 나타나면 어떡해?"

샹샹은 진짜로 새파랗게 질렸다.

"괜찮아, 미국 귀신은 그렇게 악하고 무섭지가 않아."

나는 20세기 초 미국 문단을 대표하는 이디스 워튼의 유명한 귀신 이야기책《거울(The Looking Glass)》을 읽었다. 퓰리처상을 받은 이디스 워튼은 특유의 섬세하고도 아름다운 문체로, 귀신이라는 소재를 이용해 여러 인종과 민족이 몰려들어 사는 미국이라는 이 나라의 시대 풍습과 각양각색의 심리를 완성도 있게 표현해냈다. 책 속 귀신들은 하나같이 무섭지 않고 어딘가 귀엽기까지 하다. 이디스 워튼은 이 책을 쓰기 위해 어디서 귀신이 출몰했다거나 유령이 떠돌아다닌다는 동네 소문을 들으면 어김없이 찾아가서 이야기를 발굴했고 여차하면 귀신과도 직접 대화도 나누었다고 한다.

"그럼 아저씨도 세상에 귀신이 있다고 진짜로 믿어?"

"응, 믿어."

샹샹은 걸음을 멈추고 말았다.

"아이, 무서워. 난 안 갈래."

"얘, 귀신이 뭐 별거냐? 너 겨우 열여섯 살밖에 안 됐을 때 멕시코 국경에서 밀입국하던 일 한 번 생각해봐. 한 뼘 앞도 안 보이는 새벽에 땅굴로 건너왔다며? 미국 군인이 뒤에서 총까지 쏘는 데도 멈추지 않고 새까만 어둠 속을 정신없이 뛰었다고 했잖아. 아빠와 엄마는 다 붙잡혔는데도 너만은 붙잡히지 않고 무사히 미국에 들어왔고. 그 모습이 다른 사람한테는 귀신보다 더 무서우면 무서웠지 덜 무서웠겠냐."

샹샹은 머리를 끄떡였다.

"아저씨 말이 맞아. 지금 다시 그렇게 하라면 못할 것 같아요. 그때는 정말 어떻게 그리도 용감했는지 모르겠어. 그래도 플러싱에 와서 아저씨 만났으니까 이렇게 무사하게 잘살고 있는 거잖아."

"그래, 지금도 내가 곁에 있잖아. 걱정 말고 가자."

드디어 129번지에 도착했다.

53

다음은 마리아 할머니가 들려준 이야기다.

"선생, 조급해 마시고 커피 먼저 드세요. 내가 천천히 알려드릴 게요. 이 귀신 이름은 엘마 샌즈입니다. 우리 식당 지하실에서 살 아요. 억울하게 죽은 지 200년도 더 되는 처녀애인데, 지금까지도 비 오는 날만 되면 어김없이 나타난답니다."

나는 급기야 노트를 꺼내 받아 적었다. 큰 줄거리는 머릿속에 기억하고 시간과 연대, 주요 등장인물 이름과 운명의 귀추를 간단 하게 메모하기 시작했다.

먼저 마리아 할머니는 스프링 스트리트라는 동네 이름이 어떻 게 생겨났는지 이야기했다. 스프링(Spring)은 봄이라는 뜻도 있고 우물이나 용수철이라는 뜻도 있는데, 이 동네는 우물이라는 뜻의 스프링 스트리트라고 했다. 그 증거로 식당 지하실에 큰 우물터가 그대로 보존되어 있는데, 이 우물이 200여 년 전 이 동네에서 살 던 사람들의 유일한 식수였다고 한다.

그런데 우물이 갑자기 마르기 시작한 것은 1799년에 발생한 살

인사건 때문이었다. 눈이 펑펑 쏟아져 내리는 어느 날, 이 우물에서 젊은 처녀의 시신이 발견된다. 이 처녀 이름은 엘마 샌즈로 나이는 스물둘이었다. 경찰은 수사 결과 대뜸 이 처녀의 남자친구인 래비 웍스가 살인범임을 알아냈다. 취조로 범인임이 사실로 입증되었지만, 법정에서 그는 무죄로 석방되고 말았다. 미국을 뒤흔든 이 살인 사건의 피의자 레비 웍스의 변호를 담당한 대단한 변호사 두 명 덕분이었다.

이들은 훗날 미국의 3대 부통령까지 되었던 대 변호사 애런 버와 미국 '건국의 아버지'의 하나로 꼽히는 알렉산더 해밀턴이었다. 당시 미국에서 둘째가라면 서러워할 만큼 유명했던 이 두 변호사가 어렵지 않게 래비 웍스를 무죄로 만든 것이다. 검찰은 이 두 변호사 앞에서 기를 펴지 못했다. 정말 무죄여서 무죄로 만든 것인지, 아니면 살인자임을 알면서도 변호를 맡게 되자 유죄도 무죄로 만드는 것이 변호사의 사명이라도 되는 양 판사와 배심원단을 향해 무죄 판결을 내리게끔 설득했다.

해밀턴은 조지 워싱턴 대통령의 초대 미국 행정부에서 재무부 장관으로 취임한다. 그러나 이때부터 사람 죽인 살인자를 무죄로 만든 이 두 사람에게는 엘마 샌즈의 원혼이 따라다녔다. 미국 정계에서 호풍환우[44]해왔던 이 두 사람은 갑자기 한 하늘을 이고는 같이 살 수 없는 정적이 되어 싸우기 시작했고, 결국 사나이답게 결투하자고 서로에게 요청하기에 이른다. 명사수였던 애런 버

---

44 呼風喚雨. 요술로 바람과 비를 부른다는 뜻.

는 해밀턴을 사살했고, 경찰은 당시 부통령이었던 애런 버를 살인 죄와 반역죄로 체포했다. 애런 버가 죽고 나서 그의 딸도 뉴저지에서 뉴욕으로 돌아오는 배에서 실종되었다고 한다. 마리아 할머니는 이들의 운명이 이처럼 불행하게 된 것은 엘마 샌즈의 원혼이 이들에게 복수했기 때문이라고 했다. 나는 할머니에게 물었다.

"중국이나 한국의 귀신 이야기에도 억울한 사람이 귀신이 되어세상으로 나와 복수하는 일이 많습니다. 그런데 복수하고 나서는보통은 사라지고 다시는 나타나지 않는데, 엘마 샌즈는 무엇 때문에 지금까지도 계속 나타나서는 떠돌아다니는 걸까요? 이미 복수하지 않았나요?"

"글쎄요, 그동안 엘마도 나타나지 않았어요. 그런데 1970년대에갑자기 다시 나타나 지금까지 사라지지 않는군요. 비 오는 날, 우리 집 근처에서 엘마 유령과 만난 사람들이 적지 않습니다."

"실제로 본 사람도 있나요?"

"그럼요. 나도 여러 번 만났어요."

"어떻게 생겼던가요?"

"몸에 이끼를 입었어요."

"이끼요?"

"우물에서 살다 보니 우물 벽에 시퍼렇게 들러붙은 이끼를 그대로 쓰고 다닙니다. 나 혼자 봤으면 믿지 않을지도 모르겠지만 본사람들이 아주 많아요. 경찰들도 다 알아요."

할머니는 엘마 샌즈를 그린 그림 한 장을 보여 주었다. 루시의 페이스북에 올라 있는 사진이었다. 푸른 이끼로 된 머리를 길게 늘어뜨리고 입술은 새빨갛고 가슴은 풍만하나 두 팔과 손등은 살이 없는 뼈뿐이었다. 슬픔 어린 큰 두 눈에 손에는 꽃묶음을 들고 있었다.

나는 떨리는 손으로 그림을 받아 한참 들여다보았다.

"지금쯤 혹시 엘마 샌즈가 우물에 있을까요?"

"그건 모르지요. 우물을 직접보고 싶은 건가요?"

마리아 할머니가 나를 빤히 쳐다보았다. 나는 곁에 앉아 귀신 이야기에 빠져버린 샹샹에게 물었다.

"어떡할래? 같이 들어가 볼래?"

"싫어. 난 무서워."

샹샹은 우물을 보러 지하로 들어간다는 말을 듣고 머뭇거렸다.

"가고 싶으면 아저씨 혼자 가요. 난 싫어."

"선생은 어떡할 건가요?"

"저는 가보겠습니다. 만난다면 엘마 샌즈에게 말도 건네고 그녀의 슬픔을 위로하겠습니다."

할머니는 웨이터에게 지하실 키를 건네주었다.

내가 일어서자 샹샹도 따라나섰다.

"왜, 무섭다더니?"

"어쩐지 이 귀신은 그렇게 무서운 귀신같지 않아. 슬픔 안고 죽은 어린 처녀라잖아."

우리는 웨이터를 따라 지하실로 내려갔다. 지하 화장실 곁으로 난 작은 철문을 열자 곰팡내가 확 뿜어져 나왔다. 비좁은 복도를 따라 한참 앞으로 걸어 들어가자 갑자기 넓은 공간이 생기며 정면에 토담으로 둥그렇게 쌓아 올린 큰 우물이 그대로 보존되어 있었다.

'페이스북에서 토치카 같아 보이던 사진이 바로 이거였어.'

나는 말라버린 지 100년도 더 된 우물 바닥을 한참 들여다보았다. 그다지 깊지 않은데도 현기증이 일 듯했다. 갑작스럽게 눈앞이 핑했다. 숨이 가빠졌고 속이 울렁거렸다.

'루시, 하필이면 왜 새 이름을 엘마로 지은 거냐?'

나는 루시를 나무랐다. 아니, 도무지 이해가 되지 않았다. 루시가 엘마 샌즈에 대해 알고 있는지조차도 의문이 들었다.

"엘마⋯, 루시⋯."

내가 주문처럼 루시를 부르며 우물을 들여다보고 있을 때였다. 우물에서 찬 기운이 올라오면서 주위가 캄캄해지고 나 자신이 우물 속에 있는 느낌이 들었다. 순간 머리카락이 쭈뼛하면서 몸이 말을 듣지 않았다.

"아저씨, 뭘 그리 넋이 빠져서 보고 있어. 나가자."

샹샹이 나를 흔들며 소리쳤다.

"우물 벽에서 흙이 부스럭거리며 흘러내려. 건들지 말고 어서 이쪽으로 와."

샹샹이 벌벌 떨면서 나를 잡아당겼다. 그제야 제정신이 든 나는 샹샹에게 끌려 허둥지둥 지하실에서 뛰어나왔다. 안내를 맡았던 웨이터가 뒤쫓아 나오면서 우리를 불렀다.

"선생님, 천천히 걸어도 됩니다. 엘마 샌즈는 방금 우물로 돌아가 버렸습니다."

웨이터는 제법 농담까지 건넸다. 카운터에 있던 마리아 할머니가 나를 보더니 빙긋이 웃으면서 방금 농담을 건넸던 웨이터보다 한술 더 떴다.

"선생. 엘마 샌즈를 만났나요?"

"네. 만났어요."

"다행이네요. 무섭지 않던가요?"

나도 그 농담을 받았다.

"아니요. 처음에는 많이 무서웠습니다. 그런데 복도를 빠져나오는데 엘마가 그러더군요. 내겐 자기보다도 더 큰 슬픔이 있는 것 같다고요. 그래서 내가 싫지 않다고 합디다."

그랬더니 할머니는 짐짓 정색하고 말을 이어갔다.

"요즘은 온통 귀신 세상인 걸 알고 계신가요? 엘마 샌즈뿐이 아니에요. 얼마 전 애런 버의 딸도 귀신이 되어 나타났다고 합니다. 웨스트 포 스트리트에 애런 버가 살던 옛집이 있는데, 레스토랑으로 바뀌었어요. 거기서도 술잔이 자꾸 흔들리고 벽에 걸어놓은 그림 액자들이 걸핏하면 땅에 떨어져요. 얼마 전에는 유리 재떨이 바닥에 그 딸의 눈이 커다랗게 나타났대요. 그래서 웨이트리스들이 모두 기겁해서 그만두었다고 합니다. 하여튼 나한테 주소가 있으니 관심 있으면 한번 가 보세요. 내가 보기에 선생은 귀신과 통하는 사람 같습니다만…"

54

우리는 스프링 스트리트에서 E 트레인을 타고 다시 맨해튼 다운타운 쪽으로 한참 이동했다. 웨스트 포 역에 내려 밖으로 나온 다음 서쪽으로 한참 걷다 보면 184번지가 나오고, 그 길을 따라 30m쯤 더 가다 왼쪽으로 돌면 애런 버가 살았던 옛집이 보일 거라고 했다. 우선 184번지부터 찾자며 길을 걸었다. 그런데 한 바퀴를 돌고 다시 한 바퀴 더 돌았는데도 184번지는 보이지 않았다. 183번지와 185번지도 찾았는데, 184번지는 없었다.

"아저씨, 진짜 이상해. 왜 없지?"

샹샹은 한참 걸었더니 다리가 아프다며 길가 커피숍에 들러 쉬자고 한다. 눈이 펑펑 쏟아지기 시작했다. 나는 커피숍에 들어갔다가 절반쯤 남은 커피를 손에 들고 혼자 바깥으로 나왔다. 어느덧 자정이 가까워져 오고 있었다.

커피숍이 문을 닫으면서 바깥으로 쫓겨나온 샹샹이 핸드폰으로 독촉했다.

"아저씨 지금 어디야? 아직도 못 찾았어? 커피숍도 문 닫아서 지금 바깥에 나왔어. 무서우니까 빨리 와."

"그래. 알았어. 금방 갈게."

나는 한 골목에서 바깥쪽으로 빠져나오고 있었다. 그런데 바로 정면에 있는 허름한 나무대문 위에 흰색으로 184번지라고 적어놓은 숫자를 발견했다. 어찌나 기뻤는지 "필시 엘마 샌즈의 영혼이 나를 도운 거야."라고 중얼거리며 가까이 달려갔다. 그런데 별스러운 문패를 보게 되었다. 온전한 184번지가 아니고 184와 3/4번지라고 쓰여 있었다. 어안이 벙벙해지고 말았다.

그때 검은색 옷차림의 여자가 골목 끝으로 지나가는 게 눈에 띄었다. 루시였다. 몸매나 낯익은 걸음걸이나 영락없는 루시였다. 나는 "루시!" 하고 소리쳐 불렀다. 루시는, 아니 여자는 잠시 멈추고 내 쪽을 바라보고 희미하게 웃는 듯하더니 계속 걸어갔다. 골목 안에 있는 내 좁은 시야에서 여자가 사라지자 나도 빠른 걸음으로 골목 밖으로 나갔다. 골목 밖은 직각으로 만나는 다른 골목이 양옆으로 30m 정도씩 뻗어 있었다. 무슨 걸음이 그리 빠른지 여자는 그사이에 벌써 왼쪽 골목 모퉁이를 막 돌려던 참이었다.

나는 다시 루시 이름을 부르며 전속력으로 뛰어갔다. 여자가 사라진 모퉁이에는 아무도 없었다. 뉴욕의 높은 건물들이 짙은 그림자를 드리운 골목길 어둠 속으로 마치 연기처럼 흩어져버린 듯 루시는 보이지 않았다. 하늘로 사라졌을 리 만무한데도 나는 달리 더 살필 데가 없어 하늘을 올려다보았다. 무심한 눈송이들만 얼굴을 덮쳐왔다.

그때 뒤에서 너무 낯익은 여자 목소리가 들려왔다. 곧이어 내 오른 어깨에 얼음장같이 차가운 그 여자 손이 얹혔다. 그 여자가 말을 건네왔다.

"리우, 나를 찾고 있나요?"

(끝)

작가 노트

이 원고를 먼저 읽었던 몇몇 친구가 모두 혀를 찼다.

"뉴욕은 참으로 본능의 도시로군. 그런데 마냥 부럽지만은 않네 그려."

본능이 억눌린 중국을 떠나 본능이 최대한으로 만개한 뉴욕에서 살면서 어떻게 그렇게나 처절하게 싸우고 처참하게 패할 수밖에 없었느냐고 나에게 연민을 보내는 것이다.

나는 일시 할 말을 잃어버리고 말았다. 그동안 하고 싶었던 말들, 또 반드시 하지 않으면 안 되었던, 나라는 한 남자의 본능과 관련한 이야기들을 책 속에 모두 담고자 최선을 다했기 때문이다.

내 삶은 본능에 잠재한 천사와 야수 사이의 싸움이었다.

때로는 천사가 야수를 이길 때도 많았지만, 최종적으로는 언제나 야수가 그 검은 발로 천사의 흰 얼굴을 밟고 의기양양하게 나를 지배할 때가 적지 않았다. 한 사람의 남자로서 참 고독하고 외로웠고 괴롭기도 했다.

어느덧 미국 생활 20년에 접어들고 있다. 숨길 것이 하나도 없다. 그래, 기왕 말이 나온 김에 다 말하자. 말해야 마음이 그나마도 조금은 편해질 것 같다.

내가 가장 고독하고 외로울 때 야수는 천사의 얼굴을 밟고 선 것도 모자라 또 다른 욕망으로 나를 유혹했다. 나와 함께 이 욕망의 열차에 올라탔던 사람도 아주 많았다. 달리는 열차의 차창 밖을 향한 내 시선, 어쩌면 우리 모두의 시선은 늘 가진 것이 많은 자에게로 향해 있었던 것이 아닌가 싶다.

그 시선을 일깨우는 욕망은 세계 곳곳에 존재한다. 그리고 그 욕망을 구체화하려는 남자들의 본능 앞에 언제나 인류의 또 다른 반쪽인 여자들이 있었다. 실제로 나는 이와 같은 욕망의 전복을 이루어내려고 나 자신이 마음속의 야수에게 주술 당한 줄도 모른 채 오늘날까지도 계속 방향 없이 전력 질주했다. 좀비처럼.

모든 것들이 한순간에 아주 쉽게 이루어지는 듯도 했다. 여자를 통해서가 아니라, 여자를 넘어서는 다른 그 무엇을 통해서 나는 순식간에 모든 '상식의 세계'가 몰락하는 것을 체험하기도 했다. 내 앞에서 몰락하는 수많은 고귀한 인간과 접촉하면서 그들이 경멸의 대상으로 여겼던 가장 비천한 좀비들에게 속수무책으로 당하는 것을 바라보았다. 그러나 경계와 가까워갈 때 우리는 모두 그 안에 있는 자신을 발견하게 된다. 나는 나와 같은 운명의 경계인들을 경멸하면서도 또한 함께 생존할 수밖에 없는 경계에서 그들과 함께 손을 잡고 어깨동무도 하면서 오늘까지 걸어왔다.

소설을 마무리할 무렵, 나는 정말 오랜만에 '엘마 샌즈의 유령'

과 만났던 맨해튼 129번가 스프링 스트리트로 찾아갔다가 그 레스토랑이 COS 전문 옷가게로 바뀐 걸 보았다. 우물이 있던 지하까지도 모두 매장으로 바뀌었는데, 다행히도 우물만은 매장 한 복판에 여전히 그대로 남겨두고 있었다. 나는 무척 감개무량했다.

웨스트 포의 184와 4/3번지 표지판도 아직 그대로 붙어 있었다. 언젠가 다시 왔을 때 그 표지판이 과연 남아 있을지, 아니면 어떤 모양으로 변해 있을지는 모를 일이다. 그래서 추억은 더 소중하다. 내 인생이 여전히 추억의 흐름을 만드는 진행형이라는 것이 한편으론 경이롭기까지 하다.

루시와 그레고리, 그리고 나의 이야기를 그냥 여기서 끝내려 하는 것은 이 흐름을 끊고 싶지 않아서이다. 여전히 우리 이야기는 남아 있고 진행 중이다. 그 이야기들로 다시 한 편의 소설을 독자께 들려줄 시간이 오길 바란다.

내 이야기는 이제 끝을 맺을 때가 되었다. 이 이야기들이 이 사회의 도덕적 통념과 부합하지 않으며 나아가 크게 어긋난다는 사실을 인정한다. 누구를 좀비라고 경계할 것도 없이 나를 좀비로 만들었던 주술자가 남자의 본능에서 생성하고 있었으며, 나도 그와 같은 본능을 소지하고 있었다. 그렇다면 당신들은 어떠하신가? 내 이야기가 바로 그 본능과의 투쟁이었다는 걸 독자들이 얼마나 이해해줄지 모르겠다.

나는 반항 의지를 키웠고, 그 의지에 힘입어 많은 용기를 낼 수 있었다. 나는 더 많이 느끼고 더 많이 생각하고 더 많이 괴로워했다. 그래서 더 많이 강해졌다. 그 시간 내내 최고의 동행자는 본능이었고, 이 본능을 탈출하는 과정에서 만났던 여자들이었다. 나는 그 여자들이 봄에 왔다가 여름에 떠나가고 가을에 왔다가 겨울에 떠나갈 때 한 번도 붙잡지 못했다. 이제는 나에게도 가을이 오고 있다. 그런데도 잘 모르는 사람들은 아직도 다 가버린 봄 자락을 붙잡고 못 떠나는 나를 시시한 남자라고 비웃는다.

내가 봄을 떠나지 못하는 것은 언제인가 다시 올 봄을 기다려서가 아니다. 곧 서리가 내릴 이 가을 한 철에도 풀을 사랑하고 꽃을 사랑하는 나는 그들의 입장을 생각하지 않을 수 없다. 이제는 본능을 넘어 세상과 동행하라! 이 세상 어디서나 만발하는 풀들과 꽃들이 어떤 사람들에게는 관상용에 지나지 않지만, 나에게는 생존을 위한 갑옷 같은 것이기 때문이다.

나는 이 책을 마치면서 여전히 본능에 충실한 나 자신을 발견한다. 천사보다는 야수에 가까운 나 자신을 발견하며 뛰는 가슴을 움켜쥐고 부르짖는다. 계속 반항하라! 본능에 반항하고 나 자신에 반항하라. 그 반항이 야망을 키우고 주술자를 넘어서고 종당에는 새로운 세상에 닿게 만들리라!

2019년 6월 12일, 미국 뉴욕에서

에로티시즘을 통한 좀비의 사랑과 죽음의 변주곡

이미옥(문학평론가)

이 소설은 이민자이자 망명 작가인 내가, 외롭고 고단한 미국 생활 속에서 만난 여인들, 루시, 채희 그리고 그 전 과정을 함께 하는 상상을 통해 "남자에게 있어서 여자는 무엇인가?" "에로티시즘을 통한 구원은 가능한가?" "사랑은 무엇인가?"라는 성과 사랑에 대한 원론적인 문제를 일차적으로 던지고 있다. 이 소설의 제목은 "뉴욕좀비"이지만 소설에 진짜로 좀비가 된 인간은 등장하지 않는다. 그레고리 보내트가 루시의 아버지 EJ의 삶에서 영감을 받아 예술작품 "좀비"를 만들었을 뿐이다. 그러나 나를 둘러싼 이민자 집단은 미국 사회에서(사실상 많은 하층계급이 그러하듯이) 좀비와 다름없는 정체성을 공유하고 있다.

1. 추락한 좀비와 생성된 좀비

"육체 없는 인간"으로서의 좀비는 삶과 죽음 사이의 경계에 있는 괴물과 같은 존재이다. 소설 어디에도 진짜 좀비는 존재하지

않지만 좀비의 그림자는 곳곳에 드리워져 있다. 루시의 아버지 EJ
와 그레고리는 모두 몰락한 예술가로 좀비와 같은 모습으로 삶을
유지하고 있기 때문이다. 그들도 한때는 촉망받는 예술가로, 빛나
는 육체와 정신으로 세상과 소통하고 영향력을 끼치며 산 적이 있
었으나, 우연치 않은 욕망의 개입으로 삶의 기반을 잃어버리고 좀
비와 같은 존재로 전락하게 되었다. 그레고리는 "좀비"라는 예술
작품을 만들어 좀비화하는 자신의 정체성을 투사한다.

"하지만 이런 고난의 굴레가 나 혼자만의 굴레가 아닌 것 같아. 당신 아
버지 EJ도 나와 같은 고난에 빠진 건 아닐까?"
"…좀비와 빛을, 또 좀비와 틈을 오버랩시켜보았다. 하지만 자신이 형상
화하려는 좀비에 대한 정의를 여전히 내리지 못하고 있었다. 때로 그 좀비
가 자기 자신이라고 생각했다."

그레고리는 자신에게 운명 지워진 하반신 장애의 고난을 민족
도 처지도 다르지만 같은 예술가라는 점에서 EJ의 고난과 동일시
하고 있다. 누가 주술했는지 알 수는 없지만, 그들은 더는 앞으로
나갈 수 없다는 측면에서 한순간 삶의 기반을 상실했기 때문이다.
그레고리는 육체의 건강함을 잃었고 EJ는 교수직 박탈과 함께 모
든 명예를 상실했다. 그레고리는 더욱 유명해지고 싶다는 공명심
때문에 자신의 젊음으로 도박을 걸었고 EJ는 자신의 유약함 때문
에 걷잡을 수 없는 후과를 초래하게 되었다. 주류(主流)로서 쉽게

사회에 정착할 수 있었지만, 세상은 추락한 이들에게 기회를 주지 않았다. 이는 곧 사회와의 건강한 소통 단절을 의미하며 이로 인해 전의를 상실한 인간은 절망, 불안, 공포에 시달리며 자신 혹은 세상을 리셋하고 싶은 충동에 휩싸인다.

좀비는 죽음 욕망과 결부되지만 또 한편 사회의 가장 밑바닥에 있는 이민자들의 삶, 그들의 육체성으로 상징되기도 한다. 열여섯 살밖에 안 된 샹샹이 멕시코 국경을 밀입국할 때 총을 쏘는 미국 군인을 뒤로하고 깜깜한 땅굴에서 정신없이 도망가는 모습이나, 채희가 서너 달에 한 번씩 겨우 쉬면서 밤낮없이 미친 듯이 마사지 일로 빚을 갚아가는 모습은 기관 없는 좀비가 움직이는 모습과 다를 게 없다.

그러나 역으로 죽음과 삶의 경계에서 자유로운 좀비의 특성 때문에 이들은 좀비의 육체성을 통해 오히려 경계를 초월한다. 샹샹은 두 발로 국경을 넘었고 채희는 몸을 팔았다. 생과 사의 갈림길에서 좀비가 된 육체는 모든 금기에서 벗어나 끝없이 탈주한다. 이들은 처벌받지도 않았지만 보호받지도 못했고, 구원받지도 않았지만 죽음에 이르지도 않았다. 좀비가 되어 다만 존재할 뿐이다.

추락하여 좀비된 자와 생과 사의 갈림길에서 생존을 위해 좀비된 자들, 소설 속에서 좀비가 아닌 사람은 없다. "나" 또한 폐차장 쥐동네 하우스의 다락방에서 좀비와 다름없이 살아가고 있을 뿐이다. 조금만 시야를 확장해 보면 우리는 삶과 죽음 사이에서 부단히 왕래하고 있다. 우리에게는 좀비 집단에 속하고 싶은 소망이 있으며 이는 융합 상태로 회귀하고 싶은 욕망이기도 하다. 문제는 좀비가 아니라 좀비로 분류 짓는 자들이다. 이민자, 창녀, 장애인 등은 그렇지 않은 주류 인간들에 의해서 하층계급인 "좀비"로 분류되어 "혐오"의 대상이 된다. 그렇다고 좀비가 아닌 자들이 좀비와 무관하게 구분되어 살아가는 것은 아니다. 그들의 가장 근원적인 성에 대한 욕구는, "좀비"의 저렴한 육체를 통해 소모되고 해소된다. "퀸즈 지역 중국인 사회의 매매춘 성 산업 규모가 연간 1억 달러에 달한다"는 사실만 봐도 알 수 있다. 성을 파는 사람보다 성을 사는 사람의 숫자가 압도적으로 많다는 것은 성을 파는 좀비가 상대적으로 적다는 통계가 아니라, 성을 사는 "익명의 좀비"가 많다는 사실을 시사할 뿐이다. 결과적으로 성을 사는 자나 파는 자나 구분이 없는 "좀비"임에도 불구하고, 성을 파는 사람만을 좀비로 보는 "구분된 시선"에 의해 혐오의 대상으로서의 좀비가 생성되고 있는 것이다.

화자인 나 또한 이 이분법에서 벗어나지 못한, 지극히 인간적인 인물로서 좀비의 육체성과 정신성 사이에서 끝없이 왕래하며 길찾기를 시도한다.

2. 루시와 채희를 통한 에로스와 타나토스의 역학관계

루시와 채희는 내가 "사랑"한 대표적인 두 대상으로서의 나의 극단적 욕망이 잘 투사된 인물이다. 루시는 금발의 미국인 예술가로 이민자인 내가 추구하는 욕망의 중요한 요건을 갖춘(그녀가 유부녀이고 불행한 결혼생활을 하고 있다는 사실조차 그녀와 나 사이에 절대적인 거리를 만들어 그녀를 이상화시키는 데 일조한다.) 이상향에 가까운 존재로, 루시와의 결합은 이민자인 내가 근원적으로 가진 사회 신분의 결핍에 대한 보상이 된다. 그에 비해 채희는 이민자의 현실을 철저히 보여주며 나의 그림자 같은 존재이다. 같은 고향 출신에 동생 후배라는 관계의 친근성을 제외하고라도 나는 그녀와 여러 면에서 닮아 있다. 모두 촉망받는 재원이었으나 쫓기듯이 고향을 떠나왔으며 미국에서는 "매문(賣文)" "매춘(賣春)"을 통해 생계를 유지하고 있다. 나는 그녀를 2차원 수준으로 취급하고 동정하면서도 무시하는 양면적 태도를 보이지만 그녀는 사실 이민자로서의 자신에 대한 혐오와 연민을 거울처럼 그대로 밝혀준다.

루시와 채희는 내가 추구하는 이상과 현실, 육체성과 정신성을 대변하지만 또 한편 내 안에 있는 천사와 악마, 죽음과 에로티시즘을 대변하기도 한다. 상이군인인 남편 그레고리를 돌보며 생계를 책임지는 루시는 천사와 같은 존재이다. 신부마저 그녀의 아름다움에 반하게 된 건, 그녀의 금발이나 수수한 듯 돋보이는 그녀의 외양 때문이 아니라, 철저한 희생으로 사랑을 실천하는 그녀의 순수성과 숭고성에 감동했기 때문이다. 그에 비해 채희는 굳이 팜므 파탈이라고 할 수는 없지만 순수한 루시와는 분명한 대척점에서 타락한 존재로서 위치해 있다. 그녀는 돈이 되는 것은 무엇이든 하는가 하면, 필요에 따라 남자를 이용하고 경멸도 하고 사랑도 요구한다. 자신을 두고 바람피운 남편을 결코 용서하지 않으며 자신의 가게에 들어온 거지는 가차 없이 쫓아내는 냉정함도 보인다. 그럼에도 불구하고 타락한 존재로서의 채희가 고상한 루시에 비해 더 입체적이고 인간적으로 다가오는 것은 그녀가 가진 왕성한 에로티시즘 지향성 때문이다.

프로이트는 인간의 본능을 성적 본능인 에로스(Eros)와 죽음 본능인 타나토스(Thanatos)로 구분했다. 성적 충동인 에로스를 통해 인간이 끊임없이 앞으로 나가는 활동력을 얻게 된다면 죽음 충동인 타나토스를 통해서는 소멸로 향해가는 자기 파괴적 양상을 보인다. 빵을 좋아하고 남자를 좋아하는 채희는 자신의 불운한 처지에도 불구하고 미국 사회에 발붙이고 살아가고자 하는 강한 생존력을 보여준다. 몸을 팔아 빚을 갚고 위조문서로 난민 신청에 통과하였으며 딸도 미국으로 데려온다. 미니멀리즘을 소화하고 워커 할아버지에게 영어를 배우며 나를 통해 2차원에서 4차원으로 나아가고자 한다. 그녀는 자신의 유일한 자산인 몸뚱어리로 세상과 끊임없이 만나고 거래한다. 그녀를 끌고 가는 가장 강력한 본능은 에로스이다. "하루 열댓 번씩 하다가 갑자기 끊을 수는 없잖아." "이 일을 하는 여자들도 진짜 남자가 그립단 말이야." 육신이 좀비화하고 있음에도 불구하고 사랑에 대한 끊임없는 추구에서 그녀의 왕성한 생명력을 확인할 수 있다.

이에 비해 루시의 욕망은 죽음의 충동과 밀접히 연결되어 있다. 자신을 좀비와 동일한 존재로 규정하고 필생의 과제로 좀비를 만드는 그레고리를 떠나지 못하는 것은(이혼이 흠이 되지 않는 자유로운 미국 사회에서 자녀도 없는 루시가 그레고리 옆을 지키는 것은 사회통념과는 무관한 온전한 그녀의 선택이라고 볼 수 있다.) 그녀 또한 그레고리와 같은 좀비의 정신성을 공유하기 때문이다. 괴벽하고 까다로운 그레고리는 열심히 생존하려고 애쓰지만 사람들과 단절되고 점점 쇠약해지다 결국 죽음에 이른다. 루시는 건강한 육체를 가졌음에도 불구하고 타나토스적 욕망이 더 강렬하여 그레고리와 정신적 사랑으로만 관계를 유지해 가며 그레고리의 채찍으로 육체의 욕망을 억압해왔다. 신부와의 합일을 몰래 시도하고 나와의 섹스를 통해 보여준 폭발적인 에로티시즘조차도 육체적이라기보다는 정신적인 것에 더 가깝다고 봐야 할 것이다. 아버지의 근원적 부재 (EJ가 자신의 친부가 아님을 그녀 또한 잘 알고 있었다.), 어머니의 폭력성, 사랑하는 사람의 장애와 같은 현실에서의 결핍이 자유로운 예술 성향과 결부되어 자기 소멸에 대한 강한 죽음 충동으로 연결된 것이다. 소설 말미에서 유령 같은 존재로 등장하는 것도 그와 같은 이유에서다. 루시는 채희처럼 사회 구조, 타자의 시선, 집단 무의식에 의해서 생성된 사회적 좀비가 아니라 마조히즘적 에고가 팽창된 자발적 좀비에 가깝다. 이들의 특성은 지극히 개인적이고 초월적이며 자기 파괴적인 방법으로 죽음을 통해 현실 탈출을 시도한다는 데 있다. 루시가 그레고리와 좀비 정체성을 공유하듯이 나 또한 루시를 통해서 그녀의 좀비성을 공유하며, 이는 내 안에 내재된 죽음 충동을 이끌어낸다. 나 또한 어느 한 지점에 고정된 것이 아니라 이상과 현실, 정신성과 육체성, 에로스와 죽음 충동 사이에서 끊임없이 길항하는 존재이다.

3. 구원과 "진짜" 사랑의 문제

삶의 가장 어두운 터널에서 만난 그녀들을 통해서 나는 무엇을 보고 무엇을 얻었는가. 나의 불완전함은 루시와 채희, 그리고 상상까지도 끌어당겼지만 또한 불완전함 때문에 그 누구도 선택하지 못하였다. 나는 루시를 끝없이 농성하고 채희를 동정하고 상상한테는 무한한 가족애를 느꼈지만, 결과적으로 그녀들한테 안주하지 못하였다. 그녀들 또한 마찬가지다. 루시는 남편 그레고리한테 돌아가고, 워커 할아버지를 통해 시민권을 꿈꾸던 채희는 딸과 새로운 보금자리를 틀었으며, 상상은 잠시나마 기중과의 동거를 택했던 것처럼 그들은 서로에게 탈출구가 되었을지언정 구원 자체가 되지는 못했다.

"루시와 채희라는 나뭇잎 두 장이 노랗게 말라갈 때, 사회 전체가 알면서도 조용히 입을 다물었다. 만약 내가 죄인이라면, 나 같은 모든 남자에게 숨겨진 의지가 있었기 때문이 아니었겠나."

나는 그녀들을 구원하지 못한 것에 죄책감을 느끼며 "숨겨진 의지"가 있었음을 고백한다. 루시와 채희에 대한 욕망이 결코 순도 높은 사랑이라기보다는 에고의 발현, 욕망의 투사였음을 알 수 있다. 온전히 사랑에 이르지 못한 나는 "길 찾기"에 실패를 한 것인

가. 금기의 위반으로서 에로티시즘은 우리의 일상을 가로질러 강렬한 흔적을 남기지만, 삶과 죽음, 이상과 현실, 정신과 육체 사이를 끝없이 왕복 운동해야 하는 개체에게 있어 환희와 초월의 순간만으로는 일상의 견고함을 극복하기란 결코 쉽지 않다. 내가 그녀들로부터 구원을 얻지 못했던 것처럼 그녀들도 누군가에 의해서 구원될 수 없는, 인간은 서로에 의해 구원될 수 없는 존재였던 것이다. 그럼에도 불구하고 내 안에 있는 "숨겨진 의지"를 통찰했다는 것에서 나의 길 찾기는 실마리를 보인다. 그 가능성은 샹샹을 통해 다시 한 번 제기된다. 샹샹도 좀비와 같은 육체성을 가지고 국경을 넘고 생계를 유지하고 심지어 시민권을 취득하기 위해 김기중과의 동거를 선택했지만, 루시와 채희처럼 "말라버린 나뭇잎"이 되지 않았다. 그녀는 낯선 미국 땅에서 몸도 마음도 견고하게 뿌리내리며 자신의 삶을 구축해 간다. 채희와 다를 바 없는 처지임에도 불구하고 채희와 다른 점이 있다면 샹샹은 사랑의 대상을 끊임없이 주시하고 관찰하고 질문을 던진다는 것이다.

"근데 아저씨는 진짜 왜 사랑을 안 해?"
"채희 언니도 할 수 없이 그렇게 돈을 벌기는 했지. 하지만 얼마나 힘들었어. 다른 좋은 일자리가 있으면 그렇게 했겠어요? 도대체 우리가 미국에 왜 왔는지 모르겠어."

샹샹은 이민 생활과 삶에서 가장 중요한 질문 두 가지를 던지고 있다. 우리의 이민목적은 무엇이며, 모든 이가 그렇게 찾아 헤매는 사랑은 대체 무엇인가? 그것은 내가 누구인가를 묻는, 가장 근원적인 존재의 질문과 같다. 기관 없는 좀비에서 질문을 던지는 좀비가 된 것이다. 관찰과 비판적 사고를 통해 무의식에 잠재된 양심을 일으킨다는 측면에서 상상은 나의 또 다른 초자아라고도 볼 수 있을 것이다. 상상은 진짜 사랑이 존재한다는 전제 하에서 "왜 사랑을 안 해"라고 물었지만, 좀비 세상 같은 현대 사회에서는 "진짜 사랑은 가능한 것인가"로 질문을 바꿔 던질 수밖에 없다. 사랑은 너무 많은 순간에 있지만 더 많은 순간에 흘러가 버리거나 부재하기 때문이다. 그럼에도 사랑했던 순간은 분명 존재하며, 그것이 영원의 시간과도 연결되어 있음을 우리는 생명의 연속성을 통해 확인할 수 있다. 찰나에 가까운 시간이라 하더라도 영원으로 확장될 수 있다는 사실은 우리에게 사랑의 태도를 달리하게 만든다. 사랑의 순간을 확장시킬 것인가 부재의 순간을 확장시킬 것인가. 작가는 답을 내리지 않고 있다. 그 해답은 독자들 몫으로 고스란히 돌려야 할 것이다.

4. 슌하오 리우와 우리의 좀비 세계

슌하오 리우는 이미 30년 넘게 소설을 써온 베테랑 소설가이지만 아직 한국 독자들에게 잘 알려지지 않은 신예작가와 다름없다. 그의 이력은 그의 소설만큼이나 독특하다. 연변의 작은 마을에서 출생하여 열여섯 살에 이미 소설가가 되었으며, 18년 동안 도보

답사를 통한 역사 연구와 자료 수집을 통해《비운의 장군》,《만주 항일 파르티잔》과 같은 역사 소설을 출간했고 그런 노력을 밑거름 삼아《김일성 평전》작업을 했다(《김일성 평전》은 곧 출간될 예정이다). 이런 결과물을 보고 그를 역사 소설가로 여기는 사람이 많다. 그러나 슌하오 리우는 삶의 모든 순간을 소설화시킬 수 있는 서사 구성 능력을 갖춘 스토리텔링에 뛰어난 작가다.《뉴욕좀비》는 그의 자전적 이야기에 가깝지만 자극적인 소재 때문에 허구로 보이기도 한다. 미국인 유부녀 화가와 사랑에 빠지고, 게다가 창녀와의 연애는 또 무엇이란 말인가. 그러나 사실인지 허구인지는 중요하지 않다. 허구와 사실을 관통하는 메시지가 더 깊숙이 다가오기 때문이다.

이야기의 배경이 뉴욕이기에 우리는 망명 작가인 슌하오 리우가 뉴욕을 어떤 시각으로 바라보는지도 궁금하다. 뉴욕의 플러싱은 코리아타운과 차이나타운이 공존하고 교차하는 동시에 뉴욕 중심부로 상징되는 맨해튼과 연결된 공간이다. 플러싱에서 차이니즈 코리안으로 불리는 조선족이 접하는 세상은 굉장히 좁은 것 같지만 궁극적으로 모든 계층과 연결되어 있다. 세계 문화 중심부인 그 세계에서 그는 한국인도 아니고 중국인도 아니고 미국인은 더더욱 아닌, 철저히 외부자인 동시에 모든 경험의 주체(내부자)가 되어 이야기를 서술한다. 그를 통해 우리는 가장 솔직하고 내밀한 감정과 욕망의 이면을 한층 투명하게 들여다볼 수 있게 된다. 축소시켜 보면 미국 플러싱 이민 사회에서 벌어지는 "좀비들"의 사랑 이야기지만, 확대시켜 본다면 그곳이 뉴욕이든 서울이든 크게 다를 게 없다. 공간을 넘나드는 현대사회에서 우리는 모두 현대성의 문제를 안고 있는 넓은 의미에서의 디아스포라이고 좀비이기 때문이다.

한국 또한 종로에서, 이태원에서, 대림에서 수많은 좀비 무리가 양산되고 있다. 너와 나를 구분 짓고 서로 다른 것으로 분류하는 사고방식은 좀비들이 서식하기 딱 좋은 환경이다. 좀비가 되어 스스로를 어둠에 가두고 사는 자들이나 좀비를 좀비로 바라보는 자들이나 사실상 큰 차이는 없다. 모두가 잠재적 좀비들로 언제든 호환 가능하기 때문이다. 경계가 무너지는 지점에 사랑이 있고, 사랑이 소멸한 지점에 다시 경계가 생겨난다. 그러므로《뉴욕 좀비》는 어쩌면 우리의 자화상인지도 모른다.